COLLECTION FOLIO

Stephen Vizinczey

Éloge des femmes mûres

Les souvenirs amoureux d'András Vajda

Traduit de l'anglais
par Marie-Claude Peugeot

Gallimard

Titre original :

IN PRAISE OF OLDER WOMEN

41ᵉ édition Le Rocher : février 2005
1ʳᵉ édition Folio : avril 2006
2ᵉ édition : mai 2006
3ᵉ édition : mai 2006
4ᵉ édition : juin 2006
5ᵉ édition : juillet 2006
6ᵉ édition : août 2006
7ᵉ édition : août 2006
8ᵉ édition : octobre 2006
9ᵉ édition : novembre 2006
10ᵉ édition : janvier 2007
11ᵉ édition : mars 2007

« Stephen Vizinczey — un nom difficile à prononcer et à orthographier, mais qui vaut la peine qu'on s'y exerce, car il s'agit d'un des maîtres de notre temps » (Angel Vivas, *Epoca*). Né en Hongrie, Stephen Vizinczey n'a que deux ans lorsque les nazis assassinent son père ; quelques années plus tard, son oncle est tué par les communistes. Il fut poète et dramaturge pendant sa jeunesse estudiantine, et vit trois de ses pièces interdites par le régime communiste ; par ailleurs, la police mit fin aux répétitions de l'une d'elles, récompensée par le prix Attila József, quatre jours avant la première, et toutes les copies du script furent saisies. En 1956 il se battit aux côtés des révolutionnaires hongrois contre l'armée soviétique, et après la défaite de la Révolution il s'enfuit à l'Ouest ; il ne parlait alors qu'une cinquantaine de mots d'anglais. Depuis, « il s'est, comme Conrad et Nabokov, hissé au rang de ces étrangers qui manient l'anglais à faire pâlir de jalousie un anglophone » (Leslie Hanscom, *New York Newsday*) et compte parmi « ces écrivains qui peuvent enseigner aux Anglais à écrire l'anglais » (Anthony Burgess). Il a appris la langue en écrivant des scripts de films pour le National Film Board of Canada, après quoi il a dirigé un magazine littéraire et politique, *Exchange*, puis collaboré à CBC/Radio Canada en tant qu'écrivain et producteur. Il a quitté son emploi en 1965 et emprunté l'argent pour publier son premier roman, *Éloge des femmes mûres*, puis le distribuer lui-même, en voiture et par courrier. Encensé par la critique, *Éloge des femmes mûres* sera le premier et seul livre publié à compte d'auteur à devenir un best-seller au Canada.

Édité pour la première fois en France en 2001 par Samuel Brussell chez Anatolia/Éditions du Rocher, il a été salué par Pierre Lepape dans *Le Monde* comme «un chef d'œuvre… un roman éblouissant… un bain de bonheur». Le livre est resté dans la liste des meilleures ventes de *Livres Hebdo* durant soixante-douze semaines, et a fait l'objet de plus de quarante et une réimpressions.

Éloge des femmes mûres et le second roman de Vizinczey, *Un millionnaire innocent*, ont été reçus avec enthousiasme par Graham Greene et Anthony Burgess entre beaucoup d'autres écrivains et critiques. *Éloge des femmes mûres* s'est forgé une solide réputation de «classique érotique moderne»; il a été récompensé par le prix Elba 2003, et a fait l'objet de deux adaptations cinématographiques. *Un millionnaire innocent* (Anatolia 2004) a été unanimement salué à travers le monde, et fut comparé par les critiques aux classiques du XIXᵉ siècle, notamment à Stendhal et à Balzac.

Vizinczey est aussi l'auteur d'un traité philosophique, *The Rules of Chaos* (*Les règles du chaos*) (1969), fruit de son opposition à la guerre du Vietnam («Power weakens as it grows — Le pouvoir s'affaiblit en croissant»), et d'un recueil de critiques et d'articles, *Truth and Lies in Literature* (*Vérités et mensonges en littérature*, Anatolia 2001, à paraître en Folio à l'automne 2006). Son nouveau roman, *Wishes*, sera publié dans le courant de l'année prochaine. Il vit aujourd'hui à Londres.

Ses œuvres se sont vendues à plus de cinq millions d'exemplaires autour du monde et lui ont valu une notoriété internationale. Il est en effet considéré comme «un des grands écrivains contemporains qui fait siens les thèmes cruciaux de notre époque et les transforme en matériau romanesque avec humour et passion» (Sergio Vila-Sanjuan, *La Vanguardia*).

Woher dein Recht, in jeglichem Kostüme,
In jeder Maske wahr zu sein ? — Ich rühme.

RAINER MARIA RILKE

Aux jeunes gens
qui n'ont pas de maîtresse

*Dans toutes vos liaisons amoureuses, préférez plutôt les femmes mûres aux jeunes filles…
car elles ont une plus grande connaissance du monde.*

BENJAMIN FRANKLIN

Ce livre s'adresse aux jeunes gens, mais il est dédié aux femmes mûres — et c'est des rapports entre ceux-là et celles-ci que je me propose de traiter. Je ne suis pas expert en pratique amoureuse, mais j'ai été un bon élève des femmes que j'ai aimées, et je vais essayer d'évoquer ici les expériences heureuses et malheureuses qui ont, je crois, fait de moi un homme.

J'ai passé les vingt-trois premières années de ma vie en Hongrie, en Autriche et en Italie, et mes aventures de jeunesse ont été fort différentes de celles des jeunes gens du Nouveau Monde. Leurs rêves et les occasions qui s'offrent à eux relèvent de conventions amoureuses dissemblables. Je suis européen, eux sont américains ;

et, ce qui accuse encore la différence : ils sont jeunes aujourd'hui, tandis que je l'ai été il y a longtemps. Tout a changé, même les mythes qui nous guident. La culture moderne — la culture américaine — glorifie la jeunesse. Sur le continent perdu de la vieille Europe, une aventure avec une maîtresse plus âgée était le fin du fin pour un jeune homme. Aujourd'hui, les jeunes gens ne jurent que par les filles de leur âge, persuadés qu'elles seules peuvent leur offrir quoi que ce soit qui vaille. Nous autres avions tendance à valoriser la continuité et la tradition, cherchant à nous enrichir de la sagesse et de la sensibilité du passé.

Et l'amour physique n'était qu'un aspect de l'aventure. Nous étions issus de familles très nombreuses, et nous étions habitués à bien nous entendre avec des gens plus âgés que nous. Quand j'étais enfant, mes grands-parents, qui vivaient dans une ferme près du lac Balaton, donnaient chaque été un déjeuner qui réunissait plus de deux cents membres de la famille. Je m'émerveillais de notre nombre, je me souviens, de tous ces parents attablés dans la cour, assis sur de longs bancs, entre la maison et les pruniers — des rangées entières d'oncles, de tantes, de cousins, de parents par alliance, enfants aussi bien qu'octogénaires. Les membres de tribus comme celle-là n'étaient pas gênés par les différences d'âge. Nous vivions à moins d'une centaine de kilomètres les uns des autres et nous aimions tous les mêmes chansons.

La tornade de la guerre a fait le vide dans cette cour. Les Vajda, autrefois si proches, vivent à présent sur quatre continents. Nous nous perdons de vue, comme les autres. L'Amérique n'a pas été dévastée par des troupes étrangères, mais les cours et leurs arbres n'en ont pas moins disparu. On les a pavées pour en faire des pistes d'atterrissage. Les familles se dispersent, et chaque génération semble appartenir à une période différente de l'histoire. Au lieu des maisons spacieuses où pouvaient loger grands-parents, oncles et tantes, il y a maintenant les studios pour les jeunes, les maisons de retraite et les appartements tranquilles pour les plus âgés. Les jeunes gens ont beaucoup moins d'occasions de frayer avec des femmes mûres. Ils ne s'inspirent guère de confiance mutuelle.

Ayant eu la chance de grandir dans ce qui était encore une société non cloisonnée, j'ai la folie de croire que mes souvenirs contribueront peut-être à mieux faire comprendre cette vérité qu'hommes et femmes ont bien des choses en commun même lorsqu'ils sont nés à des années d'écart — que ces souvenirs aideront peut-être à élargir les rapports entre les générations.

Comme ce sont mes propres expériences que je vais décrire, je me dois de rassurer le lecteur : mon intention n'est pas de l'accabler de mon histoire personnelle. J'espère seulement piquer sa curiosité envers lui-même. Les pages qui suivent sont des notes biographiques très sélectives centrées non point tant sur la personnalité du narrateur que sur des situations amoureuses délicates, de caractère universel. Néanmoins, dans la mesure où il s'agit bien d'un livre autobiographique, je reconnais, comme Thurber, le principe rigide de Benvenuto Cellini selon lequel il faut être âgé de quarante ans au moins et avoir accompli quelque chose d'exceptionnel pour prétendre coucher sur le papier l'histoire de sa vie. Je ne remplis ni l'une ni l'autre de ces deux conditions. Mais, comme dit Thurber : « De nos jours, il n'est personne disposant d'une machine à écrire pour prêter la moindre attention aux préceptes désuets de ce maître ancien. »

ANDRÁS VAJDA
Maître de conférences
Département de philosophie
Université du Michigan
Ann Arbor, Michigan

1

De la foi et de la bienveillance affectueuse

Tout nous vient des autres... Être, c'est appartenir à quelqu'un.

JEAN-PAUL SARTRE

Je suis né dans une famille catholique pieuse, et j'ai passé une grande partie de mes dix premières années parmi de bons moines franciscains. Mon père était directeur d'une école catholique, organiste accompli à l'église et, en homme actif et bien doué, il avait aussi assez d'énergie et de talent pour organiser la garde territoriale et prendre part à la politique locale. Partisan du régime autoritaire et procérical de l'amiral Horthy, il était de ces réactionnaires qui s'opposaient pourtant au fascisme. Inquiet de la montée au pouvoir d'Hitler en Allemagne, il usa de son influence et de son autorité pour faire interdire les réunions locales du parti nazi hongrois. En 1935 — j'avais alors deux ans — il fut tué d'un coup de poignard par un adolescent nazi choisi pour cette tâche parce que, n'ayant pas encore

15

dix-huit ans, il ne pouvait être exécuté pour meurtre. Après les obsèques, ma mère, fuyant l'horreur de son deuil, partit pour la grande ville la plus proche, la première cité millénaire de Hongrie, dont je vous épargnerai le nom. Elle loua un appartement clair, au premier étage, dans une des rues principales — une rue étroite pleine d'églises baroques et de boutiques élégantes —, à quelques minutes à pied du monastère franciscain que je fréquentai avant même d'avoir atteint l'âge scolaire. Les services rendus à l'église par mon père, sa mort prématurée, et le fait que notre famille, des deux côtés, comptait plusieurs prêtres, m'attirèrent les faveurs des pères, qui m'accueillirent toujours de bonne grâce. Ils m'apprirent à lire et à écrire, et me parlèrent de la vie des saints et des grands héros de l'histoire de Hongrie, ainsi que des villes lointaines où ils avaient étudié — Rome, Paris et Vienne — mais surtout ils écoutaient tout ce que j'avais à dire. Si bien qu'au lieu d'avoir un seul père, je grandis avec un ordre de pères tout entier ; ils me gratifiaient toujours d'un sourire chaleureux et compréhensif, et je parcourais les couloirs vastes et frais de leur monastère comme si j'avais été le propriétaire des lieux. Je garde de leur affectueuse compagnie un souvenir aussi net que de celle de ma mère, avec qui pourtant, comme je l'ai dit, j'ai vécu seul à partir de l'âge de deux ans. C'était une femme douce et tendre, qui ramassait toujours tout derrière moi. Comme je ne jouais guère avec d'autres enfants, je ne me battais jamais, de sorte qu'entre les moines et elle j'étais entouré d'un amour radieux, et j'avais un sentiment de liberté absolue. Je ne crois pas qu'ils aient jamais cherché à me discipliner ou à m'éduquer, ils me regardaient grandir, tout simplement, mais néanmoins tous priaient, j'en avais bien conscience, pour que je fasse de mon mieux.

J'étais aussi bien conscient d'appartenir à une grande et superbe tribu, et je me considérais comme la fierté de tous les membres de ma famille. Je me souviens en particulier d'une fois où mes oncles étaient venus avec femme et enfants rendre visite à leur sœur veuve à l'occasion de son anniversaire. Le soir, je fis toutes sortes d'embarras et refusai d'aller me coucher avec les autres enfants alors que les adultes veillaient et prenaient du bon temps. Alors ils vinrent tous me tenir compagnie dans ma chambre pendant que ma mère me mettait au lit. En me déshabillant, elle me donna une petite tape sur les fesses et y posa un baiser, et elle me promit que tous allaient en faire autant si, après cela, je voulais bien m'endormir sans plus d'histoires. Je n'avais guère que trois ou quatre ans à l'époque — c'est sans doute un de mes tout premiers souvenirs — mais je me revois encore à plat ventre, regardant par-dessus mon épaule tous ces adultes en rang qui attendaient leur tour pour embrasser mon postérieur.

Tout cela peut expliquer que je sois devenu un garçon franc et affectueux et un gamin vaniteux. Comme il me semblait aller de soi que tout le monde devait m'aimer, je trouvais naturel d'aimer et d'admirer tous ceux que je rencontrais ou dont on me parlait.

Ces heureux émois se portèrent d'abord sur les saints et les martyrs de l'Église. À l'âge de sept ou huit ans, j'avais pris la résolution romantique de devenir missionnaire et, si possible, martyr, dans les rizières de Chine. J'ai le souvenir d'un certain après-midi ensoleillé où, n'ayant pas envie d'étudier, je restai à la fenêtre de ma chambre à regarder aller et venir dans notre rue les belles dames élégamment vêtues. Je me demandai si, devenant prêtre et faisant vœu de célibat, j'aurais du mal à vivre sans la compagnie de ces femmes vaporeuses qui passaient devant notre maison pour se rendre chez la modiste ou au salon de coiffure afin de se donner un air encore plus angélique. Ainsi, ma résolution de devenir prêtre me posa le problème du renoncement aux femmes avant même que je ne sois en âge de les désirer. Comme j'avais honte de me poser cette question, au bout d'un certain temps, je finis par demander à mon Père confesseur, un homme d'une soixantaine d'années, innocent et gris, si lui-même avait du mal à vivre sans femme. Il me regarda sévèrement et se contenta de me répondre qu'à son avis je ne deviendrais jamais prêtre. Déconcerté par la façon dont il mésestimait ma résolution — alors que je cherchais à connaître l'ampleur du sacrifice — je craignis qu'il ne m'en aimât moins. Mais son visage s'éclaira de nouveau et il me dit avec un sourire (il ne manquait jamais de m'encourager) qu'il y avait bien des manières de servir Dieu.

J'étais son acolyte à l'autel : il se levait tôt et disait sa messe à six heures du matin, et souvent il n'y avait personne d'autre que lui et moi dans l'immense cathédrale pour sentir la mystérieuse et souveraine présence de Dieu. Bien que je sois maintenant athée, je garde un souvenir ému de ma félicité devant les quatre cierges, dans ce silence et cette fraîcheur de marbre vibrant de mille échos. C'est là que j'acquis le goût du mystère insaisissable — penchant qui est donné aux femmes à la naissance, et auquel les hommes ont parfois la chance de pouvoir accéder.

Si je m'attarde sur ces bribes de souvenirs qui miroitent encore en moi, c'est que j'ai plaisir à y repenser, et aussi parce que je suis convaincu que beaucoup de jeunes garçons gâchent leurs meilleures années — et leur personnalité — en croyant à tort qu'il faut être un dur dans sa prime jeunesse pour devenir un homme. Ils font partie d'une équipe de football ou de hockey pour devenir adulte, alors qu'en fait une église vide ou une route de campagne déserte les aideraient davantage à appréhender le monde et leur propre personne. Les pères franciscains me pardonneraient, je l'espère, de dire que jamais je n'aurais pu si bien comprendre et tant aimer les femmes si l'Église ne m'avait appris à connaître la félicité et le respect du sacré.

Pour revenir à cette question du célibat qui commençait à troubler le jeune catholique que j'étais, je dois préciser que les femmes que je voyais de la fenêtre de notre appartement n'étaient pas seules responsables de mes inquiétudes précoces. De même qu'au monastère je pouvais partager la vie d'un groupe d'hommes, à la maison, j'étais souvent admis dans une communauté féminine. Chaque semaine, ma mère donnait un thé pour ses amies, des veuves et des célibataires de son âge, des femmes de trente à quarante ans. Je trouvais étrange et merveilleuse, je me souviens, la similitude entre l'atmosphère du monastère et celle des thés chez ma mère. Les Franciscains, aussi bien que les amies de ma mère, formaient une heureuse et joyeuse assemblée qui, apparemment, se satisfaisait parfaitement de cette vie entre soi. J'avais l'impression d'être le seul lien humain entre ces deux mondes indépendants, et j'étais fier d'être aussi bien accueilli dans l'un que dans l'autre, et de m'y plaire tout autant. Je ne pouvais pas imaginer la vie sans l'un ou sans l'autre, et je me dis encore parfois que la meilleure façon de vivre serait d'être moine franciscain au milieu d'un harem de femmes de quarante ans.

Peu à peu, j'attendis avec une impatience grandissante ces après-midi où les amies de ma mère allaient prendre ma tête dans leurs mains douces et tièdes, et me dire que j'avais de beaux yeux noirs : c'était une joie enivrante de me faire toucher par elles ou de les toucher. Je m'armais du courage du martyr pour leur sauter au cou dès leur arrivée et les accueillir avec un baiser ou une embrassade. Elles prenaient alors presque toutes un air surpris ou perplexe. «Ciel, Erzsi, disaient-elles à ma mère, tu as là un garçon bien excité et bien nerveux. » Certaines soupçonnaient mes intentions, surtout quand je parvenais à laisser glisser mes mains sur leurs seins — ce qui, étonnamment, était plus excitant que de leur toucher les bras. Mais ces incidents se terminaient toujours dans les rires ; je n'ai pas le souvenir que ces dames aient jamais été sur leurs gardes bien longtemps. Je les aimais toutes, mais celle que j'attendais avec le plus d'ardeur c'était ma tante Alice, la sœur de mon père, une blonde plutôt replète à la poitrine opulente, qui avait un parfum absolument prodigieux et un beau visage rond. Elle m'attrapait et me regardait droit dans les yeux d'un air faussement fâché et avec un brin de coquetterie, je crois, en me tançant d'une voix sévère et suave : «Alors, démon, tu en veux à mes seins ! »

Tante Alice était la seule à reconnaître l'importance et le sérieux de mon personnage. Comme, dans mon imagination, j'étais devenu le premier pape hongrois, mort en martyr, je me considérais déjà comme un grand saint, temporairement retenu dans l'enfance. Certes, c'était une grandeur d'un autre ordre que m'attribuait Tante Alice en me traitant de démon, mais je sentais qu'au fond nous parlions de la même chose.

Pour libérer ma mère de temps en temps, ses amies m'emmenaient faire de longues promenades, ou parfois au cinéma. Mais ma tante était la seule à annoncer notre sortie en me demandant de l'inviter. « Mon beau cavalier, disait-elle en se réjouissant d'avance, tu veux bien m'emmener au théâtre ? » Je me souviens surtout de notre sortie ce jour où, pour la première fois, je n'étais plus en culottes courtes. C'était un après-midi ensoleillé vers la fin du printemps ou au début de l'automne — un peu avant l'entrée en guerre des États-Unis, car nous allions voir *Le Magicien d'Oz*. Mon costume de jeune homme était arrivé quelques jours plus tôt, et j'étais impatient de m'exhiber devant Tante Alice, qui apprécierait à coup sûr. Quand elle arriva enfin, toute parfumée et poudrée, elle se lança dans de telles explications sur son retard qu'elle manqua de remarquer ma nouvelle tenue. Au moment où nous nous préparions à partir, pourtant, elle fit entendre un « aaaahh » guttural et recula pour me dévorer des yeux. Je lui offris mon bras, qu'elle prit en s'écriant : « Aujourd'hui, c'est moi qui ai le plus beau cavalier. Comme il ressemble à son père, Erzsi, tu ne trouves pas ? » Nous nous dirigions vers la porte bras dessus bras dessous, en couple heureux, quand soudain j'entendis la voix de ma mère :

« András, tu as pensé à faire pipi ? »

Je quittai la maison au bras de Tante Alice, en me jurant de ne jamais y revenir. Même les paroles réconfortantes de ma blonde compagne me parurent terriblement condescendantes, et je me demandai, en descendant l'escalier avec elle, par quel moyen je pourrais rétablir l'équilibre de notre relation. Juste avant de sortir dans la rue, je lui pinçai les fesses. Elle fit semblant de ne pas s'en apercevoir, mais elle piqua un fard. Alors je décidai d'épouser Tante Alice quand je serais grand, car elle me comprenait.

Toutefois, je ne voudrais pas donner de mon enfance une image dramatique en la présentant comme l'histoire de ma passion incestueuse pour cette femme superbe. C'est avec les pères francis-cains et pendant les petites réceptions hebdoma-daires de ma mère que j'étais le plus heureux, quand je voyais toutes ses amies réunies et pouvais les regarder et les écouter parler de mode, de la guerre, de leur famille, de mariages, et de choses que je ne comprenais pas. La grande cathédrale silencieuse, et notre salon résonnant des voix joyeuses de ces femmes, imprégné de leur parfum, illuminé de leurs regards — telles sont les images les plus fortes et les plus vives de mon enfance.

Je me demande ce qu'aurait été ma vie plus tard si, enfant, je n'avais pas bénéficié de ces petites réceptions de ma mère. C'est peut-être ce qui a fait que je n'ai jamais considéré les femmes comme mes ennemies, comme des territoires à conquérir, mais toujours comme des alliées et des amies — raison pour laquelle, je crois, elles m'ont toujours, elles aussi, montré de l'affection. Je n'ai jamais rencontré de ces furies dont on entend parler : elles ont sans doute trop à faire avec des hommes qui considèrent les femmes comme des forteresses qu'il leur faut prendre d'assaut, mettre à sac et laisser en ruine.

Toujours à propos de mes tendres penchants — pour les femmes en particulier —, force est de conclure que mon bonheur parfait lors des thés hebdomadaires de ma mère dénotait chez moi un goût précoce et très marqué pour le sexe opposé. Un goût qui, manifestement, n'est pas étranger à ma bonne fortune auprès des femmes par la suite. Mes souvenirs, je l'espère, seront une lecture instructive, mais ce n'est pas pour autant que les femmes auront pour vous plus d'attirance que vous n'en avez pour elles. Si, au fond de vous-même, vous les haïssez, si vous ne rêvez que de les humilier, si vous vous plaisez à leur imposer votre loi, vous aurez toute chance de recevoir la monnaie de votre pièce. Elles ne vous désireront et ne vous aimeront que dans l'exacte mesure où vous les désirez et les aimez vous-même — et louée soit leur générosité.

2

De la guerre et de la prostitution

*Tout nouveau-né est un messie — hélas, il
deviendra un vulgaire coquin.*

IMRE MADÁCH

Jusqu'à l'âge de dix ans, il me fut permis d'oublier que j'étais né l'année de la montée d'Hitler au pouvoir. Dans cette Europe déchirée par la guerre, notre ville m'apparaissait comme la capitale d'un royaume de fées : minuscule, pareille à un jouet, et pourtant ancienne et majestueuse, comme certains vieux quartiers de Salzbourg. Je vivais là tel un jeune prince heureux, dans le meilleur des mondes possibles, entouré d'une famille nombreuse et protectrice : ma mère, cette femme tranquille et pensive qui me suivait de son regard serein ; mes tantes, ses amies, bruyantes et bonnes vivantes, mais élégantes ; et les bons moines franciscains, mes pères bienveillants. Il m'a été donné de grandir dans un cocon plein d'amour et d'absorber cet amour dans toutes les cellules de mon être. Mais — et ce n'est peut-être

25

pas plus mal —, après avoir appris à aimer le monde, j'en suis venu à le connaître. D'enfant insouciant qui songeait au sacerdoce et à un martyre bienheureux, je devins souteneur et fricoteur de marché noir. À la fin de la guerre — après deux années cauchemardesques, avant même d'atteindre l'âge de douze ans — je me fis entremetteur pour des prostituées hongroises dans un camp de l'armée américaine près de Salzbourg, la ville qui, à d'autres égards, ressemblait tant à la mienne.

Le changement s'opéra au cours de l'été 1943, alors que les vagues de la guerre atteignaient finalement la Hongrie occidentale. Notre paisible ville se changea en garnison et, la nuit, les bombardiers américains ajoutèrent de nouveaux décombres aux ruines anciennes. Notre appartement fut réquisitionné pour les officiers de la Wehrmacht, et il était grand temps : quelque deux semaines après notre départ, la maison fut touchée directement. Pour échapper aux bombardements aériens, nous nous réfugiâmes chez mes grands-parents, plus à l'ouest, dans un village perdu, et, à l'automne, ma mère m'envoya au prytanée d'une petite ville proche de la frontière autrichienne. J'y serais en sécurité et bien nourri, disait-elle, et on m'y enseignerait le latin.

Le colonel qui commandait l'établissement en résuma l'esprit dans son discours d'accueil à l'adresse des nouveaux de première année : « Ici vous apprendrez ce que c'est que la discipline ! » À tout moment de la journée, on nous braillait aux oreilles, dans la classe, dans la cour et dans le dortoir. Tous les après-midi, de quatre à cinq, nous devions arpenter le parc, qui était vaste, très boisé et entouré de hauts murs. Nous avions l'ordre, sous peine de châtiments corporels sévères, de marcher d'un bon pas et de ne jamais nous arrêter une seconde, et des sergents nous guettaient — adossés aux arbres — pour veiller à ce que nous suivions bien le règlement. Mais nous, les nouveaux, devions aussi obéir aux ordres des anciens, qui avaient sur nous une autorité dûment instituée. Je me trouvai fort embarrassé dès le premier jour lorsqu'un ancien qui marchait derrière moi me cria de m'arrêter et de me mettre au garde-à-vous. C'était un rouquin maigrelet, coiffé en brosse, chétif d'allure et n'en imposant guère — en fait, il paraissait plus jeune que moi. J'avais peur de lui désobéir, mais j'avais encore plus peur de désobéir aux sergents. Je continuai à avancer d'un bon pas, et il fut obligé de courir pour me rattraper. Quand il arriva à ma hauteur, il était en nage et tout essoufflé. « Salue-moi ! » exigea-t-il d'une petite voix tremblotante. « Salue-moi ! » Je lui fis un salut et poursuivis mon chemin, pris de dégoût. J'étais persuadé qu'on m'avait jeté parmi une bande d'imbéciles fous furieux.

C'est un choc dont je ne me suis jamais complètement remis. Mon année et demie d'exercices au Collège royal de formation des officiers hongrois a bien failli faire de moi un anarchiste. Je ne peux accorder ni mon estime ni ma confiance à ces anciens du prytanée, pas plus qu'aux généraux,

aux chefs de partis, aux millionnaires, aux cadres supérieurs ni à leurs entreprises. Soit dit en passant, c'est une attitude qui fascine la plupart des femmes, semble-t-il — peut-être parce qu'elles sont moins impressionnées que la majorité de la gent masculine par la perfection de l'ordre du monde établi par les hommes.

Les anciens étaient particulièrement soucieux de la façon dont nous faisions nos lits.

«Il faut faire ton lit au carré, et sans un pli!» hurlait notre chef de chambrée, en lançant mes couvertures et mes draps aux quatre coins du dortoir. «Tu manques d'entraînement!»

Même après l'entrée des troupes russes en Hongrie, après que l'amiral Horthy eut annoncé qu'il était inutile de résister plus longtemps, que la majeure partie de l'armée hongroise avait péri — plus d'un million d'hommes, plus de dix pour cent de notre population — et qu'il n'existerait plus jamais d'armée hongroise —, même alors, cette obsession des couvertures sans pli ne quitta pas notre chef de chambrée. Quand il mettait mon lit à sac, je devais le refaire en trois minutes; et si je n'étais pas assez rapide, ce qui ne manquait jamais d'arriver, il le défaisait de nouveau, et ainsi de suite jusqu'à ce qu'il se lasse. Ce petit jeu dura jusqu'au moment où les troupes russes arrivèrent dans les faubourgs de la ville. Le colonel prit alors la fuite avec sa famille et tous ses biens, dans les camions destinés à l'évacuation des élèves officiers, presque tous les autres officiers disparurent, et c'est un chef de bataillon, notre professeur d'histoire, qui conduisit notre marche vers l'ouest à travers l'Autriche. Je ne devais plus revoir de lit d'aucune sorte pendant plusieurs mois.

Nous fûmes environ quatre cents à rejoindre la horde désordonnée des réfugiés qui, fuyant la guerre, se retrouvait toujours en son centre, car celui-ci se déplaçait constamment, pris entre l'armée allemande et l'armée russe. Dans cette traversée des plaines et des montagnes d'Autriche entre les lignes de front, nous apprîmes à dormir en marchant, à passer à côté de corps mutilés, inanimés, ou qui bougeaient encore, et je compris enfin que la Croix ne représente pas seulement le sacrifice et le pardon, mais aussi la crucifixion. Âgé de onze ans et demi à l'époque, je fus marqué à vie par la cruauté démente de l'homme et la fragilité du corps humain. On dit que l'éducation religieuse nous inculque la culpabilité de la chair, mais depuis ces semaines où je connus l'horreur, la faim et l'épuisement, les seules formes de faiblesse auxquelles je me refuse sont la haine et la violence. C'est sans doute à ce moment-là que j'ai acquis ma sensibilité de libertin : à voir trop de cadavres, on a tendance à perdre ses inhibitions devant des corps vivants.

En traversant Vienne plongée dans le black-out, je perdis mes compagnons et, à partir de ce moment-là, je me débrouillai seul. Je vécus de ce que je pouvais voler dans les champs au bord des routes. D'autres réfugiés avaient dû faire la même chose avant moi, car les paysans gardaient leurs lopins de *kartoffel* avec des mitrailleuses, et j'eus souvent la peau brûlée avant de pouvoir me faire cuire une pomme de terre. À la mi-mai 1945, quand une jeep de l'armée américaine me ramassa en chemin, seul et à demi mort de faim, j'étais prêt à tout.

En disant que je devins souteneur pour le compte de l'armée américaine avant d'avoir atteint mon douzième anniversaire, je ne voudrais pas donner l'impression que les soldats me traitèrent sans pitié ou sans égards pour mon jeune âge. Je fus sans aucun doute bien plus heureux dans l'armée américaine qu'au prytanée. Et si je m'employai à des occupations qui n'étaient pas de mon âge, c'est que je voulus subvenir à mes besoins — et peut-être surtout en savoir davantage sur le sexe. Les deux soldats qui me recueillirent m'amenèrent au camp et veillèrent à ce que je sois nourri, douché, examiné médicalement et présenté au commandant de la place. Le rapport du médecin sur mon état d'épuisement physique et les effets évidents de mes expériences cauchemardesques durent éveiller la pitié de celui-ci, et il décida de me garder dans le camp. On me donna un lit dans un des longs bâtiments en brique de la caserne (construite, à l'origine, pour la jeunesse hitlérienne), un uniforme remis à ma taille, une ration de cigarettes de GI, du chewing-gum, des pastilles de menthe, et une gamelle ; et c'est avec un profond sentiment de bien-être que je me joignis à la file des soldats pour recevoir un copieux repas. Les quelques jours qui suivirent, je passai le plus clair de mon temps à me promener dans la caserne en essayant de me lier d'amitié avec eux. Ils n'avaient guère autre chose à faire que de regarder des photos, se raser, entretenir leur uniforme et leur arme, et enseigner des mots d'anglais à un gamin égaré : *Hi, OK, kid* et *fucking* (qualificatif universel), tels furent les premiers mots que j'appris, à peu près dans cet ordre. Mais au bout de deux semaines je maîtrisais déjà suffisamment la langue pour parler de la guerre, de la Hongrie, des États-Unis et de nos familles respectives. Un soir, je me trouvai être dans les parages alors qu'une jeune Hongroise et un des soldats débattaient du prix, et j'offris mes services comme médiateur et interprète. Cinq paquets de cigarettes, une boîte de lait en poudre, vingt-quatre paquets de chewing-gum et une petite boîte de corned-beef, c'était là la principale monnaie d'échange. Il s'avéra que la plupart des femmes qui venaient au camp la nuit — la police militaire fermait les yeux — étaient des Hongroises du camp de réfugiés voisin ; de sorte que je devins vite traducteur, entremetteur et proxénète.

Le premier enseignement que je tirai de cette audacieuse activité fut que tout le discours moralisateur sur le sexe n'avait absolument aucun fondement dans la réalité. Ce fut aussi une révélation pour toutes ces bonnes petites bourgeoises étonnées, respectables, parfois même assez snob, que j'allais chercher dans le camp hongrois surpeuplé et misérable pour les amener à la caserne. À la fin de la guerre, alors que les Autrichiens

eux-mêmes étaient dans un besoin extrême, les
centaines de milliers de réfugiés arrivaient à peine
à subsister — et leur situation était d'autant plus
pitoyable que la plupart d'entre eux étaient habitués au confort d'un mode de vie bourgeois. La
fierté et la vertu, qui avaient tant d'importance
pour ces femmes dans leur ancien cadre de vie,
n'avaient plus aucun sens dans le camp des réfugiés. Elles me demandaient — en rougissant,
mais souvent en présence de leur mari muet et
de leurs enfants — si les soldats avaient des mala-
dies vénériennes et ce qu'ils avaient à offrir.

Je me souviens avec émotion d'une dame belle
et bien née qui prenait la chose avec une dignité
extraordinaire. C'était une grande femme brune,
avec de gros seins palpitants et un visage osseux
rayonnant d'orgueil — tout juste la quarantaine,
dirais-je. Son mari était comte, chef d'une des
familles les plus anciennes et les plus distinguées
de Hongrie. Son nom et son grade dans l'armée,
fût-elle l'armée défaite de l'amiral Horthy, avaient
encore assez de poids pour leur assurer une
baraque en bois à l'écart des autres réfugiés. Ils
avaient une fille d'environ dix-huit ans qui avait
de longs cheveux et ricanait sottement chaque
fois que je pénétrais chez eux pour m'acquitter de
ces missions relativement peu fréquentes. La
comtesse S. n'acceptait le marché qu'avec un officier, et seulement à condition d'être payée deux
ou trois fois le tarif habituel. Le comte détournait
toujours la tête quand il me voyait. Il portait encore
le bas de son uniforme d'apparat — un pantalon

noir avec un large galon doré sur le côté —, mais par-dessus, au lieu de la veste à épaulettes frangées d'or, il mettait un vieux pull-over dépenaillé. Sa présence me faisait un effet sinistre, car je me souvenais des pages consacrées à sa famille dans nos manuels d'histoire de l'école élémentaire, et des photos de lui en grand général passant ses troupes en revue dans les journaux qu'on nous donnait à lire au prytanée. Il répondait rarement à mes salutations, et son épouse m'accueillait toujours comme une surprise désagréable — on n'aurait jamais cru que c'était elle-même qui me demandait de la prévenir chaque fois que j'avais des demandes de la part d'*officiers bien propres* n'ayant pas *trop d'exigences*.

« Encore lui ! » s'écriait-elle d'une voix chagrine et exaspérée. Puis elle se tournait vers son époux avec un geste tragique. « Avons-nous absolument besoin de quelque chose aujourd'hui ? Ne puis-je pas, pour une fois, envoyer au diable ce gamin immoral ? Sommes-nous vraiment si totalement démunis ? » En principe, le général ne répondait pas, il se contentait de hausser les épaules d'un air indifférent ; mais il lui arrivait tout de même de répliquer sèchement : « C'est vous qui faites la cuisine, vous devriez savoir ce dont nous avons besoin.

— Si vous étiez passé du côté des Russes avec vos troupes, je n'en serais pas réduite à cette souillure, à ce péché mortel, pour que nous puissions manger ! » s'écria-t-elle un jour dans un soudain accès d'hystérie.

Je ne fais que traduire leur dialogue, mais c'est bien en ces termes désuets et incongrus de « souillure », de « péché mortel », et de « gamin immoral » (ce qui me plaisait bien) que s'exprimait la comtesse. Outre le vocabulaire, elle avait aussi le maintien d'une dame formidablement vertueuse, et je la plaignais presque, devinant combien elle avait dû se faire violence pour s'abaisser à « se souiller ». Pourtant, je ne pouvais pas m'empêcher de trouver qu'elle exagérait quelque peu son malheur, d'autant plus qu'elle rejouait si fidèlement la scène que je croyais entendre une actrice dans une pièce de théâtre. Le mari ne relevait jamais le défi rituel qu'elle lui lançait, mais, curieusement, la fille était toute prête à décharger sa mère et à assurer elle-même pour la famille une part du sacrifice. « Mère, laissez-moi y aller — vous semblez bien lasse », disait-elle. Mais la comtesse ne voulait rien entendre.

« Plutôt mourir de faim ! » déclarait-elle rageusement. « Plutôt te voir morte qu'en train de te vendre ! » Et parfois, avec l'humour du désespoir, elle ajoutait : « Rien ne peut plus me corrompre, j'ai passé l'âge ; ce que je fais n'a plus d'importance. »

Nous attendions tous en silence tandis qu'elle se reprenait, se maquillait, et puis se levait en observant son époux, ou simplement en promenant son regard autour de leur petite pièce. « Priez pour moi en mon absence », disait-elle habituellement quand nous sortions, et je la suivais, presque persuadé qu'elle aurait volontiers accepté de mourir pour échapper au supplice qui l'attendait.

Pourtant, quand nous arrivions à la voiture, elle parvenait à sourire courageusement, et parfois, quand c'était un certain jeune capitaine qui l'attendait, elle riait joyeusement et sans contrainte pendant le trajet jusqu'au camp militaire. Mais quand soudain son visage s'assombrissait et devenait pensif, il me semblait que j'allais prendre feu rien qu'à être assis auprès d'elle. À ces moments-là, il était visible qu'elle avait une bouche très sensuelle. J'ai souvent observé de ces changements d'humeur chez les femmes que j'accompagnais à la caserne : elles quittaient leur famille en déesses de vertu partant pour le sacrifice, et puis, sans aucun doute, elles prenaient du bon temps avec les Américains, souvent plus jeunes et plus beaux que leur mari. Un bon nombre d'entre elles, je crois bien, n'étaient pas fâchées de pouvoir se considérer comme de nobles et généreuses épouses et mères prêtes à tous les sacrifices, alors qu'en fait il leur plaisait assez d'échapper un moment à l'ennui conjugal.

Non que je me sois jamais trouvé sur les lieux pendant qu'elles s'occupaient avec les soldats, en dépit de mes nombreux et vains efforts pour rester dans les parages. Après tout, je n'étais aucunement rétribué pour mes services, et il me semblait que les soldats et leurs dames pouvaient bien m'accorder l'occasion d'acquérir quelques notions de première main sur leurs activités. Mais, s'ils se souciaient bien peu des effets pernicieux que pouvait avoir sur moi le fait de leur ménager ces rencontres, ils mettaient le holà quand commençaient leurs ébats et ne me permettaient pas de rester pour regarder. Parfois, quand j'étais trop excité par le pelotage préliminaire qui avait lieu devant moi, je m'indignais de l'injustice du procédé. «Quand vous avez besoin de moi pour vous arranger un rendez-vous, je ne suis pas un gamin, mais ça n'est plus pareil quand il s'agit de baiser ! » De ça aussi, je voulais ma part. Je n'arrêtais pas de traduire des phrases du genre. «Demande-lui si elle est large ou étroite», je n'en pouvais plus d'entendre tout cela et de les voir se caresser, si bien que j'étais constamment en état d'érection.

Je manquais rarement l'occasion de m'introduire subrepticement dans la baraque d'un officier quand il venait d'en sortir avec une femme. Dans les quartiers des simples soldats, il y avait toujours quelqu'un dans les parages mais, chez les officiers, j'arrivais parfois à examiner les lieux sans être dérangé. J'essayais de comprendre certaines choses d'après le désordre des lits, les bouteilles d'alcool à moitié vides, les mégots barbouillés de rouge à lèvres, mais surtout d'après les odeurs qui flottaient encore dans la pièce. Une fois même, je découvris une culotte de soie blanche, que je reniflai avidement. L'odeur était particulière mais agréable. Je n'avais pas de moyen de le savoir, mais j'étais sûr qu'elle émanait du sexe de la femme : je tins la culotte pressée contre mes narines et respirai ainsi un long moment.

Une seule fois pourtant, j'eus le sentiment qu'il n'était pas plus mal de rester enfant. Je regardais un soldat qui avait attrapé une maladie vénérienne et à qui on venait de faire plusieurs piqûres dans la verge. Tandis que les autres étaient assis dans la chambrée à rire comme des fous, il arpentait l'espace séparant les deux rangées de lits, plié en deux de douleur, les mains entre les jambes. Les yeux pleins de larmes, il gueulait d'une voix caverneuse : « Je ne baiserai plus jamais personne que ma femme ! Je ne baiserai plus jamais une pute de ma vie ! »

Plusieurs jours s'écoulèrent avant que je ne recommence à cogiter sur le moyen de faire l'amour avec une des dames qui profitaient de mes services.

Mes pensées tournaient autour de la comtesse. Elle avait beau me traiter de « gamin immoral », elle ne pouvait, me semblait-il, que me préférer à ce lieutenant — un type du Sud avec de fausses dents — qu'elle allait voir quelquefois. Je ne pouvais pas espérer rivaliser avec le jeune et beau capitaine, mais je me disais qu'après une nuit avec le lieutenant j'avais peut-être mes chances. Un matin, le voyant partir en voiture, je restai à rôder autour de ses quartiers jusqu'au lever de la dame. Quand j'entendis qu'elle faisait couler la douche, j'entrai tout doucement. Elle ne m'entendit pas. Entrouvrant discrètement la porte de la salle de bains, je la vis sous le jet, nue — à vous couper le souffle ! À la caserne, j'avais vu de nombreuses photos de pin up sur les murs, mais c'était la première fois que je voyais une femme nue en chair et en os. Non seulement c'était différent, c'était miraculeux.

Elle ne remarqua pas ma présence et, quand elle sortit de la douche, je la pris par surprise, lui embrassai les seins et me serrai contre son corps tiède et humide. À la toucher, je sombrai dans un état de faiblesse béate et, malgré mon désir de la regarder, je dus fermer les yeux. C'est peut-être parce qu'elle ne pouvait pas manquer de voir l'impression profonde que son corps produisait sur moi qu'elle attendit quelques instants avant de me repousser d'un air dégoûté. «Sors d'ici, siffla-t-elle en se couvrant le bout des seins avec les mains. Retourne-toi ! »

Je tournai donc le dos, proposant de lui procurer dix boîtes de lait en poudre, cinq paquets de poudre d'œuf, et autant de boîtes de viande qu'elle en voulait si elle me laissait me coucher près d'elle. Mais elle menaça de crier au secours si je ne la laissais pas seule. Pendant que, le dos tourné, je l'imaginais enfilant ses vêtements pour couvrir sa nudité, je fus pris de crampes si douloureuses que je fus obligé de m'asseoir sur le lit du lieutenant. Une fois habillée, elle vint s'asseoir à côté de moi et, d'un geste brusque, fit pivoter mon visage face à elle. Elle paraissait déprimée.

« Quel âge as-tu ?

— Je suis un grand. »

J'eus envie de l'inviter à juger par elle-même, mais c'était superflu. Baissant les yeux sur moi,

38

elle hocha la tête de désespoir. « Seigneur, voilà ce que la guerre fait de nous tous ! »

Pour une fois, j'eus l'impression qu'elle pensait réellement ce qu'elle disait.

« Ici, on te corrompt, on te mène à la perdition. Tu ferais mieux de retourner chez ta mère. »

Je crois que ce qui la déprimait, c'était sa propre déchéance autant que la mienne : elle était tombée si bas qu'un simple gamin pouvait lui faire des avances.

« Le lieutenant est allé en ville et il ne va pas rentrer de si tôt. Et, en fait, j'ai mes entrées aux cuisines, bien plus que lui. Les cuisiniers m'aiment bien. Je peux vous obtenir tout ce que vous voudrez.

— Tu ne devrais pas considérer l'amour comme une chose qui s'achète. Et tu ferais bien d'attendre d'avoir quelques années de plus. Attends de te marier. Ta future épouse se gardera intacte pour le mariage, et tu devrais faire de même. »

Assise sur le lit du lieutenant, d'où elle entendait les voix des GI au-dehors, elle dut prendre conscience de l'incongruité de ses propos. Nous restâmes là côte à côte ; elle me posa des questions sur ma famille et me demanda d'où je venais, en attendant que l'officier revienne la payer.

« Alors, tu es allé jusqu'à Salzbourg à pied », dit-elle d'une voix rêveuse, comme si elle essayait de comprendre quel genre de garçon j'étais. « Il a bien fallu que tu deviennes vite un grand », ajouta-t-elle d'un air un peu absent et avec un brin de sympathie. Peut-être s'interrogeait-elle intérieurement sur la possibilité d'une aventure entre nous. Elle se détourna de moi, mais non sans que j'aie le temps de saisir sur son visage une vague expression d'humilité et d'étonnement. Bien qu'étant déjà une prostituée à temps partiel, elle était sans doute désespérée de se voir prête à accorder ses faveurs à un gamin de douze ans. Du moins est-ce ainsi que j'interprétai sa réaction. Mais, alors que je croyais la comprendre, je ne trouvai rien à dire ni à faire qui pût l'attirer vers moi. J'étais pris au dépourvu — comme à l'école, lorsque le maître m'avait interrogé devant toute la classe et que j'avais été incapable de donner le nom de la capitale du Chili. J'avais envie de fuir, j'étais paniqué.

Mais à ce moment précis elle me repoussa doucement sur le lit et défit la fermeture Éclair de mon pantalon. Toujours assise bien droite, observant mon visage avec une lueur de curiosité dans les yeux, elle se mit à me titiller d'une main douce et placide ; puis ses lèvres s'écartèrent soudain, elle se pencha, et me prit dans sa bouche.

Je me sentis bientôt en état d'apesanteur, n'ayant plus qu'un désir : rester dans cette position toute ma vie. J'avais vaguement conscience qu'elle m'observait d'un air grave, et ensuite il me sembla que sa voix me traitait de nouveau de gamin immoral. Finalement, elle me secoua par l'épaule et me dit de me lever : elle ne voulait pas que le lieutenant me trouve là à son retour. Au moment où je sortais, elle m'exhorta à prier Dieu de me sauver de la perdition.

J'aurais peut-être réussi à la faire céder si j'avais continué à la harceler quand elle sortait de la douche dans les divers quartiers d'officiers qu'elle fréquentait. Mais, curieusement, je n'essayai même pas. Son geste impulsif pour m'arracher à mon supplice sur le lit du lieutenant me découragea de vouloir prendre les femmes au dépourvu. Je me sentais comme un voleur entré dans une maison par effraction et qui, surpris par le propriétaire, se fait simplement renvoyer avec un cadeau.

3

De l'orgueil à treize ans

Non, merci !

EDMOND ROSTAND

Au prytanée, j'avais beaucoup entendu parler
des dangers du sexe. À l'heure de la masturbation, quand les lumières étaient éteintes dans le
dortoir, nous nous faisions peur mutuellement
en nous racontant des histoires de garçons qui
devenaient idiots à cause de leurs pratiques soli-
taires ou des rapports qu'ils avaient avec des
filles. Il y en avait même un, disait-on, qui avait
perdu la raison rien qu'à penser à des femmes.
À mon arrivée au camp de l'armée américaine,
toutes mes craintes religieuses étaient tombées,
mais j'étais toujours persuadé que si, à mon âge,
on avait des pulsions sexuelles très fortes, les
autres facultés ne se développaient pas normalement. Et j'étais très inquiet pour ma personne.

Rétrospectivement, je m'aperçois que j'avais
des appétits surdéveloppés en tous domaines.
D'abord, je devins boulimique. Sans doute parce

que, avant d'être recueilli par les Américains, j'avais eu faim pendant si longtemps, je passais chaque jour des heures à manger. Dans la grande salle de mess, à chaque repas, des aides de cuisine, au nombre de six ou huit, étaient alignés sur tout un côté et plongeaient dans leurs grandes marmites en inox pour nous remplir nos gamelles quand nous passions devant eux. Ce que je préférais, c'étaient les crêpes rondes et dorées au beurre et au sirop, le maïs doux, et la tarte aux pommes avec de la glace. Je fus également pris d'un insatiable appétit d'argent. Pendant mon premier mois au camp, n'en croyant pas mes yeux, je regardais les cuisiniers verser dans des bacs à ordures la graisse qui avait servi à faire cuire les hamburgers et les steaks. Ils devaient se débarrasser ainsi d'une bonne centaine de litres de graisse par jour — des litres d'or liquide dans cette Europe affamée. J'aimais beaucoup les Américains, mais manifestement ils étaient fous. Le lendemain de ma tentative de séduction ratée auprès de la comtesse, je décidai de me lancer dans les affaires : j'eus l'idée de demander au chef cuisinier de me laisser disposer de cette graisse au lieu de la jeter. Tout d'abord, il ne voulut pas se donner cette peine mais, quand je lui dis que j'avais l'intention de vendre la marchandise, il fut d'accord. À partir de ce jour-là, chaque fois que les soldats m'emmenaient à Salzbourg pour que je leur trouve des filles dans le camp des réfugiés, ils assuraient aussi le transport de mes boîtes à lait en poudre de vingt litres remplies de graisse. Je les vendais à divers restaurateurs salzbourgeois et j'exigeais d'être payé en argent américain. Les jours où j'avais plus de graisse que je ne pouvais en vendre, je la donnais aux réfugiés et recevais des ovations dignes d'un pape hongrois. Au bout d'un moment, le chef cuisinier (qui ne me demanda jamais la moindre commission), se prenant vraiment au jeu, me donna toutes les grandes boîtes de viande, de poudre d'œuf, de fruits ou de jus de fruits ouvertes qui risquaient de s'abîmer. Pour charger ces précieuses denrées, il fallait environ vingt minutes, pour aller à Salzbourg et en revenir après distribution de la marchandise, deux heures de plus. À travailler deux heures et demie par jour, je gagnais environ cinq cents dollars par semaine. Quand le colonel Whitmore, qui commandait la place, eut vent de mon talent pour la libre entreprise, il nourrit une certaine curiosité à mon égard et m'invita souvent à bavarder avec lui. C'était un des êtres les plus civilisés que j'aie jamais rencontrés : un homme petit et mince, au visage pâle, avec un léger tic dans un œil. Les GI m'apprirent qu'il avait beaucoup combattu dans le Pacifique et qu'on lui avait accordé cette affectation en Europe comme une sorte de villégiature. Il ne buvait pas, ne jouait pas au poker, et sa principale distraction était la lecture : apparemment, il en savait autant sur la littérature et la mythologie grecques que les pères franciscains, et il aimait parler du théâtre d'Eschyle et de Sophocle. Il était propriétaire de plusieurs hôtels à Chicago et dans les environs, et il avait hâte de rentrer chez lui pour les remettre en état, mais il m'avoua que les affaires l'ennuyaient tout autant que l'armée. Je lui parlais de mes transactions véreuses avec les restaurateurs, qui semblaient l'amuser, et il m'obligea à lui rendre compte de mes gains quotidiens. Quand il apprit que je perdais des centaines de dollars au poker, il me confisqua l'argent que je gagnais pour le mettre à l'abri. Il avait deux enfants, qui lui manquaient beaucoup, et il paraissait heureux de m'avoir auprès de lui, à l'entretenir de tout ce qui me passait par la tête. Mais quand je commençais à lui rapporter des histoires sur les soldats il m'arrêtait tout net : «Attention ! Ne fais pas le mouchard. Je ne veux rien savoir.» Il m'emmenait souvent en tournée avec lui, et il se trouva que je l'accompagnais lorsqu'il alla voir un entrepôt de l'armée allemande qu'il était chargé de faire liquider. Le magasin était bourré de chemises d'été qui avaient été fabriquées pour l'armée d'Afrique de Rommel et qu'on avait oubliées là. Il y en avait deux millions, d'après l'inventaire, et je demandai au commandant de me les donner. Il était sceptique quant à mes chances de vendre deux millions de chemises d'été, mais il promit de me laisser en disposer et même de les faire transporter si j'arrivais à trouver acquéreur. Je montai à bord d'une jeep qui allait à Salzbourg et je décidai d'aller voir une tenancière de bordel de ma connaissance. Elle m'offrit mille dollars pour le lot, mais je réussis à faire monter le prix à dix-huit cents dollars. Malheureusement, quand les chemises furent livrées et que j'eus empoché l'argent, les GI qui conduisaient les camions vinrent jouer au poker avec moi. Je perdis quatorze mille dollars, et décidai enfin de renoncer définitivement à ce petit jeu.

Résolu à m'amender, je trouvai à Salzbourg un professeur de musique qui me donna des leçons de piano deux fois par semaine pour une demi-livre de beurre de l'heure. J'apprenais l'allemand, et j'essayais de progresser en anglais. Ayant abandonné mon ambition de devenir martyr, je rêvais à présent d'immortalité : je me mis à écrire un long drame en vers sur la futilité de l'existence, en espérant que ce serait à la fois un chef-d'œuvre et un succès. Mais c'est au latin que je consacrai mes plus gros efforts. Allez savoir pourquoi, j'étais persuadé que je n'arriverais jamais à rien de bien si je ne connaissais pas le latin.

Pendant tout ce temps-là, je continuai à être souteneur et vierge. Un certain nombre de putains belles et gentilles avaient l'air de bien m'aimer, mais je ne savais pas comment leur faire des propositions pour mon propre compte. Je les regardais avec des yeux aussi implorants que je pouvais, en espérant que l'une d'elles aurait l'idée de me faire des avances. Mais ça n'arrivait jamais. Et puis, j'avais beau avoir terriblement envie de faire l'amour, au point d'en avoir souvent de sérieuses crampes, les tristes effets qui suivaient ces rencontres purement commerciales commençaient à me refroidir. Je remarquai que les soldats qui prenaient la première femme disponible — sans même la regarder, ou presque — avaient souvent l'air morne ou mauvais après coup. Et, tandis que ma chère comtesse était toujours d'humeur radieuse quand elle quittait son jeune capitaine, elle tirait une mine sinistre en sortant de chez les autres officiers. Entre autres choses, l'amour était manifestement une affaire à deux, et je commençais à me dire que des inconnus plus ou moins imposés l'un à l'autre faisaient rarement bonne équipe.

C'est une certaine Fräulein Mozart qui m'éclaira très nettement sur ce point. Elle arriva dans notre chambrée par un dimanche ensoleillé au début du printemps, juste après le déjeuner, alors que la plupart des soldats étaient déjà sortis pour l'après-midi. Nous n'étions plus que trois dans la pièce, deux GI et moi-même : l'un d'eux, vautré sur son lit, lisait des magazines, et l'autre se rasait, non sans difficulté. Il avait placé le miroir sur le bord de la fenêtre près de son lit, et il avait le soleil dans l'œil. Moi, assis en tailleur sur mon lit, j'apprenais des verbes latins. Soudain, la porte s'ouvrit brutalement, et notre prétendu comédien de Brooklyn brailla joyeusement : « La voilà, les gars — voilà Fräulein Mozart ! »

La chambrée était longue et étroite, avec deux rangées de vingt-quatre lits séparées par un espace de deux mètres environ. Mon lit était tout au fond et, quand les nouveaux venus entrèrent, je pus m'esquiver sans être vu. Je m'assis par terre derrière le dernier lit, avec seulement le sommet du crâne qui dépassait, en espérant que les autres oublieraient ma présence et que je pourrais profiter du spectacle. Fräulein Mozart était une grosse blonde autrichienne. Laiteuse, massive, impassible. Elle portait la jupe froncée traditionnelle, à fleurs, et un corsage noir sans manches. Elle entra dans la pièce comme s'il n'y avait eu personne ; et, du reste, les deux soldats qui étaient près de la porte ne la saluèrent pas et ne semblèrent pas même remarquer son entrée, malgré la pantomime du type qui l'accompagnait. Petit, les sourcils noirs et épais, et les cheveux coupés ras, celui-ci ondulait des hanches, applaudissait et se frottait les mains en répétant son cri de victoire : « Qu'est-ce que vous dites de ça, les gars ? — Fräulein Mozart ! » Il avançait à sa suite, en faisant en l'air de grands gestes circulaires avec les mains pour insister sur les formes de la dame. Mais ses camarades ne lui prêtaient aucune attention : le GI qui lisait *Life* ne leva pas les yeux, et l'autre, l'espace d'une seconde, tourna une joue couverte de savon à barbe, pour retourner aussitôt à son miroir en grimaçant face au soleil.

« Vous en avez jamais vu une comme ça ! » insista Brooklyn, en dégrafant son pantalon avec ostentation.

Fräulein Mozart ralentit le pas, hésita. Je crus qu'elle se trouvait gênée de la présence des autres et du comportement de celui qui l'avait amenée. Mais quand elle ouvrit la bouche je compris que je me trompais.

« Ton lit, c'est lequel ? » demanda-t-elle avec brusquerie.

Brooklyn le lui indiqua : à peu près au milieu de la chambrée, à une dizaine de lits du mien. D'un air aussi dégagé que si elle était seule, Fräulein Mozart commença à se dévêtir, jetant son corsage et son soutien-gorge sur le lit voisin. Brooklyn cessa de se tortiller et de battre des mains, et il fixa les yeux sur elle. Puis elle ôta sa jupe et dénoua ses longs cheveux blonds, qu'elle se mit à peigner avec ses doigts. Elle était là debout et nue, n'ayant plus sur elle que sa culotte, et tout ce que je voyais d'elle c'était son large dos tout blanc et ses fesses puissantes. J'essayais désespérément de me représenter ce qui s'offrait à la vue de Brooklyn, de face ; il était assis sur le bord du lit voisin, calmé à présent, et tapait doucement du pied. Les autres soldats ne faisaient toujours pas attention à elle. Je n'y comprenais absolument rien.

« Si ça vous intéresse, les gars, je prends deux livres, dix dollars, ou quatre cents cigarettes. »

Elle devait fréquenter le camp anglais voisin, et n'avait manifestement pas besoin de mes services pour la traduction. Les soldats ne se donnèrent pas la peine de répondre. Juste au moment où elle lançait sa culotte à la figure de son partenaire, le lecteur de *Life* leva les yeux pour demander : « Où est le gamin ? »

Je plongeai la tête sous mon lit et retins mon souffle, mais j'entendis alors Fräulein Mozart répondre d'une voix égale et sans timbre : « Il y a un gosse là-bas au fond. »

Alors qu'elle n'avait pas cessé de me tourner le dos.

Ils riaient encore au moment où je passai la porte. J'attendis dehors, en donnant des coups de pied dans les cailloux et en haïssant la terre entière. C'était maintenant ou jamais, je n'en pouvais plus. Fräulein Mozart sortit au bout d'une vingtaine de minutes. En m'avançant vers elle, je m'aperçus que je ne lui arrivais qu'à la poitrine, si bien que je reculai aussitôt. Je proposai mille cigarettes. Elle me regarda d'un air impassible et je crus qu'elle n'avait pas compris.

« Je vous donnerai mille cigarettes.

— Pour quoi ? » demanda-t-elle, un peu perplexe.

Je décidai de lui présenter ma requête dans sa langue maternelle. « *Fräulein, ich möchte mit Ihnen schlafen, wenn ich bitten darf.*

— Bon, bon, répondit-elle, sans la moindre réaction visible. Mais je prends seulement quatre cents cigarettes. »

J'étais content qu'elle ne cherche pas à me faire payer le prix fort, même si c'était moi qui avais délibérément proposé les cinq cartouches. Cela me laissait espérer que nous allions finir par nous entendre. J'en fus certain quand elle-même suggéra le lieu : dans la forêt, à mi-chemin du camp et du village le plus proche. Manifestement, Brooklyn n'avait pas voulu la reconduire à Salzbourg et il fallait qu'elle aille prendre un car au village pour rentrer en ville. Je retournai dans la chambrée chercher les cigarettes et une couverture, sans me presser et l'air de rien, car je voulais éviter que les soldats me posent des questions. Brooklyn était allongé sur son lit, tout nu; il fumait et lisait des bandes dessinées. Il ne me fallut guère que trois minutes pour prendre mes affaires, et je piquai une suée à m'imaginer qu'un autre GI l'avait soulevée pendant ce temps-là, ou que, changeant tout simplement d'avis, elle était partie. Après tout, elle ne m'avait même pas fait un sourire. Mais la chance était avec moi : elle attendait.

Nous sortîmes du camp par une ouverture dans les barbelés. La paix et l'ordre étant rétablis, les femmes n'avaient plus accès aux chambrées, mais elles venaient toujours dans le camp en aussi grand nombre qu'avant; seulement désormais, elles ne passaient plus par la grille d'entrée.

C'était une des premières journées lumineuses et tièdes de l'année : le soleil était étincelant, et la terre, noire et humide après la fonte de la neige, laissait échapper les senteurs du printemps. Le village de Niederalm n'était qu'à un peu plus de deux kilomètres, et il n'y avait guère de chemin à faire pour atteindre la forêt. Nous marchions sur une petite route étroite couverte de gravillons. Fräulein Mozart portait des chaussures à talons plats et avançait tranquillement à grandes enjambées, de sorte que je devais trotter à côté d'elle pour me maintenir à sa hauteur. Elle ne prononça pas une parole et ne m'accorda même pas un regard — on n'aurait jamais cru que nous cheminions ensemble, et pourtant, au bout d'un moment, elle ralentit l'allure. Je songeai à poser ma main sur son bras nu et blanc mais, comme il aurait fallu que je me hausse pour l'atteindre, je renonçai à mon idée. Je regardai si ses seins ballottaient quand elle marchait, mais son soutien-gorge était serré, et ils n'étaient pas plus mobiles que les traits de son visage. C'étaient pourtant de gros seins bien ronds. Je voulais qu'elle sache combien tout cela était important pour moi.

« *Du bist die erste Frau in meinem Leben.*

— *Ach so* », répondit-elle.

Après cet échange, nous poursuivîmes notre chemin en silence. Je commençais à sentir le poids de la couverture et j'avais hâte de l'étaler par terre. J'étais sûr que ma compagne allait s'adoucir une fois mollement allongée à mes côtés.

Quand nous arrivâmes dans la forêt — un de ces petits bois des alentours de Salzbourg qui ont l'air aussi léchés qu'un jardin public au centre d'une ville —, je courus en avant et trouvai une petite clairière protégée derrière un rocher. Je posai la couverture et, tout fier d'avoir découvert une retraite aussi romantique, je l'y invitai d'un geste enthousiaste. Elle s'assit, défit sa jupe (qui s'ouvrait sur le côté) et s'allongea. Ne trouvant pas de position confortable, elle se tortilla en grognant. Je me couchai à côté d'elle et j'essayai de voir à travers son corsage bien boutonné et son soutien-gorge serré, puis je regardai son ventre découvert et l'endroit de sa culotte ombré par les poils qui transparaissaient sous la blancheur légère de la soie. Je mis la main sur sa cuisse froide et ferme, et la tâtai avec émerveillement. Respirant profondément l'odeur de la pinède et de la terre mouillée, je m'imaginai que même si rien ne semblait l'impressionner, et quelle que soit son habitude des hommes, elle devait partager ma vive émotion. Pâmé, j'enfouis mon visage dans son giron, et je dus rester immobile un bon moment, car elle me dit de *faire vite*. Sa voix avait enfin une certaine expression — elle exprimait son impatience d'en finir.

« *Mach' schnell !* »

Je fus terriblement offensé.

Sans un mot de plus, je me levai et commençai à lui retirer ma couverture. Je n'aurais pas pu la toucher pour tous les délices du paradis.

« *Was willst du ?* » demanda-t-elle, peut-être un rien vexée.

Je lui fis savoir que j'avais changé d'avis.

« OK », dit-elle.

Nous allâmes ensemble jusqu'à l'orée du bois, où je lui tendis les cartouches de cigarettes. Elle prit la direction du village, et moi je revins au camp, ma couverture sous le bras.

4

Des adolescentes

Tu te souviens quand tu étais adolescent ?
Voudrais-tu revivre cet âge-là ?
Le voudrais-tu ?
Non, jamais — jamais.

SÁNDOR WEÖRES

Des pluies acides tuent les forêts et les lacs, nous vivons sous la menace de la guerre nucléaire, et l'extinction de la race humaine est une réelle possibilité, mais tout ne va pas de mal en pis. Apparemment, les filles ont perdu l'habitude de martyriser les garçons.

Il y a des années que je n'ai pas été témoin d'un incident qui me rappelât les horreurs de mon adolescence. Cela se passait dans le foyer d'un théâtre où j'étais allé voir *Hamlet,* interprété par une vedette de cinéma qui essayait de démontrer qu'il savait aussi jouer sur scène. Après la représentation, m'acheminant vers la sortie parmi la foule, je me trouvai à côté d'un couple d'adolescents. Le garçon avait peut-être dix-sept ans, et la fille paraissait à peine plus jeune. À voir la façon dont elle s'accrochait au bras du jeune homme et s'appuyait sur lui pesamment tout en marchant, je me doutais qu'ils « sortaient » ensemble. Elle riait sottement sur un ton aigu, attirant l'attention d'une dizaine de personnes autour d'eux, ce qui était sans doute son intention.

« J'ai vu son regard, je crois que c'est moi qu'il regardait ! » dit-elle bien fort d'une voix haletante, en fermant les yeux et en se pâmant au bras de son ami. « Il est absolument prodigieux. Je serais prête à lui tomber dans les bras ! »

Cette manière de clamer en public que le garçon contre qui elle s'appuyait avec tant de familiarité et d'indifférence n'avait pas le moindre intérêt pour elle, qu'il n'était qu'un piètre substitut de l'homme dont elle rêvait, cette attitude ne manqua pas d'embarrasser le jeune homme. Il pâlit, puis rougit. Je vis qu'il essayait de s'éloigner des gens qui avaient entendu les propos de la donzelle, mais il n'est pas facile d'avancer dans la foule avec une fille plutôt volumineuse à son bras. Il était piégé parmi nous. La fille n'avait pas la moindre idée de l'inconvenance de son comportement, et nos regards de curiosité ne semblaient pas du tout lui déplaire. Peut-être se disait-elle que nous nous imaginions combien elle serait fantastique au bras du séduisant acteur.

Selon toute vraisemblance, le garçon s'était donné une peine considérable et avait dépensé beaucoup d'argent pour amener sa jeune amie au théâtre. Il ne s'attendait pas nécessairement à des remerciements, mais il devait espérer qu'en l'emmenant voir une vedette, en compagnie d'un public de théâtre élégant, il l'impressionnerait davantage. Alors, comme il ne pouvait pas s'éclipser, il voulut prendre la chose à la légère, souriant bêtement, roulant nerveusement des épaules, et nous regardant avec l'air de dire : « Elle est idiote, mais elle est si mignonne ! » Pourtant, quand il tourna la tête de mon côté, je saisis son regard un instant — un regard de chien estropié. À le voir ainsi piégé parmi nous, la fille pendue à son bras, gêné et humilié, il me fallut réprimer mon envie de l'entraîner à l'écart, et de lui exprimer d'homme à homme ma sympathie et ma solidarité.

J'ai eu moi-même avec les adolescentes des expériences catastrophiques. Mais, avant de vous en parler, il faut que je raconte brièvement ce qu'il advint de moi quand je quittai le camp de l'armée américaine en Autriche l'été de 1946.

Le colonel Whitmore, qui commandait le camp, voulait m'adopter et me prendre chez lui à Chicago avec ses enfants, mais je déclinai sa généreuse proposition. Il m'écouta tristement quand je lui dis que ma pièce, j'en étais sûr, allait me rapporter un million, et que bientôt je serais plus riche à Budapest qu'il ne l'était en Amérique avec ses hôtels. Il fit coudre les sept mille cinq cents dollars qu'il m'avait gardés dans la doublure de mon parka, et il me fit promettre de ne pas m'en vanter auprès des gardes russes quand je quitterais la zone d'occupation occidentale.

Je retournai en Hongrie dans un train de la Croix-Rouge et je rejoignis ma mère à Budapest, où elle était venue s'installer pour trouver un travail plus intéressant. Grâce à l'argent américain que j'avais apporté, elle loua pour nous un appartement qu'elle meubla, dans un immeuble ancien grandiose sur le mont des Roses, à Buda. Comme nous n'avions ni amis ni connaissances dans la capitale, notre vie, au début, fut assez solitaire. Pendant que ma mère était au bureau, j'étais au lycée et, le soir, nous dînions dehors et nous allions voir un film ou une pièce de théâtre. C'était elle qui gérait notre argent mais, lors de nos sorties, elle me confiait le porte-monnaie et me laissait payer. À cette époque-là, j'avais bien grandi, je faisais plus que mon âge, et cela me plaisait énormément d'être vu avec une femme imposante comme ma mère. À quarante ans, elle était encore fort belle femme et elle devait avoir sa propre vie — tout comme j'avais mes rêves et mes angoisses personnelles — mais il y avait entre nous une amitié qui n'est sans doute possible qu'entre une veuve et son fils. Elle m'interdit formellement de montrer à quiconque ma pièce en vers, sous prétexte que nous n'avions pas besoin de cet argent pour l'instant. Cependant, elle lisait avec intérêt tout ce que j'écrivais, et elle me donnait souvent confiance en moi en me demandant conseil pour ses lectures. Mais je n'étais plus assez jeune, et pas encore assez âgé pour qu'elle me confie tout ce qui était dans son cœur. Quant à moi, je n'avais pas le sentiment de pouvoir lui parler de mes problèmes pressants concernant les femmes.

À cet égard, le retour à la vie paisible de lycéen fut pour moi un choc qui valait bien celui que j'avais subi en la quittant, deux ans auparavant. Je ne pouvais plus toucher, l'air de rien, ces aimables dames qui rendaient visite à ma mère, et je n'avais plus de prostituées à contempler. Il me fallut donc affronter les adolescentes.

Bien sûr, je ne ratai pas une occasion de le faire. L'expérience la plus douloureuse et la plus ahurissante dont j'aie le souvenir est une soirée dansante du lycée — le genre de soirée-rencontre que j'aurais connu en Amérique si le colonel Whitmore m'avait adopté. Nos lycées hongrois n'étaient pas mixtes, mais nous avions nous aussi des sauteries, au gymnase, où filles et garçons se trouvaient réunis. La différence, assez frappante à l'œil, venait du fait que nos soirées étaient patronnées non pas par l'Association parents-professeurs, mais par l'Organisation des Jeunesses communistes. Pour l'occasion, notre gymnase moderne était décoré non seulement de papier crépon et de ballons, mais d'énormes portraits de Marx, de Lénine et de Staline, qui nous lançaient des regards noirs du haut des cordes à grimper. Assez curieusement, nous dansions sur des airs américains, les mêmes, souvent, que ceux qu'écoutaient les GI au camp. C'était le moniteur d'éducation physique qui choisissait cette musique, assis dans un coin près du tourne-disque du lycée, résolument indifférent à nos petites privautés.

En cette fin d'après-midi, ce vendredi-là, je choisis pour cavalière une brunette maigrelette du nom de Bernice. Je l'invitai à danser parce que ses œillades noires me laissaient espérer une aventure possible. Car sinon, elle n'avait rien de séduisant. Elle avait le visage maigre d'une sous-alimentée, et elle était tout en os. Je ne sentais ses seins minuscules que lorsque je la serrais de près en dansant, et alors je sentais aussi les boutons pointus de son corsage. Se trémoussant en cadence d'avant en arrière, elle se mit à glousser, tout émoustillée, quand je l'embrassai dans le cou derrière les oreilles. Je proposai un rendez-vous le lendemain après-midi, et nous décidâmes d'aller manger des pâtisseries chez Stefania. Tout en dansant, je redressai un peu la tête et la serrai de plus près, plus bas. Bernice cessa de ricaner et vint se frotter tout contre moi en roulant d'un côté puis de l'autre. Au bout d'un moment, l'inévitable arriva : je me mis à bander contre son ventre. D'abord, elle rougit en faisant une grimace, et elle s'écarta légèrement. Puis, comme elle ne pouvait manquer de s'apercevoir de mon état malgré l'espace qui nous séparait, elle me repoussa et se mit à rire comme une folle. Elle s'enfuit et me planta là au milieu du gymnase.

Je la retrouvai assise sur le cheval d'arçons garni de cuir, près du mur, avec une bande d'amies à elle, qui bavardaient toutes ensemble en ricanant bêtement. Je m'approchai juste au moment où l'une d'entre elles poussait un cri d'horreur. «Ah non !» hurla celle-ci, en se mettant les mains devant la bouche. Quand elles me virent, elles éclatèrent de rire d'un air horrifié, comme si elles avaient toutes perdu la raison. Je demandai à Bernice de revenir sur la piste de danse, mais elle refusa. Dans le feu de l'action, je me tournai vers une des autres d'un air de défi. Celle-ci déclina mon invitation avec mépris : « Danser avec un type comme toi, sûrement pas ! »

Une des horreurs de la prime jeunesse, c'est qu'on n'a pas conscience de sa défaite. Je m'acharnai à demander successivement à chacune des filles assises sur le cheval d'arçons de venir danser avec moi, et j'essuyai, de la part de chacune, un refus catégorique. L'une d'elles descendit de son perchoir et se précipita sur la piste de danse pour répandre la nouvelle de mon érection. Pendant qu'on mettait un autre disque, je me dirigeai vers plusieurs filles qui venaient de quitter leur cavalier, mais, en me voyant, elles éclatèrent de rire et piquèrent un fard. Je n'arrivais pas à comprendre ce qu'il y avait de si ridicule ou de si terrible à désirer cette idiote de Bernice maigre comme un clou. Je continuai à me dire que c'était parfaitement normal, et pourtant je me faisais l'effet d'un pervers. Je m'enfuis honteusement du gymnase et rentrai chez moi la mort dans l'âme.

Il est un autre épisode que je ne peux toujours pas évoquer sans un arrière-goût d'humiliation. Partant de l'idée stupide et dangereuse que les filles laides doivent forcément être plus gentilles et plus modestes que les beautés, j'invitai un jour un véritable laideron à aller voir un film. À l'heure convenue, je l'attendais devant le cinéma, bien habillé et les cheveux coupés de frais. Elle arriva avec un quart d'heure de retard, et en compagnie de deux de ses amies. Quand elles me virent, elles se mirent à s'esclaffer sottement, et elles passèrent devant moi sans même répondre à mon bonjour. Pour tout dire, elles n'auraient pas pu prononcer une parole, l'auraient-elles voulu. Elles riaient si fort qu'elles n'arrivaient même pas à marcher droit — on aurait cru qu'elles allaient se briser en deux. Comme je les observais, complètement ahuri et couvert de honte, j'entendis mon laideron s'écrier : «Vous voyez, je ne vous ai pas menti, j'avais bien rendez-vous avec un garçon.»

J'allai voir le film tout seul, et je pleurai dans le noir. Pourquoi riaient-elles ainsi? Étais-je répugnant? Qu'y avait-il de si drôle?

Je connus, bien sûr, des occasions plus heureuses, où les filles étaient fidèles au rendez-vous et se permettaient même quelques privautés. J'avais l'impression d'être dans un avion qui fonce sur la piste d'envol dans un sens, puis dans l'autre, sans jamais décoller. Je commençai à me sentir laid, indésirable, sans défense. Et comment pourrait-il en être autrement quand une fille plonge sa langue dans votre bouche, et puis la retire résolument, comme si c'en était déjà trop de cette lampée? Mes camarades de classe avaient dû connaître des expériences tout aussi déconcertantes, car apparemment nous avions tous une dent contre les filles, tout en étant obsédés par elles. Et il ne fallait pas grand-chose pour transformer notre passion en hostilité.

Un matin, j'arrivai au lycée en retard, et trouvai la classe en effervescence. Il n'y avait pas trace du professeur, et un des élèves était au tableau, une craie rouge à la main. En lettres de soixante centimètres de haut et de trente centimètres de large, il recouvrait la surface noire du mot le plus obscène de la langue hongroise — synonyme de vagin. Les autres, assis à leur place, essayaient de prononcer le mot rouge tous ensemble, d'une voix semi-goguenarde et hésitante pour commencer. *Pi-na! Pi-na!* Pour donner plus de poids au mot, ils se mirent à taper du pied par terre et à marteler les tables avec leurs poings. Écarlates d'excitation et d'effort physique, ils braillèrent bientôt le mot comme des sauvages, mais en le rythmant de façon fort appropriée. Tandis qu'ils trépignaient ainsi, de la poussière s'éleva du plancher, transformant en véritable tornade cette éruption soudaine. *Pi-na! Pi-na!* Ces garçons se vengeaient de toutes les questions du genre : « Qu'est-ce que tu crois ? » et « Qu'est-ce que tu veux *de plus* ? » À les voir trépigner, marteler les tables et hurler le mot interdit, il n'y avait pas à se tromper sur le sens et le but de leur attitude. Notre but à tous, devrais-je dire, car je m'étais précipité à ma place pour me joindre à toute la bande. Je sentais les lames du plancher ployer et les murs trembler tandis que tout le bâtiment résonnait de notre cri de guerre : *Pi-na! Pi-na!*

Une des fenêtres branlantes s'ouvrit soudain toute grande, et le mot rouge s'envola dans la rue. Dans ce quartier tranquille de la vieille ville, où les maisons ne sont pas très hautes et la circulation presque inexistante le jour, nos voix durent porter loin et clouer sur place les vieilles dames, les ménagères et les facteurs en tournée. Cette idée plaisante que le monde extérieur nous écoutait, étonné et inquiet, nous incita à redoubler nos efforts. Quand cette fenêtre s'ouvrit, nous nous mîmes tous à brailler encore plus fort. Mais le volume sonore ne brouillait pas le sens, ce n'était pas un simple rugissement confus et ambigu, c'était le Mot, d'une clarté et d'une réalité immanquables, proféré pour abattre l'école et la ville, pour frapper d'une crise cardiaque aussi bien nos ennemis que nos amis. Notre salle de classe était au premier étage, et je m'attendais à nous voir tous passer au travers du plancher et atterrir sur la tête des petits. Ce qui ne m'empêcha pas de continuer à taper des pieds et à cogner des poings avec une violence telle qu'ils restèrent douloureux pendant des jours et des jours.

Finalement, le principal se précipita dans la classe. Il s'arrêta soudain dans son élan, comme paralysé par l'horreur du spectacle. Il se mit à crier après nous mais, si nous voyions ses lèvres bouger, nous n'entendions pas ce qu'il disait. *Pina!* couvrait le son de sa voix. C'est seulement lorsque deux policiers parurent dans l'embrasure de la porte qu'il parvint à nous faire taire.

Après une accalmie brève et tendue, pendant laquelle la poussière retomba sur le sol et au fond de notre gorge, il nous demanda d'une voix faible : « Êtes-vous tous devenus fous ? »

Les deux policiers restèrent à la porte à écouter le petit discours du principal, en faisant des signes d'approbation et en hochant légèrement la tête d'un air faussement choqué. Ce principal était un homme maigre, blond, avec un début de calvitie à faire pitié, et nous l'avions surnommé la Pédale, tout en sachant bien qu'il était marié et père de cinq enfants, et avait une liaison avec sa secrétaire. En éducateur progressiste, il tenta de nous expliquer combien nous nous étions comportés d'une manière infantile. Plutôt qu'un sermon sur le péché et l'obscénité, il nous fit un cours sur les conséquences sociales de la grossièreté et du manque de considération pour autrui, et sur la nécessité de s'en remettre à la raison. Pourtant, il était lui-même dans un état d'esprit si peu rationnel qu'il se dirigea vers la fenêtre ouverte et la ferma, comme s'il tentait vainement de retenir à l'intérieur de la classe le Mot qui s'en était envolé depuis longtemps. En fait, il avait l'esprit si embrouillé qu'il ne parvint pas à trouver une circonlocution appropriée pour nous paraphraser, et que le Mot lui échappa une fois. Ce qui ne suscita qu'un faible et bref émoi. Nous étions las et satisfaits, contents d'avoir dit ce que nous avions à dire.

Plus tard, nous apprîmes que notre professeur de maths, dont l'absence à notre cours avait été portée à l'attention du principal de façon si dramatique, était privé d'une semaine de salaire. Mais pourquoi donc punir le professeur de maths ? Le principal aurait mieux fait, me disais-je, de punir ces petites affreuses qui rient comme des sottes, ces filles angéliques et timides effarouchées par un rien.

Ma mère ne partageait pas mon opinion sur le sujet. Chaque fois que je lui parlais candidement de mes difficultés — par exemple de cette fille qui était venue au rendez-vous avec deux autres et ne s'était pas même arrêtée en me voyant —, elle me disait de ne pas m'inquiéter. « Tout cela passera — ça fait partie de l'adolescence », disait-elle. Mais je n'avais pas envie d'attendre que mes problèmes disparaissent avec le temps — je voulais m'en débarrasser.

À ce moment-là, le film de Claude Autant-Lara *Le Diable au corps* faisait fureur à Budapest, et j'allai le voir une bonne douzaine de fois. Il s'agissait d'une histoire d'amour entre un jeune homme et une femme plus âgée, exquise et passionnée. En voyant de quelle manière enjôleuse Micheline Presle amenait Gérard Philippe à faire l'amour avec elle, je me dis que ce qui n'allait pas chez moi, c'est que j'avais à faire à des filles trop jeunes. Nos difficultés tenaient au poids de notre double ignorance. Notre professeur d'anglais nous présentait *Roméo et Juliette* comme la victoire des jeunes amours sur la mort. Quand je lus la pièce, je me dis qu'il s'agissait au contraire du triomphe de l'ignorance juvénile sur l'amour et la vie. Car vraiment, il fallait être deux gamins ignares pour se donner la mort juste au moment où ils se trouvaient enfin réunis, après tant de peines et d'intrigues !

Et je continue à penser que, s'ils ont le choix, garçons et filles devraient rester chacun de leur côté. Aujourd'hui, les filles sont plus faciles — beaucoup trop pour leur bien — et le plus souvent ce sont elles qui en pâtissent, plutôt que les garçons. Mais, dans un cas comme dans l'autre, l'adolescence peut être un enfer. Alors pourquoi vivre cet enfer à deux ?

Essayer de faire l'amour avec quelqu'un qui a aussi peu d'expérience que l'on en a soi-même me semble à peu près aussi insensé que de s'aventurer en eau profonde avec quelqu'un qui ne sait pas nager non plus. Même si on ne se noie pas, le choc est terrible.

Pourquoi se faire du mal ? Quand je vois un homme approcher une femme avec de pénibles hésitations — comme s'il avait à s'excuser de quelque chose, comme si cette femme devait subir son désir plutôt que de le partager —, je me demande si cet homme-là n'a pas été malmené par les filles dans sa jeunesse.

Et comment se fait-il que tant d'hommes considèrent les femmes comme leurs ennemies ? Quand j'entends des hommes rire de propos vicieux ou vulgaires sur les femmes, j'ai l'impression de me retrouver dans cette classe déchaînée, le jour où nous voulûmes faire tomber les murs de la ville en proférant la pire obscénité qui nous vînt à l'esprit.

Mais notre déchaînement n'avait rien à voir avec de quelconques reproches que l'on pourrait faire aux femmes — il était inspiré par le fait que les filles jeunes ne supportent pas le spectacle étrange d'un garçon qui hisse pavillon.

J'ai pourtant connu une fille qui supportait assez facilement la chose. Julika et moi avions tous les deux quinze ans à l'époque, mais elle était plus grande que moi et plus posée. « András, il ne faut pas porter des jugements hâtifs sur les gens », me conseillait-elle souvent. « Tu es toujours trop pressé en tout. » Une brunette directe et équilibrée, avec des nattes. Nous avions fait connaissance à l'automne, et je me souviens être allé la voir par un bel après-midi d'hiver où les flocons de neige semblaient flotter dans l'air ensoleillé au lieu de se poser sur le sol. Ce devait être peu de temps après Noël, car il y avait encore un arbre décoré dans la salle de séjour. Ses parents n'étaient pas là, et Julika m'offrit du thé et du gâteau aux noix, puis elle me montra ses cadeaux, y compris une chemise de nuit en soie qu'elle avait reçue de sa mère. Après quelques caresses enflammées sur le canapé, je la persuadai de me présenter l'article sur elle. J'attendis dans le séjour pendant qu'elle se retirait pour la passer, ce qui sembla prendre un temps infini. Julika reparut enfin dans sa chemise de nuit de soie rose. Pour une meilleure visibilité, elle était nue sous l'étoffe transparente, qui cependant lui recouvrait le corps de la tête aux pieds, ce qui devait la rassurer. Elle évolua devant moi avec une parfaite aisance, tournant et retournant plusieurs fois pour que je puisse admirer les plis au-dessous de la taille. Finalement, je pus voir jusqu'en haut ses longues, très longues jambes minces. Au début, ses lourdes nattes brunes pendaient sur sa poitrine mais, quand elle les rejeta en arrière, je pus aussi distinguer ses jolis seins en forme de poires. Ils s'arrondissaient vers le bas et les mamelons plantaient deux pointes plus foncées dans la soie. Elle avait une grande bouche généreuse et un drôle de nez qu'elle arrivait à faire bouger d'un côté ou de l'autre — pour me faire signe de l'embrasser. Nous recommençâmes à nous bécoter, et bientôt nous nous retrouvâmes dans la chambre des parents, sur leur grand lit. Je lui ôtai sa chemise de soie, que je laissai tomber à terre. Julika était, tout autant que moi, prête à s'exécuter, mais sans doute avec plus d'appréhension et d'inquiétude quant à ce qui allait se passer. Elle était allongée sur le dessus-de-lit, ses longues jambes fraîches écartées dans une pose encourageante, mais immobile. Elle ouvrit et ferma les yeux d'un air affolé, sourit héroïquement, et se mit à trembler.

« Je te fais peur, Julika », dis-je, moi-même perdu, troublé, et cherchant peut-être à faire marche arrière sans perdre la face. « Si tu n'en as pas envie, je ne te toucherai pas. Je ne veux pas te prendre de force.

— Mais non, que tu es bête ! J'ai un peu peur, c'est tout ! » insista-t-elle. Comme ses doigts effleurèrent par mégarde mon membre en érection, elle mit les mains sous son petit derrière et détourna la tête en susurrant de façon presque inaudible : « Ne fais pas attention. Vas-y. »

J'essayai de la pénétrer, mais elle était si étroite que je n'y arrivai pas. Alors nous recommençâmes à nous embrasser, mais du bout des lèvres et avec de longs temps d'arrêt — pas du tout comme dans la salle de séjour ou dans les rues sombres, le soir. De temps à autre, j'essayai de forcer l'entrée, mais ne sachant pas comment m'y prendre pour dépuceler une femme, et ne recevant d'autre aide de sa part que son bon vouloir inquiet, je me heurtai à des échecs successifs. Le pire, c'est qu'au bout d'un moment Julika redevint parfaitement calme. Elle me regarda avec des yeux un peu plus grands que d'habitude, mais elle n'avait plus peur et ne tremblait plus : elle restait allongée sur le dessus-de-lit vert, immobile et détendue — l'air de s'ennuyer un peu, me dis-je. Au bout d'une demi-heure, mes vains efforts et la honte me donnèrent des suées.

« Il fait froid, me dit Julika en se relevant. Je ferais mieux de remettre ma chemise de nuit. » Quand je voulus m'excuser, elle m'arrêta avec un baiser fraternel. « Il faisait sans doute trop froid aussi pour toi. On réessaiera au printemps. » Nous restâmes ainsi un moment à nous caresser et, quand enfin elle se leva pour aller se rhabiller dans sa chambre — me demandant de remettre le dessus-de-lit en place pendant ce temps-là —, elle me dit en faisant une petite pirouette devant la porte : « Enfin, c'est une jolie chemise de nuit, tu ne trouves pas ? »

J'acquiesçai avec gratitude, concluant qu'elle ne m'en voulait pas. Mais elle? Quel effet lui avais-je fait? Je devais l'appeler le lendemain, mais je m'abstins, ainsi que le surlendemain, et les jours suivants. J'avais honte de me présenter devant elle.

Autant dire que les jeunes filles feraient mieux de montrer leur chemise de nuit à des hommes mûrs.

5

Du courage pour demander conseil

Mon maître me mène du dedans.

ATTILA JÓZSEF

J'en arrivai au point où je perdais quasiment la tête quand une femme se serrait contre moi dans un autobus bondé. J'essayai de me concentrer sur mes études, et j'acquis l'air sérieux de tous les étudiants consciencieux dont l'esprit ne s'appesantit que sur les Sujets Importants et sur le viol. J'avais un ami, un génie en musique, tout petit et binoclard : il avait quinze ans lui aussi, mais il en était déjà à sa dernière année à l'Académie de musique pour la direction d'orchestre. J'ai lu dans le journal il y a quelques semaines qu'il avait donné un concert triomphal à Milan. À cette époque-là, nous nous masturbions ensemble sans grande joie. Je le reverrai toujours un soir dans ma chambre s'interrompre et lâcher sa baguette de chef avec un cri de désespoir : « Diable, pour ça, on a besoin d'une femme ! »

Et cependant, je connaissais déjà la femme qui

devait devenir ma première maîtresse — en fait, je la connaissais depuis que j'étais revenu d'Autriche. Dans notre spacieux immeuble baroque habitait un couple d'âge moyen, du nom de Horvath, dont j'avais fait la connaissance dans l'ascenseur peu de temps après notre emménagement. Tous deux appréciaient mon intérêt pour la littérature et ils m'encouragèrent à leur emprunter des livres ; mais, comme M. Horvath était absent de chez lui une grande partie du temps, c'est en fait à Maya, sa femme, que j'empruntais les livres. Elle avait une formation d'économiste, mais elle ne travaillait pas, et elle était généralement chez elle l'après-midi. Elle ne m'invitait jamais à m'asseoir mais, quand j'avais choisi, elle me mettait les volumes dans les mains avec quelque parole aimable. J'étais terriblement impressionné de l'entendre me parler des siècles comme s'il s'était agi de personnes.

« Ce siècle ne vaut rien, me dit-elle un jour. Tu ne devrais pas lire ces romanciers modernes — ils inventent, ni plus ni moins. Stendhal, Balzac, Tolstoï — eux t'apprendront beaucoup sur la façon dont les gens pensent et ressentent les choses. »

Grâce à elle, je devins un admirateur enthousiaste des romanciers français et russes du dix-neuvième, et ils m'apprirent beaucoup sur les femmes que je devais rencontrer au cours de ma vie. Une des découvertes que je fis, c'est qu'une femme est souvent charmée par la maladresse et le manque d'expérience d'un jeune homme.

C'est ainsi que j'en vins à confesser mon ignorance à Mme Horvath. Je me résolus à lui demander conseil sur la manière et les moyens de
séduire les filles.

Un samedi matin, je me trouvai nez à nez avec
elle sous la haute voûte de notre hall d'entrée au
décor extravagant. Un soleil radieux entrait par
la grande porte ouverte, illuminant les grains de
poussière sur la pierre et en suspens dans l'air.
Mme Horvath prenait son courrier dans sa boîte
aux lettres.

« Comme tu grandis vite, András, dit-elle en
me voyant. Tu vas bientôt me dépasser ! »

Elle me pria de me tenir debout à côté d'elle,
et, en effet, nous étions de la même taille. Je notai
avec étonnement qu'elle était plus petite que
beaucoup d'adolescentes avec qui je sortais. Du
coup, je la regardai. Mais je ne vis pas grand-
chose, car je me sentis tomber en pâmoison et fus
pris de ces crampes d'estomac qui s'emparaient
toujours de moi quand je me trouvais aux côtés
d'une femme, fût-ce une étrangère sans aucun
charme à bord d'un autobus. Je me souviens avoir
remarqué son poignet maigre et délicat, et la couleur de sa robe, qui était jaune. Mais à présent je
la vois nettement, telle qu'elle a toujours été : une
petite femme brune d'une quarantaine d'années,
à la silhouette d'une beauté très étrange. Elle était
mince, et d'ossature fragile, mais elle avait une
poitrine et des hanches opulentes — énormes
même, par rapport au reste de son corps, et pourtant s'accordant harmonieusement avec l'en-

semble. Ce corps était le dualisme occidental fait chair : avec son doux visage, ses lèvres fines et ses épaules frêles, elle avait l'air d'une créature éthérée et sublime (ce qui expliquait peut-être que j'aie mis si longtemps à me poser des questions sur la femme qu'elle était), mais les formes très accusées de sa poitrine et de ses hanches témoignaient d'une sensualité bien de ce monde.

En retournant vers l'ascenseur — ce vieil ascenseur romantique vitré en bois sculpté, dans lequel, plus tard, nous avions pris l'habitude de nous mignoter — elle observa, l'air un peu inquiet : « Tu grandis trop vite. Prends garde de ne pas devenir phtisique. »

Je partais pour un rendez-vous matinal avec une fille, en sachant bien que ce serait sans suite. Je lorgnai Mme Horvath jusqu'à ce que les portes de l'ascenseur se referment, et, pour la première fois, j'essayai de l'imaginer nue. Je commençai à me demander si elle aimait son époux. Ils n'avaient pas d'enfants, ils étaient mariés depuis plus de dix ans — or n'avais-je pas appris, à lire des romans, quel pouvait être l'effet de dix ans de mariage ?

Après dîner, je leur reportai les livres, sans les avoir terminés. C'était un samedi soir, et pourtant elle était seule.

« Je prends un café, tu ne veux pas m'accompagner ? me demanda-t-elle. Justement, cet après-midi, je me disais que ce n'était guère courtois de notre part de ne t'avoir encore jamais invité à t'asseoir.

— Je ne vous fais pas de reproches ! » protestai-je gaiement.

Pour la première fois aussi, elle s'expliqua sur l'absence de son mari. « Béla a dû retourner au bureau — on le fait trop travailler. »

Elle m'emmena dans leur grande salle de séjour, qui m'avait toujours beaucoup plu : il y avait deux murs couverts de livres jusqu'au plafond, des lampes à abat-jour, de petits fauteuils dorés, et un grand nombre de petites tables. La pièce était meublée de façon moderne, mais elle avait l'élégance discrète des choses anciennes, et des teintes douces. Alors que nous prenions place pour le café, chacun à une extrémité d'une longue table basse, dans les minuscules fauteuils, elle me demanda comment je me débrouillais au lycée. Au lycée, ça allait, lui dis-je, mais ce qui me rendait fou, c'était le rire idiot de la fille avec qui je sortais. Ne m'attendant pas vraiment à une réponse, je la regardai à la dérobée pendant qu'elle servait le café : les deux boutons du haut de son peignoir en velours jaune étaient défaits, mais le tissu restait en place au-dessus de la poitrine.

« C'est peut-être parce que tu l'intimides qu'elle rit ainsi, dit-elle. Quand j'étais jeune, je riais comme une sotte moi aussi.

— Vous êtes trop intelligente pour ça, insistai-je. Vous ne ricaniez sûrement pas tout le temps, ce n'est pas possible.

— Eh bien, pas pendant qu'on échangeait des baisers, non, sans doute pas. »

Si je n'avais pas été en train de lire *Anna Karénine*, je me serais peut-être étonné qu'elle aborde un sujet aussi intime avec un garçon qu'elle ne connaissait pas et qui venait lui emprunter des livres. Mais, en l'occurrence, j'eus l'impression que cette petite confidence n'était pas anodine. Je commençai à avoir quelque espoir.

« Les filles que je connais continuent à rire pendant qu'on s'embrasse. » Mensonge : je voulais seulement lui faire savoir que j'en étais tout de même à ce stade avec les femmes.

Mais apparemment, ce qui intéressait Maya, c'était le problème dans sa généralité. « C'est sans doute moins facile d'être un garçon que d'être une fille, admit-elle. Ce sont les garçons qui doivent affronter le ridicule.

— C'est bien là mon problème. Je n'aime pas me rendre ridicule. »

Elle me regarda de son air détaché mais bienveillant. Pas du tout comme une mère, plutôt comme une assistante sociale intelligente et compréhensive.

Je pris mon souffle et plongeai. « Je n'arrive pas à la persuader de faire l'amour avec moi. » J'entendais faire cette déclaration d'un ton léger, mais ma voix flancha avant la fin de ma courte phrase.

« C'est une chose qui arrive souvent aux hommes adultes aussi. Alors il ne faut pas que cela t'inquiète outre mesure. » Quelque chose semblait l'amuser.

« Seulement moi, je n'ai jamais eu de maîtresse,

alors c'est pire, ripostai-je hardiment. Mon problème c'est que je ne connais pas assez bien les femmes. Je ne sais pas quoi dire au bon moment. Je devrais sans doute vous demander conseil. Vous êtes une femme, vous devez savoir.

— C'est à mon mari que tu devrais parler. Il pourrait peut-être te donner un avis. »

J'en conclus que son mari avait une maîtresse et qu'elle le savait.

« Pourquoi, il a une petite amie ? »

Trouvant la chose moins drôle, mais montrant un plus grand intérêt pour ma personne (c'est du moins ce qui me sembla), elle me sourit pensivement. De cette conversation, je garde le souvenir très net de son visage : je fus frappé de voir combien il était expressif. Un de mes principaux sujets d'irritation à ce moment-là était l'absence d'expression de mes jeunes amies. Dès qu'elles avaient le trac, leur visage se fermait et devenait un masque lisse : pas le moindre tressaillement qu'on pût interpréter dans un sens quelconque, pour me permettre de deviner leurs pensées. Tandis que le visage de Maya, avec les beaux traits de ses quelque quarante années, exprimait toutes les nuances de ses pensées et de ses émotions. Et si son expression ironique n'était pas celle que j'espérais, elle m'aidait néanmoins à ne pas perdre l'équilibre au bord de mon petit fauteuil.

« Voyons, dit-elle d'un air songeur, que pourrais-je bien t'apprendre sur les jeunes filles ? Quelque chose d'utile.

— Dites-moi simplement ce que vous en pensez — pourquoi une fille ne voudrait-elle pas coucher avec moi ?

— Tu n'es sans doute pas assez sûr de toi. »

Après cela, pendant un moment, je me tus, écoutant mon cœur qui battait la chamade.

« Mais je ne pense pas que tu auras trop de difficulté. Tu es beau garçon. »

Ces propos réconfortants me donnèrent la force de me lever. Je contournai la table pour aller de son côté me reverser du café, et je m'accroupis à ses pieds. Son visage penché vers moi exprimait maintenant une certaine curiosité — une curiosité dépourvue d'impatience, mais il y avait une lueur chaleureuse dans son regard. Elle attendait une initiative de ma part, je le sentais. J'avais envie de lui toucher la jambe, mais mon bras n'arrivait pas à se tendre vers elle. Comme si, soudain, les muscles n'étaient plus reliés au centre nerveux — j'avais la sensation que je portais mes membres sur moi comme mes vêtements, qu'ils ne faisaient pas partie de mon corps. Pour surmonter ma frayeur imbécile, j'essayai d'évoquer tous les blessés perdant leur sang et tous les morts gisant sur la route de Salzbourg. J'essayai de penser à Hiroshima, à la Troisième Guerre mondiale, de me persuader que, comparée à toutes les catastrophes de la planète, cette affaire était sans importance. Au pire, Maya me dirait : « Laisse-moi tranquille », ou quelque chose comme ça. Ce ne serait qu'un événement mineur. Mais je ne réussis qu'à lui effleurer la cheville, comme par accident, et je me repris aussitôt.

Je lui demandai deux autres livres et je rentrai chez moi. Il y aura une autre fois, me dis-je. Il est manifeste que je lui plais, sinon elle m'aurait mis dehors.

J'allai me coucher épuisé et déprimé.

Le lendemain, j'avais rendez-vous avec Agi, la fille avec qui je flirtais vaguement à ce moment-là. Je l'emmenai au cinéma et lui dis que j'étais tombé amoureux de quelqu'un d'autre et qu'il valait mieux cesser de nous voir. Je lui annonçai la nouvelle pendant que le film passait sur l'écran, en espérant qu'elle ne ferait pas d'histoires et ne dérangerait pas les spectateurs à côté de nous, et, de fait, elle se tint tranquille. Cela ne l'empêcha même pas, ensuite, de rire des drôleries du film. Ce qui me persuada qu'elle ne tenait guère à moi. J'étais humilié d'être sans cesse à courir après elle pour essayer d'obtenir ce qu'elle ne voulait pas donner. Mais dès que nous sortîmes de la salle, alors que nous étions encore dans le hall d'entrée, elle se mit à rire nerveusement.

«Je croyais que c'était de moi que tu étais amoureux.

— Oui, mais tu dis que tu veux rester vierge.

— J'ai dit que je garderai ma virginité jusqu'à mes dix-sept ans.

— Tu mens! protestai-je. Tu n'as jamais dit ça!

— Ah non?»

Nous étions là dans le hall, à côté de photos des Nouvelles Attractions. Agi passa un bras autour de moi — ce qui ne s'était jamais produit auparavant, c'était toujours moi qui faisais ce geste — et elle se mit à parler d'une voix profonde et enjôleuse.

« Seulement jusqu'à mes dix-sept ans. Et mon anniversaire est bientôt là, le mois prochain. »

Je remarquai alors, comme j'ai eu bien des occasions de le faire depuis, que lorsqu'on est sur le point de rompre avec une fille elle devient soudain toute tendre, même si elle n'a aucun sentiment pour vous.

« Tu essaies de me faire croire que tu vas faire l'amour avec moi le mois prochain ? lui demandai-je sur un ton agressif.

— Ah, je n'ai jamais dit ça. Ce ne sont pas des choses que l'on peut prévoir à l'avance. » Avec ses grosses joues rouges, elle riait de nouveau joyeusement.

« Alors qu'est-ce que c'est que cette histoire d'anniversaire ? Qu'est-ce que tu gagnes à ces petits jeux idiots ? »

Je la laissai là au milieu du hall, et bien que ce cinéma fût au centre de la ville, à quelque cinq kilomètres de chez moi, j'étais dans une telle euphorie que je fis tout le chemin de retour à pied. Rien de tel que de larguer une fille qui joue à la douche écossaise avec vous, juste pour que vous tourniez autour d'elle avec un sourire désespéré, séduit et malheureux. Rien de tel que la merveilleuse sensation de couper le cordon de ses propres frustrations, de partir pour de bon, libre et indépendant. Cela peut paraître étrange, mais ma rupture avec cette fille trop grosse et sous-développée a été une de mes expériences émotionnelles les plus intenses. J'éprouvai une sensation physique de liberté : je me sentais fort et invincible. Peut-être parce que j'avais l'espoir de me faire aimer d'une femme belle, sérieuse et intelligente — ce qui, en fait, n'était encore à ce moment-là qu'un rêve éveillé —, j'avais le sentiment de rompre les amarres non seulement avec Agi, mais avec toutes ces aventures sans joie qui ne menaient à rien, et dont j'avais cru jusque-là ne pas pouvoir me passer. En rentrant chez moi en cette fin d'après-midi dominicale — le printemps était revenu, et j'allais avoir seize ans —, je me sentais maître de ma destinée.

Deux jours plus tard, quand je reportai les livres que j'avais empruntés, M. Horvath était là : ils étaient dans la salle de séjour ; ils lisaient en écoutant de la musique. J'échangeai mes livres, je remerciai, et je partis, en pestant contre moi-même. Je ne sais pas ce que j'avais espéré, mais apparemment je me faisais des illusions.

Cependant, j'allais leur emprunter des livres à une fréquence croissante : bientôt, en fait, je leur rendis visite tous les deux jours. Je ne croyais plus en Dieu, mais je priais tout de même désespérément pour que le mari soit absent. Apparemment, mes prières furent entendues car, les deux semaines suivantes, je trouvai Maya seule, sauf une fois. Je la préférais en jupe et en corsage plutôt qu'en robe d'intérieur : la tenue deux-pièces mettait mieux en valeur sa silhouette à la fois fragile et plantureuse. C'était, estimais-je, la femme la plus sensuelle du monde. Elle était toujours aimable mais détachée, et cette attitude (que j'ai souvent observée depuis chez les femmes culti-vées) m'entraînait dans la tourmente sur les flots de l'espoir et du découragement. Elle arbora aussi pour moi un sourire chaleureux mais ironique — plus tard, j'appris qu'elle se demandait combien de temps il me faudrait pour l'aborder — ce qui n'aida pas à dissiper mes doutes sur ses senti-ments. Mais la lueur chaleureuse de son regard était mon fanal. Celui-ci semblait toujours aussi lointain, j'étais toujours à la dérive au large des côtes de sa personne. Quand j'apercevais son bras nu ou que je voyais sa peau découverte par le col ouvert de son corsage (elle avait le teint brun doré — on eût dit un hâle permanent), je me disais : bon, je vais m'approcher d'elle et lui embrasser l'épaule. Hélas, ma hardiesse se bor-nait encore et toujours à lui demander conseil quant à la façon de séduire cette fille puérile et trop volumineuse avec qui je prétendais conti-nuer à sortir. Évidemment, à présent, comparé à Maya, tout le monde me paraissait puéril. Sa voix douce et mélodieuse était comme une caresse, une main tiède, même quand elle me tenait des propos qui me mettaient profondément mal à l'aise.

«Inutile de faire semblant de dévorer tant de livres, me dit-elle un soir. Tu peux venir bavarder quand tu veux, si cela te fait plaisir.»

Finalement, je mis au point une phrase ingé-nieuse pour l'aborder. Je lui ferais savoir, déci-dai-je, que désormais les beautés adolescentes ne m'intéressaient plus, et puis je poursuivrais : «Dites-moi, comment dois-je m'y prendre pour que vous consentiez, vous, à faire l'amour avec moi?» Mon plan était de ne pas poser les yeux sur elle en prononçant ces mots, et de regarder par la fenêtre si les choses tournaient mal. Quelle que soit sa réaction, au moins je saurais à quoi m'en tenir. J'étais justement en train de lire *Le Rouge et le Noir* pour la deuxième fois, et j'étais persuadé que Julien Sorel lui-même n'aurait pas imaginé un moyen d'approche plus désarmant. Quand je me rendais chez elle par l'escalier plutôt que par l'ascenseur, je m'arrêtais sur le palier, où il y avait un miroir encastré dans le mur et, me tournant face à mon image, je m'exerçais tout haut : «Dites-moi, comment dois-je m'y prendre pour que vous consentiez, vous, à faire l'amour avec moi?» Je mis également au point un petit sourire d'autodérision qui me parut être de bonne guerre. Je ne doutais pas de mon succès, et pourtant, malgré de nombreuses répétitions, je n'arrivais jamais à prononcer ma phrase. Mon assurance s'évaporait dès qu'elle ouvrait la porte et me souriait.

Au bout de deux semaines de cette triste démonstration de faiblesse et de lâcheté, qui ne m'inspirait que du mépris pour moi-même, je décidai d'aller la voir à la sortie du lycée, en début d'après-midi, à une heure où M. Horvath serait forcément absent. Résolu à parler cette fois, je montai par l'escalier (ils habitaient deux étages au-dessus de nous), en m'arrêtant à chaque marche pour retarder le moment de m'exécuter. Je m'imaginais déjà redescendant chez moi, plein de remords et d'amertume pour n'avoir pas eu le courage de parler. «Et cette affaire ridicule va s'éterniser, me disais-je — jusqu'au moment où elle s'ennuiera mortellement avec moi.» En me regardant dans le miroir, je me vis trembler, et je décrétai que je n'arriverais pas à sortir ma phrase, pas plus que la fois précédente ou celle d'avant. Je fis demi-tour et redescendis chez moi.

Il y a dans *Le Rouge et le Noir* un passage que j'avais très souvent à l'esprit à cette période. Le jeune Julien Sorel redoute d'aborder Mme de Rênal, qui l'a engagé comme précepteur pour ses enfants. Julien décide de sonder les sentiments de Mme de Rênal à son égard en lui prenant la main alors qu'ils sont assis côte à côte dans le jardin — le soir, à la nuit tombée, quand personne ne les voit. Cet après-midi-là, en revenant dans l'appartement désert (ma mère était encore au bureau), je pris le livre et relus le passage.

> Neuf heures trois quarts venaient de sonner à l'horloge du château, sans qu'il eût encore rien osé. Julien, indigné de sa lâcheté, se dit : au moment précis où dix heures sonneront, j'exécuterai ce que, toute la journée, je me suis promis de faire ce soir, ou je monterai chez moi me brûler la cervelle.
>
> Après un dernier moment d'attente et d'anxiété, pendant lequel l'excès de l'émotion mettait Julien comme hors de lui, dix heures sonnèrent à l'horloge qui était au-

dessus de sa tête. Chaque coup de cloche fatale retentissait dans sa poitrine, et y causait comme un mouvement physique.

Enfin, comme le dernier coup de dix heures retentissait encore il étendit la main et prit celle de Mme de Rênal, qui la retira aussitôt. Julien, sans trop savoir ce qu'il faisait, la saisit de nouveau. Quoique bien ému lui-même, il fut frappé de la froideur glaciale de la main qu'il prenait ; il la serrait avec une force convulsive ; on fit un dernier effort pour la lui ôter, mais enfin cette main lui resta.

Après avoir lu et relu ces lignes, je jetai le livre sur mon lit, claquai la porte de l'appartement et montai par l'ascenseur. «Si je n'ai pas le courage cette fois-ci, décidai-je, je descends me noyer dans le Danube.» J'attendrais qu'il fasse nuit pour me suicider, car, de jour, des passants risqueraient de me voir et de me repêcher. Quand je sonnai à la porte des Horvath, je n'étais pas sûr de pouvoir poser ma question à Maya, mais ce dont j'étais certain, c'est que si je n'arrivais pas à m'exécuter, je me tuerais le soir même.

6

De l'initiation à l'amour

... un enchantement printanier! Et ne croyez pas que je parle d'autre chose que de l'amour au sens strictement physique. Même ainsi, c'est le domaine de quelques élus.

ALEXANDER KUPRIN

Je me rendis enfin maître de la place d'honneur.

JOHN CLELAND

Dans notre immeuble, les portes des appartements, hautes de trois mètres environ, étaient en bois épais couvert d'une peinture blanche écaillée, et il y avait sur chacune quatre énormes cercles concentriques avec un judas en verre au centre. Le verre et son disque de laiton jaune scintillaient, même dans la pénombre du corridor. Comme aucun bruit ne me parvenait de l'intérieur, autre que celui de la sonnette sur laquelle je venais d'appuyer, je me mis à fixer le verre qui brillait, puis à suivre des yeux le tracé des cercles en relief, jusqu'à être pris de vertiges.

Après m'être tant agité et préparé mentalement — spirituellement même, pourrais-je dire — j'étais venu voir Maya à un moment où elle n'était pas là. Tout étourdi, je m'appuyai contre le bouton de la sonnette avec la paume de la main. Elle émit un tintement sonore, irrégulier, qui sonnait faux, l'exacte expression musicale de mon état d'esprit ; je pris plaisir à l'écouter, je me rappelle. Si Maya était sortie, ce n'était certes pas de ma faute. Finalement, je n'aurais pas à descendre au bord du Danube. C'est ainsi que je m'affirmais, en appuyant sur cette sonnette sans interruption, avec la jubilante témérité qui se saisit de nous quand nous affrontons un danger inexistant. Je ne saurais décrire l'effet que produisit sur moi le bruit de pas lents et légers à l'intérieur — tout ce que je puis dire c'est que je n'ai plus jamais de ma vie appuyé sur une sonnette plus de deux secondes de suite.

Maya ne regardait jamais par le judas, mais cette fois j'entendis le cliquetis du petit disque de laiton que l'on faisait tourner sur le côté et je baissai la tête pour éviter son regard. Elle ouvrit la porte mais elle ne me pria pas d'entrer comme d'habitude. Elle restait sur le seuil en serrant autour d'elle son peignoir jaune déboutonné, et me regardait, agacée et ensommeillée.

« Je suis désolé, marmonnai-je, je ne voulais pas vous réveiller. J'ai cru que vous étiez sortie. »

Elle réprima un bâillement. « Alors pourquoi sonnais-tu ? »

Je ne sus pas quoi dire, alors je piquai du nez et regardai ses pieds nus.

« Ah, eh bien entre. De toute façon, je dors sans doute trop. »

Elle se retourna et je la suivis le long du couloir étroit et vide, mais dont les murs étaient décorés d'estampes japonaises. Son peignoir en velours était froissé et, de dos, elle avait un air négligé et peu séduisant. Mais je ne me laissai pas abuser par mes sens. Si je la trouve peu séduisante, c'est que j'ai peur, me dis-je. Au bout du couloir, il y avait deux portes : l'une à gauche, qui menait à la salle de séjour, et l'autre à droite, qui menait à la chambre à coucher. Elle ferma la porte de la chambre pour cacher le spectacle d'un lit défait, et passa dans la salle de séjour. Elle s'assit inconfortablement dans un des petits fauteuils, et moi je restai debout, bien conscient de l'importuner. Mais, en fait, cette situation embarrassante m'aida à m'exprimer : j'avais beau être paralysé à l'idée de lui demander de faire l'amour avec moi, je trouvai encore plus impossible d'amener une femme à moitié endormie à me tenir une conversation de salon. Je pris mon souffle et plongeai mon regard dans ses yeux mi-clos.

« J'ai pris la décision de me jeter dans le Danube si je ne vous demandais pas aujourd'hui même de faire l'amour avec moi. »

J'hésitai à ajouter la phrase d'ouverture que j'avais prévue, ce qui paraissait désormais superflu. J'étais tellement soulagé d'avoir osé parler que sur l'instant je me fichais complètement qu'elle réponde oui ou non.

« Alors l'affaire est réglée. Tu m'as fait ta demande, tu n'as donc plus besoin de te tuer.

— Un jour vous m'avez dit de ne pas craindre de me ridiculiser — que ça n'avait pas d'importance.

— Ce n'est pas honnête de me citer à mes dépens. »

C'était si peu son genre de faire la coquette que je m'entendis lui répliquer aussi sec : « Vous voulez que je parte ? Vous voulez retourner dormir ?

— Tu es bien sûr de toi... mais c'est une bonne chose », dit-elle, tandis que s'allumait dans son regard cette chaleureuse lueur qui était mon fanal. Elle se leva et me gratifia d'un baiser pour ma hardiesse. Je n'avais jamais été embrassé de cette façon, et j'arrivais à peine à tenir debout. Je passai les mains sous son peignoir maintenant ouvert pour me cramponner à son corps tiède. Enfin je touchais terre. Toujours en m'embrassant, elle recula avec moi sur la pointe des pieds vers la chambre au grand lit défait — puis soudain elle s'écarta.

« Il faut que je mette mon diaphragme. Et que je prenne une douche. Une douche chaude réveille les sens. »

Elle me donna un petit baiser d'adieu rapide sur le nez et disparut dans la salle de bains. Je ne savais pas ce que c'était qu'un diaphragme, mais le fait qu'elle ait besoin de « réveiller ses sens » pour la circonstance blessa mon orgueil. Comment croire que je compte beaucoup pour elle? me dis-je, soudain abattu. Puis, tout en écoutant le bruit de la douche, je me mis à arpenter la chambre en m'émerveillant que tout ait été si simple. J'étais plutôt fier de moi.

Je me déshabillai et me glissai sous la couverture, et puis elle vint se couler à côté de moi. Tandis qu'elle m'écrasait la tête contre ses seins fermes mais douillets en couvrant mes paupières de baisers, je descendis jusqu'à la source tiède de son corps. On dit que juste avant de mourir on revoit toute sa vie en un éclair. Pris entre l'armée russe et l'armée allemande sur les routes sinueuses des Alpes autrichiennes, j'avais pu vérifier ce phénomène : un jour, certain que l'obus qui hurlait au-dessus de ma tête allait atterrir sur mon crâne, j'avais revu en un instant, comme sur un écran à la mesure du ciel, tous les événements de mes onze années et demie. Allongé auprès de Maya, blotti contre elle, j'eus une semblable hallucination — précédant cette fois non pas la mort, mais la vie. Je revis la petite fille du quartier avec qui je jouais au docteur et au malade à l'âge de cinq ans. Je l'avais complètement oubliée, mais j'étais de nouveau avec elle, et je comparais sa fente à peine visible à ma petite queue. La différence était assez anodine, mais sa mère nous avait donné une bonne gifle quand elle nous avait découverts. Je revis les amies de ma mère aux seins généreux et doux, et je sentis le corps de la comtesse se raidir quand je l'accostai à la sortie de la douche. Je vis l'ombre mystérieuse qui transparaissait sous la culotte de soie blanche de Fräulein Mozart, et je sentis le corps de quinze ans de Julika, froid et passif, impossible à pénétrer. Les souvenirs de ce long périple me paralysaient et, pendant de longs instants d'angoisse, je restai impuissant. Comme si elle sentait ce qui se passait en moi, Maya fit courir ses doigts tièdes sur ma nuque et dans mon dos jusqu'à ce que je me remette à bander.

Elle me guida pour entrer en elle et, une fois à l'intérieur, je me sentis comblé et n'osai plus bouger de crainte de tout gâcher. Au bout d'un petit moment, elle m'embrassa sur l'oreille et me chuchota : « Je pourrais peut-être remuer un peu. »

Dès qu'elle bougea, j'éjaculai. Maya m'étreignit avec passion, comme si elle n'avait jamais rien connu de mieux. Enhardi par la satisfaction qu'elle manifestait, je lui demandai comment il se faisait qu'elle ne soit pas gênée par la différence d'âge entre nous.

« Je suis une sale égoïste, me confia-t-elle. Je ne me soucie que de mon propre plaisir. »

Ensuite nous fîmes l'amour, de l'après-midi ensoleillé jusqu'après la tombée de la nuit. Je n'ai pas appris grand-chose de plus depuis ces moments hors du temps : Maya m'enseignait tout ce qu'il y avait à savoir. Mais « enseigner » est impropre : elle se donnait seulement du plaisir et m'en donnait aussi, et je n'avais pas conscience de perdre mon innocence en découvrant les voies de ses territoires, inconnus de moi. Elle se délectait de chaque geste — ou simplement de toucher mes os et ma chair. Maya n'était pas de ces femmes qui ne comptent que sur l'orgasme pour récompense d'une fastidieuse besogne : faire l'amour avec elle était une communion, et non de la masturbation entre deux étrangers dans un même lit.

« Regarde-moi bien maintenant, me recommanda-t-elle quand elle fut sur le point de jouir, tu vas y prendre plaisir. »

Pendant un de nos brefs moments de répit, je voulus savoir quand elle avait décidé de me céder. Était-ce quand j'avais été sur le point d'abandonner et lui avais demandé si elle voulait retourner dormir ?

« Non. J'ai pris cette décision quand je t'ai dit que tu grandissais trop vite et t'ai fait mettre à côté de moi près de la boîte aux lettres. »

J'étais sidéré. Cela rendait futiles et ridicules tous mes débats intérieurs et tous mes stratagèmes ; et cela voulait dire aussi que nous avions perdu de nombreuses et précieuses semaines. Pourquoi ne m'avait-elle donné aucun signe d'encouragement ?

« Je voulais que tu me fasses ta demande. Il vaut mieux que la séduction vienne de toi, surtout la première fois. Béla ne s'est jamais remis d'avoir payé une putain pour ses débuts. Tu ne connaîtras pas ce genre de problèmes. Tu peux être fier de toi.

— Qu'est-ce qui vous dit que je suis fier ?

— Tu devrais l'être assurément. »

Sur ces compliments, pour l'un et pour l'autre,

Maya m'enlaça de ses bras et de ses cuisses — puis elle se retourna sans lâcher prise, si bien qu'elle se trouvait maintenant au-dessus de moi. «Tu devrais faire un petit somme, me dit-elle, et me laisser m'occuper de toi.»

Nous nous interrompîmes une première fois parce que Maya eut faim et, pendant qu'elle nous préparait quelque chose à manger, elle me suggéra de m'habiller et de descendre dire à ma mère que je n'étais pas perdu. Je pouvais revenir, m'informa-t-elle, car son mari avait une maîtresse (comme je m'en doutais) et il passait la nuit chez elle. Je trouvais inconcevable, lui dis-je, qu'il pût la délaisser pour une autre femme. «Ah, je ne sais pas — c'est une très jolie fille», répondit-elle d'un ton neutre, sans la moindre trace de rancœur.

En tout cas, grâce à cette jolie fille, nous pouvions passer la nuit ensemble, et je descendis prévenir ma mère. Je n'entrai même pas dans l'appartement. À la porte, je lui dis que j'étais dans la maison : qu'elle ne veille pas pour m'attendre, et qu'elle ne s'inquiète pas.

«Ah, vous, les poètes !» Elle hocha la tête et sourit tristement, donnant la seule raison qu'elle pût trouver pour excuser ma conduite coupable. En remontant au galop, je fis vœu de lui offrir un joli cadeau le lendemain.

Quand je fus revenu auprès de Maya, nous dînâmes et retournâmes au lit — simplement pour nous sentir tout près l'un de l'autre et pour parler. Bien sûr, je lui déclarai que je l'aimais —

je l'aimais en effet, et je l'aime toujours —, et je lui demandai si elle m'aimait.

« Oui, répondit-elle sérieusement. Mais tu apprendras que l'amour dure rarement, et qu'il est possible d'aimer plus d'une personne à la fois.

— Vous voulez dire que vous avez quelqu'un d'autre ? lui demandai-je, effrayé.

— Eh bien, mon mari, me répondit-elle, en ouvrant un peu plus grands les yeux. Mais il ne faut pas que ça t'inquiète. Cette idée qu'on ne peut aimer qu'une seule personne fait que la plupart des gens vivent dans la confusion. »

Elle regrettait qu'ils n'aient pas d'enfants, me confia-t-elle, et elle songeait à prendre un poste dans l'enseignement.

« Quand ?

— Pas tout de suite. Quand tu m'auras quittée. »

Nous fîmes l'amour encore une fois, et puis encore une autre avant qu'il soit l'heure que je me lève pour aller au lycée.

Nous ne pouvions jamais sortir ensemble. Béla s'y opposerait, me dit-elle, ce qui me laissa penser qu'il était au courant de notre liaison. Il était très courtois chaque fois que nous nous rencontrions, et aimablement absent la plupart du temps. Mais même entre ces quatre murs nous avions tout ce dont nous avions besoin — des vivres, de la musique, des livres et le grand lit. Aussi nettement que de nos ébats amoureux, je me souviens de la façon dont nous nous frottions l'un contre l'autre et nous reniflions à la manière des chiens — et tout particulièrement de notre habitude de nous tailler les ongles des pieds de concert, bras et jambes si entrelacés que c'était miracle que nous ne nous coupions pas plus souvent.

Tout cela dut avoir un effet sur mon allure, ou du moins sur mon comportement : je commençai à m'apercevoir que les femmes me remarquaient. Peut-être était-ce parce que j'avais perdu mon air désespéré. Et, si j'aimais toujours bien reluquer des inconnues, cela ne me donnait plus de crampes d'estomac.

Au lycée, mes professeurs furent frappés par mon assurance nouvelle et déclarèrent que j'avais « l'étoffe d'un chef ».

7

Du libertinage et de la solitude

Douce est la vengeance — surtout pour les femmes.

LORD BYRON

Étant l'amant de Maya, je ne pouvais pas manquer de soupçonner des possibilités miraculeuses chez toutes les femmes. Sa perfection même me donnait à penser que les autres devaient être tout aussi merveilleuses derrière la variété excitante de leurs formes et de leurs couleurs. Une des raisons pour lesquelles les femmes mûres se méfient souvent des jeunes hommes — et pour lesquelles les hommes devraient prendre garde à ne pas épouser une vierge —, c'est que l'absence de point de comparaison ne permet pas de reconnaître même les qualités les plus exceptionnelles. Comme disait Klári, la cousine de Maya : «On ne peut pas se fier aux jeunes.»

Klári venait voir Maya environ une fois par semaine, et apparemment elle n'appréciait guère le fait que je sois presque toujours là. Elle portait des robes à manches longues et à col fermé afin de garder pour elle sa jolie silhouette élancée, et sa chevelure noire était toujours très soignée, comme si elle sortait juste de chez le coiffeur. Elle avait quelques années de moins que Maya, mais ses sourcils bruns jetaient une ombre sévère sur son visage rond et enfantin.

« Tu ne m'en voudras pas de te mettre en garde, j'espère, entendis-je un jour Klári dire à Maya pendant que j'étais censé dormir dans la chambre, mais tu es complètement folle de perdre ainsi ton temps avec ce garçon. Tu ferais mieux de divorcer et de te chercher un autre mari. Coucher avec un gamin comme András de temps en temps, bon, je comprendrais — la curiosité, ça existe. Mais entretenir une liaison avec lui, c'est de la folie. Tu n'as pas tellement de temps à perdre, tu sais. »

Quand je revins dans la salle de séjour, interrompant leur conversation, Klári m'adressa un sourire impatient. Je la trouvais jolie femme, mais dans un genre assez désagréable. Quand elle fut partie, j'eus à son sujet une de mes rares disputes avec Maya.

« Ah, calme-toi, finit-elle par me dire. Klári ne nous veut pas de mal.

— Elle me déteste.

— Arrête tes bêtises. Klári est ma cousine, voyons, elle essaie de me protéger, c'est tout. Elle m'avertit que je ne peux pas me fier à toi. Ce que je savais déjà de toute façon — alors tu ne devrais pas te soucier de ce qu'elle dit. »

Puis elle m'embrassa sur le nez, ce qui mettait toujours fin à nos disputes.

Pourtant, Maya ne pouvait pas non plus rester sourde à la désapprobation de Klári. Pour justifier le faible qu'elle avait pour moi, elle lui racontait que j'étais un amant prodigieux. Elle inventait des histoires à faire tomber les doutes d'une nonne frigide. Une autre fois où je surpris leur conversation, j'entendis Maya prétendre que j'étais capable de faire l'amour pendant deux heures de rang.

Ces histoires extravagantes durent avoir un certain effet sur Klári, car elle se mit à me regarder avec, dans les yeux, cette lueur dont je savais désormais ce qu'elle signifiait. Et elle se mit à faire des allusions à sa propre féminité qui n'avaient aucun rapport avec le sujet de la conversation. Au cours d'un de nos dîners, elle nous annonça incidemment (mais tout en piquant un fard) que son mari lui faisait l'amour en dormant et que, le lendemain matin, il ne voulait pas le croire. Vrai ou faux, je ne sais pas. Mais ce qui me fascina c'est de la voir changer de couleur brusquement, de voir ses traits s'amollir et se défaire comme si elle était en train de faire l'amour — alors qu'elle était assise à table, bien droite, et coupait sa viande avec une parfaite élégance. À l'expression de son visage, je compris qu'elle avait mouillé sa culotte.

Dans mes efforts pour m'attirer les bonnes grâces de Klári, ce que je goûtais le plus c'était d'être maintenant en mesure d'aborder une femme sans panique. Parfois, en un geste gentil et distrait, je passais mon bras autour de sa taille.

C'était tout simple. Elle ne me faisait pas le même effet que Maya, mais elle était tout aussi excitante. Elle me repoussait invariablement avec un rire nerveux. Un jour, pendant que sa cousine était dans la salle de bains, elle me dit : « Tu sais, je crois que je commence à comprendre Maya », mais elle s'empressa de changer de sujet.

Il n'y eut pas d'autre atteinte à la bienséance jusqu'à un certain samedi après-midi où notre hôtesse nous laissa seuls pendant qu'elle allait faire les courses. Certes, Klári devait dîner avec nous, mais je ne pus m'empêcher de me demander pourquoi elle se sentait « trop fatiguée » pour accompagner Maya et préférait rester seule avec moi dans l'appartement — il y en aurait pour au moins une heure, pensions-nous.

« Eh bien, maintenant qu'on t'a confié à moi, dit-elle avec un rire un peu gêné, que dois-je faire de toi ? »

Ce n'était pas seulement ce rire qui faisait vibrer son corps : je vis encore une fois ses traits faiblir et se décomposer. Un visage de femme qui se met à nu alors que la personne est tout habillée a pour moi un attrait irrésistible. Et Klári me demandait ce qu'elle devait faire de moi !

« Me séduire. »

Elle prit un air sérieux. « András, voilà qui me surprend.

— Eh bien, vous me demandez ce que vous devez faire de moi.

— Je voulais seulement faire la conversation gentiment.

— Quoi de plus gentil que de vous demander de me séduire ?

— Tu es manifestement un être dépourvu de tout sentiment et de toute morale, mais ce n'est pas une raison pour penser que tout le monde te ressemble. J'aime mon mari et j'aime ma cousine. Jamais je ne les tromperais, même si je t'aimais bien. À vrai dire, je ne comprends pas comment elle peut avoir une liaison avec toi. C'est ridicule, et je ne crains pas de t'avouer que je le lui ai dit. Elle devrait se trouver un homme bien, qu'elle puisse épouser, et quitter son ordure de mari.

— C'est peut-être ce qu'elle va faire.

— Eh bien, elle ne paraît pas en prendre le chemin ! Elle t'a déjà consacré une année entière de son existence, et voilà comment tu la remercies ! C'est écœurant. »

Elle pensait tout ce qu'elle disait, je le voyais bien, et je ne lui donnais pas tort. Mais, continuant dans cette veine quelques minutes encore, nous nous mîmes tous les deux à changer de couleur avec une fréquence accrue. Finalement, Klári se leva de son fauteuil et se dirigea vers la bibliothèque, où elle s'absorba dans les titres des livres. Tandis qu'elle restait là debout, je ne pus m'empêcher de penser qu'elle s'attendait à ce que je m'approche — même si ce n'était pas ce qu'elle voulait. Il n'y aurait eu que le grand âge pour m'empêcher de profiter d'une telle situation. J'allai jusqu'à elle et lui baisai l'épaule, mais elle s'écarta.

« Tu es une horreur. En plus, même si j'étais

consentante, nous ne pourrions rien faire. J'ai mes règles. »

C'était un mensonge sincère. Très vraisemblablement, elle eût été soulagée que je le prenne comme tel, mais comme il n'en fut rien (disons plutôt que peu m'importait que ce soit un mensonge ou pas) elle n'offrit plus aucune résistance. Quand nous fîmes l'amour, nous n'eûmes aucun mouvement à faire. Son corps ne cessa pas d'être secoué d'explosions du début à la fin. Peut-être parce que nous n'avions pas vraiment envie de nous revoir (elle me trouvait immoral, et je la trouvais idiote), ces quelques minutes eurent pour moi la violence d'une rencontre unique.

Maya revint plus tôt que prévu et nous trouva au lit. Quand, les bras chargés de provisions, elle ouvrit la porte sur nos ébats, elle dit avec un sourire : « Ah, je devrais venir me joindre à vous — vous avez l'air de prendre du bon temps.

— Mais oui, bien sûr, viens », marmonnai-je stupidement.

Mais elle recula et ferma la porte. Klári se leva, s'habilla à la hâte, et partit.

Au bout d'un moment, je me risquai à sortir de la chambre et je trouvai ma chère maîtresse en train d'écouter un disque en lisant et en fumant une cigarette. Comme elle était assise dans le petit fauteuil, je me penchai vers elle, mais elle m'arrêta net avant que je puisse dire quoi que ce soit.

« Ne prends pas un air aussi tragique. C'est de ma faute — je suis rentrée plus tôt que vous ne pensiez.

— Je t'aime.

— Mais tu as l'air troublé. Tu es toujours persuadé qu'on ne peut pas aimer plusieurs personnes à la fois, n'est-ce pas ? »

Pour me prouver qu'elle ne m'en voulait pas, elle m'embrassa sur le nez, puis elle se leva pour déballer les provisions. Elle avait rapporté toutes sortes de viandes froides, ainsi que des légumes et des fruits frais : de la saucisse au paprika, du rosbif, des oignons verts, des concombres, de grosses tomates rouges, des pêches et du raisin, et nous dévorâmes tout, en nous extasiant de temps en temps sur ce que nous mangions. À croire que nous avions tous deux un appétit féroce.

À partir de ce jour-là, nos rapports changèrent de façon presque imperceptible. Maya ne me fit jamais un reproche, elle n'eut jamais l'air de m'aimer moins — en fait nous fîmes l'amour plus follement que jamais — mais elle commença à avoir moins de temps à me consacrer. De plus en plus, il y avait des concerts, des pièces de théâtre et des réceptions qu'elle croyait ne pas devoir manquer. Un comble : très souvent, c'est avec Klári qu'elle sortait. Elles s'étaient réconciliées, mais Klári ne reparut plus jamais dans la maison pendant que j'y étais.

Un soir, deux mois plus tard environ, alors que Maya m'attendait, je trouvai un inconnu en train de prendre le café avec elle dans la salle de séjour. Je fus présenté comme un jeune poète qui habitait l'immeuble et venait emprunter des livres, et il me fut présenté comme un vieil ami. Reprenant mon rôle initial, je demandai deux livres et pris congé.

Elle m'accompagna à la porte en me susurrant : « Allez, ne fais pas la grimace. Je t'aime autant que jamais. » Comme je ne bougeais pas, elle me renvoya avec un petit baiser sur le nez. Ce geste, dont j'avais toujours raffolé, m'atteignit comme une gifle. Je descendis chez ma mère et, dès que je pus me retirer, j'allai dans ma chambre verser des larmes. Je pleurai sur moi-même, m'en voulant de l'avoir perdue, je jurai et grinçai des dents. Depuis, j'ai souvent été ainsi renvoyé à ma solitude, pour trop aimer la compagnie des femmes.

8

De la vanité
et d'un amour sans espoir

*C'est un amour de la pire espèce — il vous
ôte tout appétit.*

HONORÉ DE BALZAC

Maya me congédia au printemps. Je consacrai
cet été-là à étudier afin de pouvoir sauter les
deux dernières années de lycée et suivre les cours
de l'université à l'automne. Quand j'eus réussi
les examens d'entrée dans le supérieur, je me
mis en quête d'une femme et, après des mois
de drague malchanceuse, je tombai désespérément et irrémédiablement amoureux, et sans la
moindre provocation. J'étais comme la secrétaire
qui écrit à la chroniqueuse du courrier du cœur
à propos du type qui lui adresse de temps en
temps la parole au bureau et qui, un jour, lui
a offert à déjeuner. «Il est gentil et sympathique
mais, à ses yeux, je ne suis qu'une collègue, pas
une femme. Il ne m'a pas réinvitée, et pourtant
nous sommes assis à un bureau l'un en face de
l'autre de neuf heures du matin à cinq heures de

l'après-midi. Chère Ann, je suis très amoureuse, que puis-je faire pour qu'il s'intéresse à moi?» Les passions désespérées de ce genre sont aisément reconnaissables à la conviction tacite mais évidente qu'il existe absolument une solution, que notre idole ne reste indifférente que parce que nous n'avons pas su faire apparaître notre vraie valeur. Si nous savions nous montrer sous notre vrai jour, avec toute la profondeur de nos sentiments, alors, qui pourrait nous résister? Un tel optimisme n'a pas de limites.

C'est par un après-midi d'hiver que je vis Ilona me faire signe du milieu de la piscine, aux Bains Lukács. J'avais pris l'habitude d'y aller nager entre les cours. C'est un lieu assez extraordinaire, un vestige rénové de l'empire ottoman : de superbes bains turcs transformés en piscine municipale, avec des cabines pour bains de vapeur, bains d'eau thermale et massages. L'endroit était plein à craquer pendant les week-ends et les vacances, mais durant les heures de travail c'était le domaine des excentriques : vedettes du foot, artistes, actrices, membres de l'équipe olympique de natation, quelques professeurs de l'université et quelques étudiants, et des prostituées de luxe. Cet ensemble de gens très variés avait une caractéristique commune : ils se comportaient dans la vie avec une exubérance provocatrice. Là, en cette année la plus noire de la terreur stalinienne et du puritanisme fanatique, les femmes portaient les bikinis dernier cri de la mode italienne. À l'époque, cela aurait requis une certaine audace même dans la plupart des pays de l'Ouest ; dans le Budapest de 1950, c'était un acte de résistance passive. Aller aux Lukács l'après-midi en semaine, c'était comme de quitter le pays. Fuyant la morne Hongrie de Staline, nous nous retranchions derrière le décor de ces anciens murs turcs, ces somptueux témoins de l'éphémère pouvoir des Puissances d'Occupation.

Après avoir nagé, je m'asseyais au bord de la piscine et je contemplais les femmes presque nues dans la moiteur de l'air qui s'échappait des bains de vapeur. Vétéran solitaire d'une aventure glorieuse mais perdue, j'observais ces corps défiler à côté de moi, ces peaux mouillées qui scintillaient comme des armures impénétrables. Par cet après-midi de janvier, je regardais tristement et impatiemment depuis des heures des femmes indifférentes. Et voilà que soudain Ilona m'appelait du milieu de la piscine. Elle sortit un bras de l'eau et son geste amical, tel un coup de baguette magique, m'emplit d'espoir et d'un violent émoi. Je la connaissais à peine et ne savais même plus à quoi elle ressemblait, mais tandis qu'elle nageait dans ma direction — un bonnet de bain blanc et deux longs bras — je décidai que je ferais l'amour avec elle.

« C'est bien agréable de voir un visage connu, dit-elle, sans se douter de rien, en émergeant de la piscine devant moi. Je parie que vous ne vous souvenez pas de moi ! »

Le fait, par contre, qu'elle-même se souvenait de moi, bien que nous n'ayons guère échangé plus d'une douzaine de phrases au cours d'une soirée, me donna à penser que j'avais dû lui faire grande impression. Lui retournant le compliment, je la dévorai des yeux et, brusquement, je me mis à bander.

Elle ôta son bonnet de bain, pencha le buste d'un côté puis de l'autre pour chasser l'eau de ses oreilles, et s'affala sur le banc de marbre pour reprendre son souffle. Puis elle se retourna et resta sur le dos, les yeux en l'air. Nous parlâmes des rigueurs changeantes de l'hiver et échangeâmes des potins d'université. Bibliothécaire en vacances, elle était la fiancée d'un de mes professeurs.

Bien qu'elle approchât des trente ans, Ilona ressemblait à une adolescente. Elle avait une silhouette mince et ferme avec des petits seins rebondis comme des balles de tennis, une peau claire pleine de taches de rousseur, et des cheveux roux ramassés en queue de cheval. Pourtant, je n'avais jamais vu une femme plus excitante. Elle avait une bouche trop grande pour son visage ovale délicat, une bouche qui rebiquait sensiblement, de sorte que la lèvre inférieure ne rejoignait pas tout à fait celle du haut ; et, comme les deux lèvres restaient légèrement entrouvertes, elles paraissaient offrir son corps tout entier. Allongée sur son banc, elle n'avait pas assez de place pour s'étendre complètement, et elle dut remonter les jambes. Cette position lui creusait le ventre et cette légère incurvation soulignait le renflement du mont de Vénus, qui était en soi anormalement proéminent. Il faisait remonter le slip du bikini de satin noir, et quelques poils frisés s'en échappaient, telles des vrilles rousses et mouillées.

« J'ai envie de vous violer, lui avouai-je, interrompant mon petit bavardage.

— Il me semblait bien que vous me regardiez avec trop d'insistance », répondit-elle, comme si elle venait d'élucider un mystère. Un mystère sans grande importance néanmoins : le ton de sa voix n'avait pas changé.

Je ne peux pas m'attendre à ce qu'elle me tombe dans les bras immédiatement, me dis-je en me raisonnant. Après tout, comment peut-elle savoir si je ne vais pas parler d'elle à la fac? Ça pourrait revenir aux oreilles de son fiancé. Je trouvais sa prudence légitime. Pour lors, je n'avais pas l'intention de l'épouser, et je ne voulais certainement pas lui gâcher ses chances auprès du professeur Hargitay.

« Je suis flattée », répliqua-t-elle d'un air désabusé un peu plus tard, comme je la poursuivais de quelque compliment troublant.

Elle est flattée, me dis-je, quelque peu dubitatif.

Chaque fois que je voyais une femme qui me plaisait, je commençais par la regarder dans les yeux, dans l'espoir d'y trouver une lueur engageante. Mais cette fois, rien de tel. Quand je regardais le visage d'Ilona, c'est sa bouche que je voyais, ou bien son nez couvert de taches de rousseur, ou encore le pourtour de ses yeux, mais jamais son regard. Accroupi à côté d'elle à la piscine pendant presque une heure, je préférai la regarder bouger les jambes et voir là l'expression du désir encore refoulé ou inconscient qu'elle éprouvait pour moi.

Allongée sur le marbre aux teintes fanées, les jambes remontées, elle serrait les genoux et de temps en temps les relâchait. Tandis qu'elle cachait et montrait ses cuisses tour à tour, ses muscles bougeaient sous sa peau comme pendant l'amour. À voir son corps onduler ainsi, l'idée me vint effectivement de la violer. Le bruit des autres baigneurs autour de la piscine, leurs rires et leurs cris résonnant dans cette salle close m'engageaient à me comporter comme un dur, à y aller carrément. Je songeai à me jeter sur elle et à transpercer le satin noir. Mais, faute de pouvoir la violer, je tombai amoureux d'elle. Je tendis la main et laissai discrètement, doucement, courir mes doigts sur son bras gracile qui reposait immobile entre nous deux. Quand je touchai sa main inerte, j'eus la sensation que ses doigts effilés me caressaient. Je me détendis, me décontractai (court-circuit du corps dû à une surtension), et je fus soudain envahi par un sentiment de bonheur mélancolique.

« Quand puis-je vous voir ? » lui demandai-je quand elle se leva pour partir. Ayant appris en des circonstances plus fastes que j'avais tout intérêt à parler clair, je lui avais fait des compliments qui ne laissaient aucun doute sur mes intentions. Mais pour le moment ils ne m'avaient pas même valu un rendez-vous.

« Eh bien, je viens ici de temps en temps. Nous nous y rencontrerons probablement.

— On ne peut rien faire dans une piscine. Je veux être seul avec vous.

— Vous commencez vraiment à dire des bêtises», s'écria-t-elle en couvrant de son bonnet de bain la partie supérieure de ses balles de tennis, prêtes à rouler par-dessus le haut de son bikini. Cette fois, elle s'énervait. L'heure tournait, il fallait qu'elle parte, elle avait rendez-vous avec son fiancé.

«J'aimerais bien qu'on se retrouve après, ripostai-je aussitôt.

— Je ne fais pas de projets aussi longtemps à l'avance.

— Vous ne me prenez pas au sérieux! protestai-je.

— Écoutez, vous m'avez fait un joli compliment avec votre histoire de vouloir me violer. Ne gâchez pas tout. Soyons simplement amis, d'accord?»

Ilona prononça ces mots avec une pointe de mépris et de malveillance, et elle parut y prendre plaisir. Pour le moment, me dis-je, il va falloir que je me contente de la voir à la piscine.

«Dites-moi au moins quand vous allez revenir nager.»

Elle poussa un soupir d'impatience. «Si vous voulez tellement me voir, je vous inviterai à notre mariage.»

Cependant, si je n'avais plus peur de parler aux femmes, je n'avais pas encore appris à les écouter. Je connaissais bien le professeur Hargitay — j'étais son étudiant, et je faisais aussi partie d'un groupe de recherche auquel il participait. J'entrepris de cultiver son amitié. Je me mis à fréquenter assidûment son sinistre petit appartement d'une pièce, si remarquablement peu fait pour Ilona que j'en tirais quelque espoir à mes moments les plus sombres. Il se composait d'une petite alcôve mal aérée, d'une cuisine minuscule et crasseuse, et d'une pièce remplie de meubles qu'on eût dit hérités d'une très vieille tante aux moyens modestes. Il y avait une surabondance de tables et de sièges encombrants, aux pieds branlants, et une quantité de petites lampes avec des abat-jour à pompons disproportionnés. Les seuls objets révélateurs de l'occupant érudit de ce lieu étaient les livres et les pages volantes étalés un peu partout autour de son bureau près de la fenêtre. Le fiancé de la rouquine à la peau mouchetée et aux jambes qui s'ouvraient et se refermaient de façon si engageante ne possédait même pas de lit. Il n'avait qu'un vieux canapé qu'il devait déplier pour la nuit. Je n'arrivais pas à imaginer la fringante déesse de mes rêves dans ce trou poussiéreux et désordonné.

Quand enfin je réussis à trouver Ilona dans ce repaire, elle essayait d'y faire le ménage. J'allai m'asseoir sur le canapé avec le professeur Hargitay et nous la regardâmes (selon la vieille coutume européenne) s'efforcer de remettre un peu d'ordre. À la faible lumière qui filtrait à travers les fenêtres sales, elle avait l'air d'un mystérieux ange de volupté luttant contre les forces des ténèbres. Elle ne portait pas de soutien-gorge sous son corsage blanc, et ses petits seins se baladaient à vous rendre fou quand elle se penchait et se redressait pour remettre les objets en place.

« Elle a une jolie silhouette », dis-je à mon hôte, flatteur, pour rafraîchir la mémoire d'Ilona sur mes sentiments à son égard.

« Oui, elle est séduisante », approuva le professeur, avec moins d'enthousiasme que je n'en montrais moi-même. Bel homme, blond, les yeux bleus, il avait une bonne trentaine d'années. Légèrement empâté, son embonpoint accentuait son air sérieux et imposant.

« Qu'est-ce que vous disiez de moi ? » nous demanda Ilona quand elle vint enfin s'asseoir sur une chaise, tout essoufflée. Rétrospectivement, je m'aperçois que ma relation avec elle a consisté essentiellement à la regarder reprendre son souffle.

Nous nous lançâmes dans une discussion sur sa ligne, sujet sur lequel Ilona se montra elle-même assez loquace. « Je ne sais pas de quoi se plaignent les femmes qui n'ont pas de poitrine, l'entends-je encore nous dire. Si on ne met pas de soutien-gorge, les petits seins font autant d'effet que les gros. Regardez les miens, par exemple — ils sont si petits qu'on croirait presque qu'ils vont disparaître. Mais je ne trouve pas que ce soit un inconvénient — pour les apercevoir, les hommes ne m'en regardent que davantage. » Elle fit sans doute ces réflexions à différents moments de la conversation, et pas d'une seule traite, comme je les rapporte ici. Quoi qu'il en soit, elle termina en me montrant du doigt. « Il suffit de regarder András — il est la preuve vivante de ce que je veux dire. Il me regarde avec de tels yeux qu'il en fait des trous dans mon corsage. Le petit sournois au regard glouton.

— Je t'en prie, Ilona, soupira son fiancé, András va se sentir gêné. »

Du jour où je rencontrai Ilona aux Bains Lukács, je cessai de m'intéresser aux autres femmes : je pensais à elle continuellement, et avec une intensité croissante. Quand il m'arrivait de l'oublier un petit moment, son image me revenait avec la violence brutale d'une crise cardiaque imminente. Je me mis à jouer auprès d'eux un rôle de tiers intermittent : parfois je les accompagnais au théâtre, ou bien je dînais chez le professeur Hargitay, mais c'était toujours lui qui m'invitait. Ilona paraissait me supporter avec une condescendance frisant l'hostilité.

« Il me semble que ton ami étudiant est effrontément amoureux de moi, se plaignit-elle un soir en nous servant des escalopes viennoises. Sa façon de me regarder est un véritable viol — c'est scandaleux. Tu devrais faire preuve d'un peu de jalousie, je trouve, et le mettre à la porte.

— Elle plaisante, me rassura mon hôte en tournant vers moi ses yeux bleus bienveillants. Ne la prenez pas au sérieux. »

Après cela, je me tins à l'écart pendant environ un mois. Mais je ne me décourageai pas pour autant. Au contraire : le fait que le fiancé d'Ilona se montrât plus soucieux qu'elle-même de ne pas me blesser m'amena à penser que si elle ne le quittait pas pour moi, lui, par contre, pourrait bien la laisser tomber pour quelque autre fille. Je me trouvais justifié de m'abandonner à l'heureuse contemplation d'un temps où nous serions mari et femme. Ces rêves domestiques éveillés m'aidèrent un moment à ne plus l'approcher en chair et en os. Je préférais cesser de la voir pendant cette période intermédiaire humiliante où elle était encore la fiancée du professeur Hargitay.

Et puis, n'y tenant plus, je débarquai chez le professeur : le moment était des plus mal choisis. Canapé déplié, draps moites et froissés, un oreiller sur la bibliothèque, l'autre sur le tapis. C'est Ilona qui vint ouvrir. Elle était déjà rhabillée, mais pas fardée et, comme toute femme après l'amour, elle avait l'air à la fois échauffée et embrumée. Jamais je ne l'avais trouvée aussi affreusement désirable. Le professeur Hargitay était assis près de son bureau, pieds nus, mais en pantalon et en chemise, et il buvait un verre de lait.

« Ah, enfin, s'écria Ilona, où étiez-vous pendant tout ce temps ? Laci s'ennuyait de vous. Il a besoin que quelqu'un lui rappelle combien je suis un être adorable. Serait-ce que vous ne pensez plus à moi ? »

En l'occurrence — avec cette odeur particulière qui flottait encore dans la pièce — je trouvai ses paroles vulgaires.

« Je vous aime sans espoir pour l'éternité, bégayai-je hardiment, en essayant d'indiquer d'un geste que je ne faisais que plaisanter.

— Pourquoi sans espoir? railla-t-elle en tortillant son aguichant postérieur. Si Laci voulait bien nous laisser seuls, nous pourrions passer au lit tout de suite. À moins que vous n'en ayez pas envie? »

Je me forçai à me tourner vers celui à qui elle appartenait, et qui buvait placidement son lait. «Quand le mariage doit-il avoir lieu?» demandai-je. Je ne voulais surtout pas avoir l'air malintentionné.

Je passais presque toutes mes soirées chez moi, me concentrant sur Ilona de toute ma volonté, et je commençais à croire aux vertus de la perception extrasensorielle : quand je pensais à elle, me disais-je, elle devait le savoir. J'étais persuadé que la fidélité que je lui montrais, en dépit de ma situation désespérée, allait changer ses sentiments à mon égard. Mais ma seule récompense fut la satisfaction de ma mère.

« Tu es bien plus sérieux qu'avant, conclut-elle en me trouvant à la maison presque tous les soirs. Tu mûris vraiment.

— Mère, je suis amoureux, et c'est sans espoir.

— Bien, dit-elle. C'est exactement ce qu'il te faut. Je commençais à craindre que tu ne sortes jamais de l'adolescence. »

À vrai dire, je perdais du poids. La seule chose qui me soutînt, c'était ma conviction qu'Ilona et son professeur ne s'aimeraient pas éternellement, c'était impossible.

Et leur mariage, lorsqu'il eut enfin lieu, ne me fit pas changer d'avis. Je fus invité, comme Ilona

me l'avait promis aux Bains. Ce fut une cérémo-
nie civile peu inspirante, célébrée dans la salle du
conseil de l'hôtel de ville de l'arrondissement,
avec l'étoile rouge et Staline, infatigable, suspen-
dus au-dessus de la tête du magistrat qui les
unit. Celui-ci avait un double rôle : il était aussi
conseiller conjugal, ce qu'ils trouvèrent désopilant
et que, pour ma part, je pris volontiers comme
un heureux présage. Ce cadre déprimant, et le
fait de savoir que ce fonctionnaire, après avoir
célébré le mariage, passerait dans une autre salle
pour régler des affaires de divorce, tout cela me
confortait dans l'idée que ce mariage allait en
réalité m'attirer les bonnes grâces d'Ilona. Dorénavant, raisonnais-je en moi-même (tout en
essayant de sourire tantôt au marié, tantôt à la
mariée), dorénavant elle va devoir vivre dans cet
horrible appartement, et non plus simplement y
venir de temps en temps pour le plaisir de jeter
des oreillers par terre. Dorénavant, me disais-je,
ce sera la morne prose du mariage, le feuilleton
prévisible des ennuis d'argent et du linge sale,
au lieu des petits poèmes variés et spirituels
d'une liaison amoureuse. Elle va sombrer dans
l'ennui et le désenchantement, et alors j'aurai
mes chances.

En me laissant aller assez souvent à ce genre de
raisonnement, je m'abusais moi-même, en sachant
parfaitement que je faisais fausse route. Rêveur et
concentré sur moi-même, je poussai la perversité
jusqu'à épier mon brave ami, dans l'espoir de le
voir avec une autre femme, ce dont je pourrais

alors avertir son épouse. Je croisais souvent Ilona dans la rue «accidentellement», mais jamais je ne parvins à la détourner de son but.

Un soir, tard, je la trouvai seule à l'appartement. Le canapé était déjà déplié pour la nuit : il y avait des draps propres et une couverture neuve, d'un orangé très vif. Ilona s'était démêlé les cheveux et s'apprêtait à aller se coucher, mais elle me fit asseoir avec de la lecture pendant qu'elle prenait sa douche et se mettait en pyjama. Comme j'arpentais la pièce en écoutant le bruit de la douche, il me revint à l'esprit que j'avais attendu Maya exactement de cette façon, avant de faire l'amour avec elle pour la première fois. Je me mis à fredonner l'air du vin de don Juan.

Ilona ressortit de la salle de bains avec un peignoir par-dessus son pyjama. «Écoutez-moi bien, dit-elle catégoriquement, je suis consciente que la situation présente pourrait donner des idées à un jeune délinquant dépravé de votre espèce. Mais si vous prononcez un seul mot tendant à dire que vous avez envie de me violer, ou toute autre chose de ce genre, je vous casse une de ces vieilles chaises sur la tête — et je parle sérieusement.»

En conséquence de quoi je décidai d'attendre une occasion plus favorable, un moment où elle serait de meilleure humeur. Ne voulant pas partir aussitôt, je lui tins la conversation poliment, les yeux fixés sur le tapis. Je ne revis jamais Ilona en bikini noir, mais j'entretins cette passion presque constamment pendant deux années.

9

Du secret de don Juan

Je ne voudrais pas donner l'impression que
mon idylle non partagée ne fut qu'une expérience d'aveuglement tout à fait inutile. C'était
l'époque, en Hongrie, du terrorisme et de ses
caprices : outre les hauts fonctionnaires du gouvernement et du Parti, les écrivains, les savants, les
étudiants, les directeurs de théâtre, et même les
danseurs de ballet et les figurants de cinéma
étaient très recherchés par les Services de la
Sûreté. En tant qu'étudiant ayant publié quelques
poèmes, je connaissais un grand nombre de gens
qu'on arrêtait pendant la nuit. À vrai dire, les ten-
tations de sombrer dans le délire de la peur
étaient énormes, et je ne suis pas sûr que j'aurais

pu traverser tous ces événements avec un calme relatif si je n'avais pas été aussi obsédé par Ilona.

Comme vous vous rappelez peut-être, j'habitais dans le même immeuble que Maya, ma première maîtresse. Après nous être salués avec une certaine gêne pendant une année quand il nous arrivait de nous trouver ensemble dans notre ascenseur vitré en bois sculpté, je recommençai à aller rendre visite aux Horvath de temps en temps. Béla avait manifestement rompu avec sa jeune maîtresse et passait désormais ses soirées chez lui avec son épouse. Ils vivaient ensemble comme deux vieux amis unis par leur lassitude commune des amours adultères. Maya était plus belle que jamais, mais moins vive en quelque sorte, et elle avait perdu son bon sourire ironique. Béla, par contre, petit, robuste, faisait de grands gestes et paraissait plein d'énergie. Il se départit de sa politesse circonspecte à mon égard, oublia la nature particulière de nos rapports passés, et nous finîmes par nous entendre plutôt bien. Acteur-né, quoique ce ne fût pas son métier, il aimait beaucoup raconter des histoires et imiter les gens. Il avait été avec les sociaux-démocrates clandestins pendant la guerre, et nous parlions surtout de politique et de la récente vague d'arrestations.

Un soir où nous nous tenions dans la salle de séjour tapissée de livres qui m'évoquait des souvenirs si différents, Béla décrivit son entrevue avec une de ses anciennes relations de la clandestinité, le ministre adjoint György Maros, peu de temps avant la disparition de celui-ci. Maros avait supplié Béla, en souvenir du passé, de rester auprès de lui dans son bureau pendant qu'il téléphonait au chef de la Sûreté pour protester contre le fait qu'il était pris en filature. Le chef de la Sûreté avait assuré à son cher ami Maros, un des camarades à qui il faisait le plus confiance, qu'il était sûrement en proie à des hallucinations, mais que, si effectivement il était suivi, ce devait être par suite d'une erreur idiote. Il allait vérifier tout de suite, dit-il, et le rappeler. Maros avait à peine eu le temps de rapporter cette partie de la conversation à Béla que le téléphone avait sonné. Cette fois, la communication avait été brève, et le malheureux ne s'était même pas donné la peine de raccrocher le combiné.

« Qu'a-t-il dit ? avait demandé Béla.

— Simplement ceci : "Tu avais raison — on te fait filer." »

En décrivant la scène, Béla nous montra comment Maros s'était levé de son bureau et s'était mis à arpenter la pièce en agitant les poings. « Pourquoi, Béla, pourquoi ? » voulait-il savoir. Cet homme-là avait aidé à la liquidation de son parti en 1948, au moment de la disparition des partis socialistes dans toute l'Europe de l'Est, et je ne pus m'empêcher de m'esclaffer devant la justice poétique de sa chute, et la manière dont Béla mimait sa stupéfaction amère.

« Pourquoi ? ! » répéta Béla, reprenant cette vaine question, puis il finit par en rire avec moi.

Maya resta grave. « Je ne vois pas ce qui vous

paraît si amusant », dit-elle d'un air sombre. Mais nous, nous trouvions la demande d'explication du ministre adjoint de plus en plus hilarante. « Pourquoi ? ! Pourquoi ? ! » répétait Béla en arpentant la pièce et en levant les bras au ciel, raillant la victime avec une délectation manifeste. « Pourquoi ? ! »

Ce fut la dernière fois que je vis Béla. Quelques jours plus tard, lui-même fut arrêté. Maya obtint un poste d'enseignante dans un lycée. Chaque fois que j'allais la voir, elle se plaignait du temps, du manque de bons films, ou de la difficulté de se procurer des œufs et de la viande. Un jour où je lui demandais ce que je pouvais faire pour elle, je vis son regard s'éclairer comme avant.

« Viens m'embrasser », dit-elle.

Elle était en peignoir, son vieux peignoir jaune, et, pendant que je m'approchais, elle défit les deux boutons du haut, pour me montrer qu'elle n'avait pas oublié que je lui baisais toujours les seins quand nous commencions à faire l'amour. Elle m'embrassa frénétiquement, comme si elle essayait de retrouver notre passé avec sa langue. Mais bientôt elle se retira.

« Quand je suis malheureuse, je suis frigide », m'avoua-t-elle avec un désespoir tranquille.

Quelques semaines après l'arrestation de son mari, elle quitta l'immeuble et alla habiter avec une de ses collègues du lycée.

Quant à moi, j'étais un habitué des réunions d'étudiants où l'on discutait de l'avenir de la Hongrie après la fin du communisme. J'appris que les Services de la Sûreté m'avaient fiché comme *élément peu fiable,* et interrogeaient le concierge de notre immeuble et mes camarades étudiants à mon sujet. Après une brève période cauchemardesque pendant laquelle je me pétrifiais au moindre bruit inattendu, je me persuadai qu'être effectivement passé à tabac ne serait pas pire que d'imaginer que ça allait arriver. Je continuai à voir Ilona quand je pouvais, et ne redoutais rien tant que ses accès de mauvaise humeur.

Le professeur Hargitay était désormais moins sensible aux charmes de sa femme. Il devint nerveux et cessa de regarder les gens en face. « Vous aimez beaucoup Ilona, n'est-ce pas ? me demanda-t-il un jour pendant qu'elle était dans la cuisine. Je ne veux pas vous embarrasser, ajouta-t-il bien vite, je veux simplement savoir. Je ne peux pas vous en vouloir si elle vous plaît — après tout, elle est séduisante, c'est vrai. Mais je vous supplie de me dire si vous venez chez moi parce qu'on vous a demandé de m'espionner.

— Enfin, Laci, protesta Ilona, qui était revenue auprès de nous à temps pour entendre la requête finale, ne sois pas idiot. »

Laci l'ignora. « Je vous en prie, András, me supplia-t-il avec le plus grand sérieux, et même en transpirant légèrement, dites-moi ce qu'ils veulent savoir sur moi. »

Ilona essaya de tourner la chose à la plaisanterie. « Fiche la paix à mon petit ami !

— Ils veulent que j'essaie de savoir pourquoi

vous n'avez jamais eu de petite amie membre du Parti.

— C'est ridicule. C'est pour des trucs comme ça qu'on est fiché ? C'est écœurant.

— Vous m'avez demandé ce qu'ils veulent savoir.

— Mais leur fichier n'est pas complet ! protesta-t-il. En fait, une de mes petites amies était membre du Parti. Nous sommes sortis ensemble pendant presque un an !

— Exactement. Ils veulent que j'essaie de savoir pourquoi vous l'avez quittée. »

Il me crut, et Ilona mit un certain temps à lui faire retrouver son calme. « Je vous demande pardon », dit-il enfin, me gratifiant, en guise d'excuse, de cette remarque profonde : « Le pire dans cet état policier pourri, ce n'est pas ce qu'ils vous font, mais ce qu'ils pourraient vous faire si jamais l'idée leur en venait ! C'est ça qui me rend fou. »

La façon dont Ilona s'excusa de la défiance de son époux me procura une satisfaction bien plus grande. Elle voulut poser un baiser sur mon front, mais je fus si prompt qu'elle se retrouva en train de m'embrasser sur la bouche. C'est un ravissement particulier que d'effleurer un instant au dépourvu des lèvres sèches.

« Vous êtes assurément un agent provocateur habile », fit remarquer Ilona, recouvrant son ton railleur habituel.

Il existe toujours un moyen de séduire une femme, dit-on, et, comme je pensais être beau garçon et avoir du charme, je me dis que mon échec auprès d'Ilona était dû à un défaut de caractère ou d'intelligence de ma part. J'avais gardé l'habitude de consulter les livres sur mes problèmes, et je tentai de sonder le mystère de la séduction en étudiant la littérature sur don Juan. Ce ne me fut d'aucun secours. Le don Juan de Molière avait de l'orgueil et de l'audace, mais c'était un perturbateur malappris ; la version de Shaw donnait à entendre que pour avoir du succès auprès des femmes il fallait ne pas les aimer et les fuir. Le seul artiste qui comprît don Juan, me semblait-il, c'était Mozart. Dans le livret, le don Juan de Mozart n'était pas très différent de celui de Molière, mais la musique évoquait un grand homme. L'ennui, c'est que je ne pouvais pas interpréter la musique pour pénétrer la psychologie du personnage — pas au-delà, en tout cas, de son amour de la vie et du vaste registre de sa sensibilité. Les études psychanalytiques sur don Juan n'étaient d'aucune aide. On le présentait comme un homosexuel refoulé, ou un égocentrique souffrant d'un complexe d'infériorité, ou encore un psychopathe insensible à autrui — en bref, comme un être dépourvu de toute affectivité, qui n'arriverait même pas à séduire une fille sur une île déserte. Je ne voyais pas qu'en suivant son exemple j'arriverais mieux à mes fins auprès d'Ilona.

C'est à une femme qui me prit pour un don Juan que je dois d'avoir guéri d'un amour sans espoir, et d'avoir découvert le secret.

Zsuzsa était une matrone un peu boulotte de

quarante ans. Je la voyais dans des soirées où elle semait le trouble parmi les invités en s'exclamant, l'air soulagé : « Quel bonheur de vous voir ! J'ai entendu dire que vous aviez été arrêté ! » Elle ne manquait pas non plus de nous rappeler que les Chinois pourraient bien prendre le pouvoir en Hongrie, et nous avertissait que les bombes nucléaires américaines allaient bientôt nous rayer de la carte. « Je vous le demande, dit-elle un jour tout haut alors que la soirée commençait à s'animer et que son mari caressait les fesses d'une autre femme, je vous le demande, quel rapport y a-t-il entre la lutte contre le communisme et l'incinération de notre pays ? Pourquoi les Américains vont-ils nous bombarder, nous ? Les Russes ne nous ont-ils pas fait assez souffrir ? » Le mari était un éminent ingénieur des travaux publics, bel homme, grand, de l'aisance, des goûts variés — brillant causeur, très prisé, tant des hommes que des femmes. À côté de lui, sa femme peu attrayante, à qui personne ne faisait attention, ne pouvait qu'être pétrie d'angoisse. Mes amis prétendaient que Zsuzsa était une névrosée, mais il me semblait qu'à se tourmenter constamment pour des catastrophes générales elle faisait en réalité habilement preuve de maîtrise de soi. Si elle ne pouvait pas réprimer son embarras très naturel, du moins faisait-elle passer son désespoir personnel dans des sujets de conversation dont on pouvait discuter. Cependant, elle ne pouvait manquer d'en arriver au point où elle ne savait plus elle-même ce qui la tracassait.

Au cours d'une soirée à laquelle Zsuzsa assistait sans son mari, elle essaya d'éveiller l'attention de l'assistance sur la recrudescence du vandalisme à Budapest. Dans la presse du Parti, généralement optimiste, et qui ne publiait de nouvelles inquiétantes que dans les pages concernant l'étranger, avait paru récemment l'histoire d'un conducteur d'autobus qui avait été agressé tard le soir en rentrant de son travail, et dépouillé de toutes ses affaires, y compris de son caleçon. Comme c'était la seule atrocité concernant l'intérieur du pays accréditée officiellement dans les journaux, et qu'elle avait eu lieu par une des premières nuits glaciales d'octobre, le sort du conducteur d'autobus dépossédé avait enflammé l'imagination du public. En quelques jours, à en croire les rumeurs, il restait peu d'hommes dans la capitale à avoir encore tous leurs vêtements sur eux, et peu de femmes qui n'aient pas été violées. Mais Zsuzsa ne réussit pas pour autant à susciter plus qu'un intérêt fugitif pour ces truands qui rôdaient dans les rues sombres. Finalement, elle décida de partir avant tout le monde, vers onze heures, et elle cherchait quelqu'un pour la raccompagner.

Elle passa parmi les invités, mais sans s'adresser à l'un de nous en particulier. « Il faut que je m'en aille, mais je n'ose vraiment pas m'aventurer seule. » C'était une petite femme incolore, qui devait aimer les sucreries : elle avait un corps mou et flasque, sans taille. Le visage, au contraire, était maigre et angoissé, et ne m'évoquait rien tant qu'une pauvre petite souris. Quelqu'un lui conseilla d'appeler un taxi, mais elle fit la sourde oreille. « Y a-t-il quelqu'un qui aille dans ma direction ? » s'acharnait-elle à demander en jetant des regards pensifs de mon côté.

J'étais le seul homme libre de l'assistance : assis seul dans mon coin, j'espérais voir arriver Ilona.

« Vous vous morfondez, dirait-on, me dit Zsuzsa en s'approchant de ma chaise.

— Oui », répondis-je gravement.

Elle s'assit dans les parages, sur le bord d'un canapé. « Voilà qui est merveilleux, continua-t-elle avec un sourire timide mais condescendant. C'est merveilleux que vous soyez encore capable de vous morfondre. C'est que vous en êtes encore au stade où vous pensez que vous méritez d'être heureux.

— Tout le monde mérite d'être heureux, affirmai-je avec fermeté, l'air pincé, pour essayer de lui clouer le bec.

— Ah, je ne sais pas. Pas moi, je ne crois pas, dit-elle en traînant sur les mots.

— Et pourquoi ?

— Ah, je n'attire guère les regards.

— Mais comment donc ! Vous êtes très jolie.

— C'est gentil de me dire ça, András. Mais si vraiment j'étais jolie, poursuivit-elle avec un sourire tentateur, je n'aurais sûrement pas autant de mal à trouver quelqu'un pour me raccompagner chez moi. »

Je n'arrivais pas à savoir si Zsuzsa avait peur des voyous ou si elle essayait de flirter avec moi. Je décidai de tenter ma chance avec elle. Mais, faire des infidélités à Horta, et avec une femme si peu séduisante — l'idée était trop humiliante pour que je m'y tienne longtemps.

Comme je me taisais, Zsuzsa ajouta d'un air triste : « Mon mari est en plein travail à la maison. Je ne voulais pas le déranger, mais je crois que je ferais mieux de lui téléphoner pour lui demander de venir me chercher. »

Il ne me restait plus qu'à lui rendre service et à me débarrasser d'elle.

Je regrettai ma galanterie dès que nous sortîmes dans le vent glacial de novembre. « Je ne vous laisserais jamais me ramener chez moi par un temps pareil, dit Zsuzsa, si je n'étais terrorisée par toutes ces histoires que l'on raconte. Je ne voudrais pas me faire agresser. » Nous nous trouvions dans les rues les mieux éclairées de toute la ville et, à part un agent de police solitaire, nous ne vîmes pas une âme. « C'est à peine à quatre rues d'ici », se défendit-elle en me voyant relever le col de mon pardessus pour laisser entrer le moins d'air froid possible dans ma bouche. Mais apparemment ma mine renfrognée ne fit que l'aiguillonner. Elle se mit à jouer les saintes nitouches.

« Un garçon comme vous doit avoir beaucoup de petites amies.

— Ça dépend », répondis-je, avec l'arrogante désinvolture de quelqu'un qui n'a pas touché une femme depuis presque deux ans. Elle me déplaisait fort à essayer de me flatter alors que je restais de glace.

Elle me posa des questions sur moi, auxquelles je répondis sèchement mais sur le mode badin. Je m'aperçus que je la traitais exactement de la même façon que j'étais traité par Ilona. J'avais beau m'efforcer de paraître moins brutal en usant de la plaisanterie, tout comme Ilona, mon antipathie pour Zsuzsa était bien réelle. Même quand je m'étais laissé atteindre par les piques d'Ilona, j'avais toujours trouvé une consolation dans la certitude absolue qu'*elle ne pouvait pas vraiment penser ce qu'elle disait.* À présent, je comprenais soudain qu'eh bien, si, c'était possible, qu'elle devait éprouver la même chose que moi, qui marchais aux côtés de Zsuzsa dans le vent glacé et la trouvais insupportable. Du coup, je me mis à écouter Zsuzsa avec le sentiment désespérant que j'avais quelque affinité avec elle.

Manifestement, elle s'aperçut que j'étais plus attentif à elle : sa voix perdit sa monotonie lassante pour prendre un accent mélodieux de plaisir discret. Elle parlait de ses enfants : elle avait une fille de quatre ans et un fils de huit ans, et le travail scolaire du garçon n'était pas sans poser problème. « Je ne peux pas l'aider comme pourrait le faire son père, surtout en arithmétique, dit-elle, s'arrêtant près d'un réverbère, soudain tout essoufflée. Il a bien peu de temps à consacrer à ses enfants — il est toujours en voyage. Cette semaine encore, il est parti, pour réparer un barrage qui a cédé. » Je crus d'abord que je n'avais pas bien entendu (le vent étouffait le son de sa voix), mais elle ajouta, comme si de rien n'était : « Oui, je suis souvent seule le soir. »

Debout sous le réverbère, avec la rue déserte et les grands immeubles majestueux pour toile de fond, elle me parut moins grosse que pendant la soirée, sans son manteau. Je passai mon bras autour de son épaule.

« C'est bien ce que je pensais, dit-elle avec une pointe de dépit. Dès qu'il va savoir que mon mari est absent, me suis-je dit, il va se comporter autrement. »

Je laissai retomber mon bras. « En fait, je suis amoureux d'une femme dont je ne peux même pas obtenir un rendez-vous. Elle aime son mari.

— Je ne vous crois pas », répliqua Zsuzsa avec un petit rire nerveux. Manifestement, elle n'était pas ravie que j'aie retiré mon bras. « C'est vous qui inventez cela, continua-t-elle avec rancœur. Je ne connais pas de femme qui soit infidèle à son mari quand les deux époux s'aiment. Don Juan comme vous l'êtes, vous n'iriez pas perdre votre temps avec une femme de ce genre. Les hommes comme vous, je les connais — vous ne courez qu'après les femmes que vous savez accessibles.

— Je ne suis peut-être pas si calculateur que cela.

— Vous n'avez d'yeux pour une femme qu'à partir du moment où vous croyez avoir une chance.

— Tout à l'heure, pendant la soirée, je vous ai dit que vous étiez jolie, non ? »

Nous continuâmes à nous chicaner ainsi pour

voir à quel prix nous ravalerions notre orgueil. Je capitulai le premier.

«Vous êtes furieuse après moi?» lui demandai-je tristement en me rapprochant d'elle. Elle prit ma tête entre ses deux mains gantées et se dressa sur la pointe des pieds pour m'embrasser. Puis elle ôta ses mains et les mit dans son dos pour retirer ses gants, tout en restant serrée contre moi. Je sentais son cœur battre à travers nos manteaux. À la lueur du réverbère, elle me parut soudain jolie : sa fébrilité donnait de la rondeur à son visage maigre. Après s'être débarrassée de ses gants, elle me déboutonna mon pardessus et ma braguette et me toucha. À ce moment-là, elle se mit à trembler. J'étais humilié de lui plaire autant.

«C'est ridicule cet effet que peuvent me faire les hommes!» soupira-t-elle, comme si elle souffrait et réprouvait sa propre conduite.

Un peu plus tard, elle s'écarta de moi en fronçant les sourcils. «Vous ne devriez pas m'embrasser ici. N'importe quel passant risque de me reconnaître.» Il s'avéra que nous étions devant la maison voisine de la sienne, juste au-dessous du réverbère. Je ne pus m'empêcher d'admirer sa faculté d'oubli. Cependant, après avoir si nettement déclaré ses intentions, elle prit un air dégagé pour me faire une invitation en règle «Il fait très froid — si vous veniez prendre un verre?»

Quand nous entrâmes dans l'appartement, elle m'emmena à la cuisine, où elle se mit à sortir toutes sortes de bouteilles d'un placard. «Je ne bois pas, lui avouai-je. Un jour, quand j'étais petit, j'ai pris une cuite énorme et, depuis, je ne peux pas toucher d'alcool.

— Ça aussi c'est une invention. Vous n'êtes pas du genre à ne pas boire d'alcool. »

Dans cette cuisine d'un blanc éclatant, j'étais tout désorienté, comme un patient à l'hôpital qui a besoin que le docteur lui dise quoi faire. J'avais envie de m'en aller. N'étais-je pas amoureux d'Ilona ? N'avais-je pas trouvé Zsuzsa sans aucun charme une demi-heure plus tôt ? Elle savait peut-être quel genre d'homme j'étais, mais pas moi, alors je décidai de lui donner raison. Je pris le verre de cognac qu'elle m'offrait, l'avalai d'un trait, et me mis à tousser violemment.

« Ne faites pas tant de bruit ! siffla Zsuzsa en éteignant la lumière. Vous allez réveiller les enfants ! »

Quand je cessai de tousser, elle posa la tête sur mon épaule. « Je ne suis pas aussi à l'aise que vous. Il faut que je boive un verre. » Elle m'effleura le visage du bout des doigts comme pour me voir avec ses mains. « C'est une chance que nous nous soyons rencontrés ce soir. Il y a quinze jours que Gyuri est parti — et j'avais très envie qu'il se passe quelque chose ! Mais il ne se passait rien. Et il rentre demain ! »

Tous ces discours (avec des caresses pour enfoncer le clou) pour me dire qu'elle avait envie d'un homme avant que son mari revienne, et c'était tout. Elle savait, je suppose, que je me laisserais faire.

Comme je restais sans réaction, elle s'effondra

soudain. «Mon mari prétend que je ne suis pas séduisante. Il a raison, vous croyez?

— C'est absurde.» Je me mis à l'embrasser et à la déshabiller. «Absurde.»

Elle m'emmena dans une petite pièce juste à côté de la cuisine. «Il n'y a qu'un lit à une place, mais c'est ici qu'on est le plus loin de la chambre des enfants. On n'aura pas à craindre qu'ils nous entendent.»

Dans l'espace exigu qui séparait le lit du mur, nous étions serrés l'un contre l'autre pour retirer nos vêtements. «Je suis mariée depuis dix-huit ans, chuchota-t-elle, mais vous n'êtes que mon quatrième amant.

— Vous avez tout de même un point d'avance sur moi.» Je m'approchai pour m'enfouir dans son vaste corps.

«Ce n'est pas la peine de mentir pour me faire plaisir. Je sais que vous avez dû avoir une quantité de femmes. Mais je ne suis pas jalouse.»

Nous nous étendîmes sur le lit étroit, et mon dos rencontra le mur glacé. Mais quand je m'allongeai sur elle son corps doux et tiède m'entoura comme une couverture douillette, et je me mis à lui embrasser les seins.

«Je savais bien, s'écria-t-elle, étonnée et ravie, je savais bien que vous étiez un bécoteur!» Puis, sans que je comprenne pourquoi, elle voulut me repousser et commença à s'inquiéter.

«Je crois que je ne devrais pas vous laisser faire. Vous n'avez pas vraiment envie de moi.

— Puisque vous avez l'air de tout savoir sur

moi, répliquai-je sèchement, vous devriez savoir ce qu'il en est. »

Zsuzsa changea d'humeur encore une fois, et tout aussi rapidement. « Je suppose, dit-elle, confiante, en ouvrant les cuisses, que vous avez envie de tout ce qui se présente. »

10

Des peines inutiles

La liberté, c'est savoir reconnaître ce qui est nécessaire.

FRIEDRICH ENGELS

Ma liaison avec Zsuzsa ne dura même pas tout l'hiver. Son mari ne s'intéressait guère à elle en tant que femme, mais il était jaloux, et nous avions peu d'occasions de nous rencontrer. Elle aurait pu venir chez moi l'après-midi pendant que ma mère était au travail et que ses enfants n'étaient pas à la maison, mais il fallait que nous nous voyions chez elle, afin qu'elle puisse répondre au téléphone au cas où le mari appellerait. Elle nous installait toujours dans l'ancienne chambre de bonne à côté de la cuisine. Je n'étais pas fâché de n'en avoir rien vu, dans l'obscurité, pendant notre première nuit d'amour. Avec ses murs chaulés, hauts, mais très rapprochés, son plancher nu, et son unique petite fenêtre carrée tout près du plafond, cette cellule ne manquait pas, par sa configuration, d'évoquer le sort de la

domestique dans la Hongrie d'avant-guerre. Devenue chambre d'amis, elle ne s'était pas améliorée.
Il n'y avait ni rideaux ni tapis, et le seul élément
décoratif était un vulgaire paysage à l'huile, le
genre de croûte verdoyante que les colporteurs
vendaient de porte en porte. Il n'y avait même pas
la place de mettre une chaise : le mobilier se composait uniquement d'une commode et d'un lit
étroit. Comme il n'y avait personne d'autre dans
l'appartement à l'heure où nous nous y retrou-
vions, je me demandais pourquoi nous devions
faire l'amour dans un lieu si peu inspirant.

« Il faut croire que vous n'avez pas envie de
garder vos invités bien longtemps, fis-je remarquer à Zsuzsa un jour.

— Ici, c'est plus facile pour moi de tout ran-
ger derrière toi », me répondit-elle.

Elle aurait tout de même pu dire « derrière
nous », pensai-je.

Pendant un temps, rien de tout cela n'affecta
nos instants de volupté. Zsuzsa était plutôt grasse,
certes, mais ces rondeurs étaient de feu. C'est
avec un enthousiasme sincère que je pouvais lui
assurer qu'elle n'avait aucune raison de se sentir
inférieure à aucune autre femme. Je ne disais
pourtant pas toute la vérité. Son époux, qui avait
tant de succès, avait apparemment fait tout ce
qu'il fallait pour saper en elle toute assurance, et
ce n'était pas une brève rencontre avec un garçon de dix-neuf ans qui pourrait la lui rendre. La
grâce et l'ardeur ne lui étaient données qu'en
des moments d'exception. En temps normal, elle

de roses dans un vase — en cadeau aux jeunes mariés. Pourquoi ne pas le dire avec des fleurs ? pensai-je. C'était cucu, mais ça pouvait marcher. Même si la fille était choquée par mes avances, ce gros bouquet de fleurs retiendrait assez son attention et l'empêcherait de protester trop fort. Je m'arrêtai donc au beau milieu d'une danse — dans le but de la déconcerter — et je me dirigeai vers une des tables. J'attrapai les roses dans le vase, je revins, et les lui tendis — encore dégoulinantes, et en me piquant les doigts — et je lui dis : « Si vous me laissez passer la nuit avec vous, je vous offre ces belles roses.

— Et alors ?

— Elle accepta. En rougissant de façon charmante, naturellement. Bigre, ces roses, ça valait le coup, je te le dis ! »

Cette histoire me fit grande impression, et je décidai de suivre l'exemple d'Imre dès que j'aurais des fleurs à ma portée. Une semaine plus tard environ, il se trouva que je m'arrêtai au café Les Tulipes un soir, tard. J'y trouvai, assise seule à une table, une joyeuse divorcée blonde qui, d'après la rumeur, s'était récemment séparée de son amant. J'avais parfois vu Boby — car tel était son étrange surnom — au bord de la piscine des Bains Lukács, où j'étais si malencontreusement tombé amoureux d'Ilona. Boby avait trente-quatre ans, et elle était superbe à contempler, surtout dans son bikini bleu ; elle avait des seins impressionnants, et des fesses si ondulantes que, souvent, j'avais envie de les lui arracher pour les emporter chez moi. Elle était toujours en compagnie de quelque fringant individu qui suivait à quelques pas derrière elle. Elle marchait plus vite que tout le monde ou presque. Un jour, à une fête, nous avions été présentés, et il lui arrivait parfois de m'adresser la parole quand nous nous rencontrions. Elle était deuxième violon à l'Orchestre symphonique de Budapest — une femme sensuelle mais indépendante d'esprit, qui avait tôt fait de se débarrasser des hommes quand ils ne se comportaient pas à son goût. Quelques jours auparavant, elle avait mis à la porte le sculpteur avec qui elle avait vécu jusque-là et — si mes renseignements n'étaient pas déjà périmés — elle était maintenant une femme libre. En tout cas, au café, elle était seule, son étui à violon posé sur la chaise voisine. Elle avait dû venir après le concert prendre sa dernière tasse de café de la journée.

Je la saluai en m'inclinant respectueusement et elle me permit de lui tenir compagnie. Elle avait beau marcher vite, elle n'était pas du genre à se bousculer — elle avait un air de dignité grave, surtout assise. Je serais volontiers allé en prison me faire torturer par les Services de la Sûreté si j'avais pu coucher avec elle d'abord, mais je n'étais pas impatient. Ayant passé presque deux ans à tourner lamentablement autour d'Ilona sans le moindre succès, et ayant ensuite séduit Zsuzsa en l'espace d'une soirée, j'étais persuadé qu'aucune femme ne voudrait de moi sauf à être en manque d'homme et à aller au-devant de mes désirs avant même que je n'ouvre la bouche. Je songeais gaiement et calmement, je me souviens, que, quelques mois plus tôt, je me serais cassé la tête pour trouver un moyen de lui plaire. Maintenant que je savais la question réglée avant même d'avoir été posée, il ne me restait plus qu'à trouver la réponse.

Boby portait sa robe de concert noire et son visage rond de blonde semblait las : ses yeux n'exprimaient pas d'autre désir que celui de dormir. Comme je ne tirais aucune information de cette source d'un bleu profond, et que je me souvenais de l'histoire d'Imre, je regardai s'il n'y avait pas des fleurs dans les parages. Bien qu'il s'appelât Les Tulipes, ce café en décrépitude n'avait pas la moindre fleur d'aucune sorte à offrir. Pas même de fleurs en papier ou en plastique sur les tables. Je savais qu'il y avait un fleuriste encore ouvert au coin de la rue ; mais c'eût été plutôt maladroit de sortir tout d'un coup pour aller acheter des roses et de revenir poser ma question, le bouquet à la main. De plus, tout tenait à la spontanéité du geste. Je vis Boby froncer légèrement les sourcils pendant que je promenais mon regard de table en table : elle n'était sûrement pas habituée à ce que les jeunes gens s'intéressent à autre chose qu'à elle quand ils étaient en sa compagnie. Me retournant de son côté et avisant le dessus tout craquelé de notre table, je me demandai ce que je pourrais bien lui offrir. Je ne vis que nos deux tasses, encore à moitié pleines, et un cendrier cabossé en fer-blanc aux armes d'une marque de bière — d'où l'on pouvait déduire qu'il avait été fabriqué sous le régime capitaliste, avant 1945. Un cendrier en fer-blanc vieux de sept ans, contenant un mégot laissé par un client précédent. Mais la question n'était-elle pas réglée d'avance? Je pris le cendrier, en vidai le contenu par terre, et le lui tendis.

« Je vous offre ce beau cendrier ancien si vous acceptez de devenir ma maîtresse », dis-je d'une voix claire et décidée.

Nous venions de discuter de Kodály et de Bartók, nous demandant pourquoi nous nous accordions à considérer le premier comme un plus grand compositeur que le second, de sorte qu'elle ne comprit pas de quoi je parlais. Je dus répéter ma proposition : « Je vous offre ce cendrier ancien authentique si vous acceptez de devenir ma maîtresse. »

Cette fois elle comprit : « Pardon ? » me dit-elle.

Jusque-là, notre conversation ne l'avait sûrement pas absorbée au point qu'elle n'ait pu continuer à penser à ce qui lui occupait l'esprit avant le moment où j'étais venu m'asseoir à sa table. Peut-être songeait-elle à son appartement en désordre, à sa répétition du lendemain matin, ou à ce qu'elle devait envoyer au blanchissage. Même une belle femme en vogue et d'un naturel heureux devait avoir des problèmes en tête — après un mariage rompu, et un crétin de sculpteur dont elle avait, disait-on, jeté les affaires dans l'escalier, et après un long concert —, alors qu'elle était là, seule, dans un café, à trente-cinq ans, à onze heures et demie bien sonnées. En dépit de tout cela, Boby ne semblait pas avoir l'esprit ailleurs.

« Je dois dire qu'on ne m'a encore jamais fait une proposition pareille, avoua-t-elle en regardant le cendrier que je lui tendais.

— Alors vous devriez la prendre en considération. »

Les tables voisines étaient inoccupées, et l'espace vide autour de nous semblait s'être changé en désert : j'avais placé Boby dans une situation d'intimité instantanée. Les femmes dont les sentiments sont prudemment enfouis ou étouffés se tirent aisément de pareilles situations, d'une manière ou d'une autre. Mais Boby était le genre de femme chez qui la pensée est liée à l'état nerveux. Les choses « lui tapaient sur les nerfs », et lorsqu'elle se trouvait soudain face à une proposition, son affect subissait immanquablement un changement. Ce n'est pas l'homme mais l'idée en soi qui dépouille ces femmes-là de leur personnalité, car elles se trouvent alors devant une radiographie d'elles-mêmes, elles ont tout d'un coup une conscience plus intense, mais réduite de ce qu'elles sont. C'est pourquoi des avances soudaines les contrarient — les « démontent » véritablement. Cela en dit long sur le caractère de Boby, sur sa dignité imperturbable sous la contrainte : impossible de savoir ce qu'elle ressentait pendant que je pointais vers elle ce morceau de fer-blanc cabossé. Mais elle trouva que mon offre n'était pas vraiment recevable.

« Ce cendrier appartient à l'établissement », me fit-elle remarquer.

J'avais réussi à dire ce que je voulais, c'était l'essentiel : je reposai l'objet sur la table. Elle attrapa sa tasse pour finir son café, et j'en fis autant — le cœur léger. L'idée de lui tenir des propos galants me traversa l'esprit (ils me seraient venus sans peine) ; elle était si près, me disais-je, que je pourrais effleurer sa peau de ma voix, enrouler mes paroles autour de son long cou et les glisser dans ses cheveux blonds, qui étaient ramassés en un vague chignon ; ma voix pourrait toucher le bout de ses oreilles au-dessous des deux pierres noires qui les paraient. Je pourrais la caresser avec des sons — ce qui n'était sans doute pas une si mauvaise idée, étant donné qu'elle était violoniste. Mais pourquoi perdre mon temps à des démarches superflues ? J'étais prêt à quitter les lieux, et à me contenter d'avoir passé un moment avec une femme excitante pour l'oublier ensuite. Je me détournai même de Boby pour observer la salle se vider peu à peu, et je croisai, à une certaine distance, le regard d'un serveur, un homme maigre et chauve, qui me regardait avec un sourire entendu.

« Qu'en dites-vous ? demandai-je à Boby.

— D'accord, dit-elle. Mais il faut que vous voliez ce cendrier pour me l'offrir. »

La fermeté du ton aurait dû m'avertir que le plus dur restait à faire.

C'est ainsi que je voudrais mourir, pensai-je maintes fois au cours de la nuit, tandis que mon cœur battait de bonheur sous mon crâne. « Ne te retire pas, s'écria-t-elle la première fois que nous jouîmes, j'aime la sentir petite. » Mais bientôt sa croupe s'agitait de nouveau, tandis que son visage me souriait sereinement. « Autrefois, faire l'amour me terrorisait », me confia-t-elle dans un murmure. Je n'arrivais pas à le croire. « C'est la vérité, franchement. J'étais maladivement craintive et timide. Ma vie se limitait à mon papa, ma maman, et mon violon. » Puis elle me fit tourner sur le côté avec ses bras et ses jambes, et s'écarta de moi systématiquement, si bien que je devais me précipiter pour ne pas la perdre. « A présent, on devrait se calmer, dit-elle ensuite, satisfaite, faisons ça à la française. »

Elle s'était redressée et me caressait les jambes avec ses orteils tout en essayant de me faire manger des fraises quand, juste après le lever du soleil, je sombrai dans un profond sommeil.

Le réveil sonna à neuf heures. Boby avait une répétition, et moi j'étais déjà en retard pour mes cours. Nous quittâmes son appartement à la hâte, sans prendre de petit déjeuner. « Allons donc nager à l'heure du déjeuner », suggéra-t-elle tandis que nous dégringolions les escaliers pour partir chacun de notre côté. Je dormis pendant l'introduction à la *Wissenschaftslehre* de Fichte, m'achetai deux sandwichs rassis que je dévorai dans l'autobus, et je retrouvai Boby aux Bains Lukács à une heure et demie. Elle était arrivée avant moi et attendait au bord de la piscine dans son bikini bleu, sa chevelure blonde plus resplendissante que le pâle soleil d'hiver. Des inconnus avaient les yeux rivés sur elle, ses connaissances la saluaient d'un bonjour respectueux. Je me demandais si j'avais seulement rêvé, mais mes muscles endoloris étaient la preuve bienheureuse du contraire.

Elle proposa une course à la nage sur la longueur aller-retour du bassin. Quand je finis par me hisser hors de l'eau en essayant de reprendre mon souffle, elle était déjà en train de se sécher les cheveux avec sa serviette. Sans prêter attention à son public d'admirateurs, elle me donna un long baiser.

« C'est grâce à toi que je suis en si bonne forme, déclara-t-elle.

— Pourquoi donc ?

— Tu n'as jamais entendu parler de la théorie d'Einstein ? Le plaisir se transforme en énergie. »

Je suggérai que nous nous allongions un moment. Nous nous étendîmes sur le ventre, les bras repliés, coude à coude. Je ne sais pas comment je ne l'avais pas vu plus tôt : elle avait un long chiffre tatoué sur l'avant-bras. Elle dut s'apercevoir que j'ouvrais de grands yeux, car elle me donna la réponse avant que j'aie pu poser aucune question.

« Tu ne savais pas ? Je ne suis pas une intellectuelle, alors ce n'est sans doute pas très facile de deviner que je suis juive.

— Je n'arrive pas à imaginer que tu as été dans un camp de la mort.

— Auschwitz — cent vingt-sept jours et quatre heures. »

Tandis qu'elle parlait, je revis en esprit une

150

photographie d'un groupe de Juifs, des hommes et des femmes, le crâne rasé, sans vêtements, des squelettes nus, debout devant un baraquement; cette photo m'avait souvent hanté, me donnant à penser que, si j'avais été l'un d'entre eux, je n'aurais pas pu continuer à vivre même si j'avais survécu. Essayant d'imaginer ce que Boby avait dû endurer, et la voyant étendue à mes côtés seulement quelque huit ans plus tard, respirant la santé et l'énergie, j'avais honte de ma fatigue.

En sortant des Bains, Boby rentra chez elle pour travailler, et moi je retournai à l'université. Elle m'avait donné un billet pour le concert du soir, après quoi nous allâmes souper au café Les Tulipes. Je lui racontai comment m'était venue l'idée de lui offrir le cendrier et, plus tard dans la nuit, alors que je m'étais enfin endormi, je fus réveillé en sursaut par un coup dans les côtes. « Il faut que je rencontre ton ami le cameraman, réclamait Boby à grands cris. Il faut que tu me le présentes un de ces jours. »

Après cela, je n'avais plus sommeil, alors nous nous assîmes pour parler, et nous nous racontâmes notre vie mutuellement. À l'âge de vingt-six ans, Boby était encore vierge et vivait chez ses parents quand, à la fin de l'été 1944, les SS et les nazis hongrois prirent le pouvoir dans la ville de province où son père était professeur de musique et elle-même premier violon dans l'orchestre symphonique local. Elle se souvenait s'être arrêtée avec sa mère devant une affiche qui donnait l'ordre à tous les Juifs de rejoindre le ghetto; sa mère, qui n'était pas juive, avait ri en lisant l'avis qui informait les femmes goys mariées à des Juifs qu'elles pouvaient rompre leur mariage par une simple déclaration à l'hôtel de ville, ce qui leur permettrait de rester où elles étaient et de jouir de tous les droits des aryens. «Je vis avec ton père depuis vingt-sept ans — comment peuvent-ils imaginer que je puisse le quitter ne serait-ce qu'un jour?» Ils se rendirent dans le ghetto, mais n'y restèrent qu'un soir. Au milieu de la nuit, ils furent réveillés par des aboiements de chiens et des cris : les hommes devaient partir immédiatement pour les camps de travail. Ce fut la panique générale, mais les gardes leur assurèrent qu'ils allaient se retrouver quelques jours plus tard. Elles embrassèrent le père, le virent se mettre en rang sous les lampes à arc, et ne le revirent jamais plus. Le lendemain matin, les femmes et les enfants furent enfermés dans un wagon de marchandises qui ne se rouvrit que quelque quinze jours plus tard sur la voie d'arrivée à Auschwitz. Sur la rampe se tenait un homme à l'allure élégante en costume blanc qui triait les nouveaux arrivants en pointant une cravache de cavalier. Quand il demanda d'un air bienveillant à la mère de Boby si elle se sentait apte à faire un travail pénible, elle fut tellement touchée par ce souci inattendu de son bien-être — pendant deux semaines elle était restée enfermée avec des morts et des mourants dans un wagon de marchandises — qu'elle déclara, avec un sourire reconnaissant, préférer une tâche facile, faire de la cuisine ou de la couture, par exemple. Ce monsieur la dirigea vers le groupe des gens âgés, des femmes enceintes et des enfants, qui devaient être gazés immédiatement. C'est du moins ce que Boby apprit plus tard ; sur le moment, elles ne savaient pas encore ce qui leur arrivait. Sa mère dut croire que Boby allait la rejoindre, car elle ne se retourna pas. La première tâche imposée à Boby à Auschwitz fut de sortir les cadavres gelés des chambres à gaz et de les empiler pour les brûler. À ces souvenirs, nous fûmes tous les deux saisis de terreur et nous nous accrochâmes l'un à l'autre comme dans la tourmente.

Je lui racontai le meurtre de mon père et nous versâmes des larmes sur lui et sur les parents de Boby. Le monde était intolérable et ignoble, mais nous étions un refuge l'un pour l'autre, et le lendemain matin je lui demandai de m'épouser. Elle parut enchantée, mais sa réponse n'était guère encourageante. « Tu as de la chance que je n'aie pas quelques années de moins, car je te prendrais au mot. Mais je n'ai pas d'objection de principe. Si nous sommes encore ensemble dans un an, autant nous marier. »

Elle me donna du café et des pommes pour le petit déjeuner, et à midi nous nous retrouvâmes encore une fois aux Bains Lukács. Je commençais à vaciller. « Tu es tout pâle, s'écria-t-elle, sincèrement inquiète, il faut vraiment que tu nages un peu. »

Le soir, elle m'emmena à une réception où je ne connaissais à peu près personne et elle me présenta comme son petit ami. «Au cas où vous vous poseriez la question, ajoutait-elle chaque fois que la personne avait l'air surpris, j'ai quinze ans de plus qu'András. Mais son aplomb compense la différence d'âge.» En fait, j'étais plutôt intimidé. C'était une soirée debout, et j'avais du mal à tenir sur mes jambes.

Parmi les invités se trouvait un critique musical éminent, qui avait l'œil humide, une épaisse barbiche noire, et une petite femme bouffie. Quand il nous vit, le monsieur pointa le menton en avant, se déchargea sur moi de son épouse, et se lança à la poursuite de Boby parmi les convives. J'essayai de me concentrer sur la dame qu'on m'avait confiée, mais elle et moi avions l'œil sur son méprisable époux qui baratinait ma maîtresse.

«Boby est une femme assez étrange, non? commenta l'épouse, dont le corps, semblable à un ballon, s'élevait en même temps que sa voix.

— C'est vrai, répondis-je, trop fatigué pour prétendre le contraire. Je suis heureux que vous partagiez mes angoisses.»

C'est alors que nous entendîmes la voix de Boby dominer le vacarme. Elle avait le don, sans élever particulièrement la voix, de faire arrêter net toutes les conversations.

«Avez-vous déjà trompé votre femme?» demanda-t-elle au critique, qui était tout ouïe pour elle.

Comme tous les invités se tournaient vers eux, il se fit un silence stéréophonique — dont l'amplitude se mesura au tintement épars des glaçons dans les verres. Dans son embarras, le critique s'agrippa à sa barbiche — à moins qu'il ne cherchât à la protéger du regard radioactif que lui jetait sa femme.

« Bien sûr que non, voyons ! s'esclaffa-t-il désespérément. Non, je ne l'ai jamais trompée.

— Alors ne me faites pas perdre mon temps », déclara royalement Boby en lui tournant le dos.

Quand nous sortîmes de cette réception, Boby me dit de rentrer dormir chez moi si j'étais fatigué, mais je ne voulus rien entendre. C'était un vendredi et, au cours de la nuit, elle décréta que nous devrions aller skier pendant le week-end. Je n'avais skié que quelques rares fois dans ma vie, avec les soldats américains en Autriche, et je n'avais ni tenue, ni équipement, ni envie de passer mon samedi sur les pentes ventées de Buda. Mais Boby possédait un deuxième pantalon de ski et un pull-over à ma taille, et elle savait que je pourrais louer des chaussures et des skis au Châlet. Nous étions sur les pentes avant onze heures, et nous rentrâmes chez elle vers huit heures du soir.

Son appartement était petit, impeccable, et plein de couleurs étonnantes. Une moquette noire grande largeur couvrait entièrement non seulement le studio mais la salle de bains, et il y avait beaucoup de bleu vif et d'orangé sur les meubles. On aurait dit que rien n'avait de bord ; que tous les solides allaient se dissoudre dans des couleurs liquides. Du moins, c'est ainsi que je percevais les choses ce soir-là, dans mon état d'épuisement et d'exaltation. Boby prépara des œufs à la coque, des toasts et du thé, et nous mangeâmes assis sur la moquette devant la fausse cheminée, où était logé le radiateur du chauffage central. Au-dessus, accroché à une chaîne en argent, brillait le cendrier désormais bien astiqué, comme pour me rappeler avec quelle désinvolture j'avais su un jour aborder les femmes.

« Je suis toujours gelé, dis-je à Boby, avec le lâche espoir qu'elle m'excuserait pour la nuit.

— C'est merveilleux, s'écria-t-elle, comme si je venais de lui annoncer une nouvelle passionnante.

— Je ne vois pas ce que ça a de si merveilleux. »

Elle ne me donna l'explication qu'une fois au lit. « Tu es glacé, murmura-t-elle, mais moi je suis toute chaude à l'intérieur. Ça va être formidable. » Elle avait raison.

Nous passâmes le dimanche au lit et je pus sommeiller un peu pendant qu'elle prenait un bain ou essayait de nous trouver quelque chose à manger. Mais la semaine suivante je n'eus plus l'occasion de dormir excepté en cours ou au concert. Le deuxième week-end, je rentrai chez moi, et je pris une journée de temps en temps, mais je commençai à me sentir perpétuellement ivre. Sans que ce fût désagréable pour autant. De plus, je mettais mon point d'honneur à suivre le rythme de Boby, et me trouvais richement récompensé de mes efforts. Elle se promenait dans l'appartement en petite culotte pendant que j'étais couché sur le lit à la regarder — fasciné par ses longs orteils blancs, ces dix racines vivantes de son corps, qui s'enfonçaient et émergeaient du noir profond de la moquette. Je les vois encore, dans un brouillard, exactement comme je les voyais alors. Et je sens encore ses doigts alertes courir sur mes épaules pendant que nous parlions ou faisions l'amour.

S'il est une chose que je n'appréciais pas chez elle, c'est qu'elle ne trouvât apparemment rien d'extraordinaire à ce que je puisse, bien que restant éveillé auprès d'elle toutes les nuits, aller nager et faire de longues promenades à pied dans la journée — en plus de suivre la plupart de mes cours à l'université. J'aurais voulu qu'elle reconnaisse que peu d'hommes auraient pu ou voulu faire ce que je faisais.

« Tu es vraiment idiot, me dit-elle un après-midi vers la fin mai, alors que nous nous promenions dans le parc pendant la dernière heure de soleil. Tu te tues pour moi. C'est ridicule.

— Pas du tout », protestai-je, avec un fâcheux pressentiment. J'avais remarqué ces derniers temps qu'elle s'impatientait en ma compagnie, et qu'il lui fallait de plus en plus de temps — ainsi qu'un effort de volonté sensible — pour prendre son pied avec moi.

« J'ai mauvaise conscience vis-à-vis de toi, András. » Elle avait l'air plus agacée que contrite. « Moi, je dors quelquefois l'après-midi, tu comprends — mais toi ? Toute cette affaire commence à être trop pour toi, tu ne trouves pas ?

— Mais non, m'indignai-je misérablement. Enfin, c'est gentil de t'inquiéter pour moi. »

C'est la seule fois où je la vis à court d'argu-

ments. Nous nous tûmes un moment et continuâmes notre promenade sous les arbres et à travers les petites trouées de soleil..

« Comment faut-il te le dire ? explosa-t-elle
finalement. Tu ne crois pas qu'il est temps que tu
cesses de te donner tant de peine ? »

Je n'essayai pas de discuter. Je décidai, non
sans amertume, que le temps où je m'étais donné
de la peine pour elle était celui pendant lequel
elle m'avait aimé. Elle s'attendait, je crois, à ce
que je récrimine, mais ça non plus je ne le pouvais pas. De quoi aurais-je donc pu me plaindre
après ces mois de vertige et de rêve ?

11

Des vierges

Ô pureté, douloureuse et implorante !

BARRY PAIN

Le gros problème d'actualité ici, sur notre campus d'Ann Arbor, c'est toujours l'avortement. Le journal des étudiants de licence, qui s'appelle, un peu pompeusement peut-être, *The Michigan Daily* (*Le Quotidien du Michigan*), publie chaque jour plusieurs lettres sur le sujet. Bien que la plupart de ces lettres émanent du groupe Pouvoir choisir, l'argument du Droit à la Vie jouit d'un soutien croissant. Cette question épineuse occupant l'esprit de toutes les jeunes filles, je n'ai pas été surpris de voir un article de fond intitulé : VIRGINITÉ : UN NOUVEAU STYLE DE VIE. Un groupe d'étudiants en médecine de deuxième année qui s'est donné le nom de HOMMES MÉDECINS EN FAVEUR DE LA PROMISCUITÉ SEXUELLE (HMPS) a contre-attaqué par une lettre annonçant son intention de «combattre la recrudescence alarmante de la virginité, maladie rare dont on croyait être venu à bout ». Comme certains étudiants en médecine viennent assister à mes cours, on m'a accusé, à la réunion suivante du Conseil de faculté, d'être en partie responsable de cette blague sexiste de mauvais goût, de sorte que, pour me blanchir et pour sauver l'honneur du département de philosophie, j'ai moi-même écrit une lettre au *Michigan Daily.* « Je suis choqué par l'arrogance du HMPS, qui se propose de guérir les jeunes femmes de la virginité. S'ils ne tiennent aucun compte des sentiments et des principes moraux de ces dernières, pour ne rien dire de leur inquiétude légitime quant à leur avenir, ils devraient réfléchir un peu au terrible châtiment qu'ils vont s'attirer. » Les commentaires sont allés bon train un certain temps encore, mais le grand débat s'est apaisé pendant la Semaine des gays et des lesbiennes.

À l'époque où j'étais étudiant à l'université de Budapest, j'ai connu une jeune actrice du nom de Mici, une rousse aux longues jambes et aux longs bras. Pendant deux ans, nous nous contentâmes de nous saluer, avant de devenir plus intimes. Elle était censée avoir du talent, et une beauté un peu enfiévrée — mais trop voyante pour inspirer de la curiosité. Je la rencontrais surtout aux cours de marxisme-léninisme que les étudiants des Arts de la scène et du cinéma venaient suivre avec nous. Je croyais néanmoins la connaître assez bien, ne fût-ce qu'à la voir et à l'entendre. Elle aimait clamer des paroles obscènes, elle portait des jupes particulièrement courtes et, tous les quinze jours, c'était un homme différent qui l'attendait à la sortie des cours. À cette période-là, j'eus quelques aventures avec des filles de mon âge, qui m'apprirent qu'à vingt ans, si intelligente et chaleureuse soit-elle, une fille ne possédera jamais, et de très loin, le savoir et la sensibilité qu'elle aura à trente-cinq. Néanmoins, un visage jeune ne me faisait plus peur et, si je ne cherchais pas à approcher Mici, c'est que je ne lui trouvais rien de séduisant.

Je changeai d'avis un vendredi soir de novembre. C'était un vendredi à marquer d'une croix, car je pouvais ramener une fille chez moi pour la nuit. Ma mère était partie à la campagne voir ses parents et les aider à vendanger, et je disposais donc de notre appartement pour moi seul pendant deux jours. À cette époque-là, nous vivions ensemble plus ou moins comme un frère et une sœur aînée — nous étions bons amis, mais nous avions chacun notre indépendance — et je pouvais découcher aussi souvent que je voulais. Mais il eût été impensable que je ramène une fille dans ma chambre pendant que ma mère était là. Je n'avais eu que peu d'occasions de coucher avec une femme depuis que Boby s'était lassée de moi, alors, pour une fois que je disposais de l'appartement, je ne voulais surtout pas manquer cette occasion de gros câlins tout à loisir. Malheureusement, la femme que je voyais à ce moment-là était mariée, et je ne pouvais guère lui demander d'abandonner mari et enfants pendant le week-end. J'espérais trouver une partenaire au bal du Théâtre national, qui se tenait ce soir-là pour célébrer l'ouverture de la saison. C'était l'événement mondain le plus important de l'année pour la communauté artistique de Budapest, attirant généralement le plus grand nombre de jolies femmes que j'aie jamais vues rassemblées en un même lieu. Les étudiants des Arts de la scène et du cinéma étaient invités à se mêler aux grands du spectacle, et je réussis à me faire passer pour l'un d'entre eux en entrant avec un groupe d'amis. C'était un grand bal, qui se tenait dans un lieu historique — le Théâtre *national* d'un pays occupé par des troupes étrangères. Ce qu'était la Scala de Milan pour les Italiens sous l'occupation autrichienne, notre Théâtre national l'était pour nous sous l'occupation autrichienne et allemande, et maintenant sous l'occupation russe. En dehors des grandes villes, c'étaient les divisions blindées soviétiques qui déterminaient la politique hongroise, mais ici, nous étions à l'intérieur des murs qui avaient été témoins des triomphes de notre langue, des grands moments de notre histoire millénaire chantée par nos poètes dramatiques, des manifestations impérissables de notre liberté d'esprit. Pendant la révolution de 1848 contre l'Autriche, et celle de 1956 contre l'Union soviétique, le Théâtre national fut un des lieux explosifs, où se donnèrent des représentations séditieuses et non programmées du classique hongrois *Bánk Bán,* qui a pour sujet un soulèvement contre un souverain étranger au Moyen Âge. Après la répression de la révolution de 1956 et l'installation du régime Kádár par les Russes, le

Théâtre national fut démoli et remplacé par une station de métro. Mais pour nous ce monument ancien et vénérable, si dangereux pour un état policier impérialiste, était (et pour la même raison) un aphrodisiaque puissant : tant que ces colonnes de marbre tenaient debout, elles brûlaient d'orgueil spirituel et de désir, passions jumelles jaillies des mêmes replis de l'âme.

Le foyer, avec ses colonnes, ses statues de bronze et ses lustres de cristal, servait de salle de bal à l'orchestre et aux danseurs, tandis que les vestiaires étaient transformés en bars et en buffets, et que les loges maintenues dans l'ombre tenaient aussitôt lieu de boudoirs à ceux qui souhaitaient se retirer de la foule. Nombreux étaient ceux, parmi les présents, qui vivaient là les moments les plus intenses et les plus joyeux de leur vie. Rien à voir avec nos sauteries à l'université ! Ce n'était pas l'envie qui me manquait de participer à la fête, mais la chance ne me souriait pas.

Je n'avais toujours pas trouvé de partenaire au moment où Mme Hilda, reine shakespearienne superbe, fit une sortie spectaculaire. Cette vedette lesbienne était un personnage véritablement royal, qui tenait tout un chacun en un profond dédain et avait le courage de ne pas s'en cacher, que l'objet de son mépris fût des gens de peu ou des hommes qui avaient pouvoir de vie et de mort. Elle avait un aplomb si monumental qu'elle se tirait de toutes les situations. Il était bien connu qu'un jour elle avait traité de haut Rákosi (le dictateur local du Kremlin à l'époque, qui faisait assassiner ses ministres pour des crimes beaucoup moins graves) ainsi que l'ambassadeur soviétique, venus la féliciter en coulisse après une représentation. Mme Hilda ne prenait pas la peine non plus de dissimuler ses penchants très masculins. Elle faisait des avances aux femmes plus fréquemment et plus ouvertement que la plupart des hommes. Finalement, vers deux heures du matin, elle choisit deux disciples consentantes dans les rangs des étudiantes d'art dramatique et, en leur caressant le postérieur d'une main ferme, elle les poussa dehors. Elle traversa magistralement le foyer sous les lustres de cristal dans sa grande robe de satin vert foncé en faisant avancer devant elle ses ternes créatures. Apparemment indifférente aux coups d'œil obliques de la communauté artistique de Hongrie, elle posa son regard et ses mains sur la croupe de ses protégées, qui se tortillaient maladroitement. Mme Hilda était célèbre pour ses sorties, qui rendaient invisibles ceux qui restaient sur scène.

Après son départ, le bal prit une tournure moins solennelle. Les couples qui se plaisaient ensemble s'en allèrent peu à peu, suivis par des femmes qui n'avaient pas de cavalier : l'air était devenu trop lourd à respirer si l'on n'avait pas quelqu'un sur qui se pencher. Aux accents fort convenables d'une valse de Schubert, les hommes entraînaient les filles dans la danse, ou dans l'ombre des loges du théâtre. Ils gardaient ce visage de marbre de ceux que le public idolâtre, mais une flamme couvait dans leurs yeux, comme des cierges pendant une messe noire. Solitaire dans cette atmosphère aphrodisiaque, je ne pouvais qu'éprouver de la sympathie pour une autre âme esseulée — de la sympathie et de l'étonnement, car on se serait attendu à trouver Mici en bonne compagnie.

En robe de mousseline blanche dont le haut était pratiquement inexistant, elle errait parmi les danseurs avec un air de mauvaise humeur et d'ennui. Quand elle m'aperçut, elle tendit les bras d'un geste extravagant dont seule une actrice est capable. « András ! » s'écria-t-elle, comme si elle était venue au monde dans le seul but de s'abandonner à moi corps et âme, et à moi seul. Je n'eus pas le temps de lui dire bonjour que déjà elle m'enlaçait et m'entraînait au rythme de la valse. Nous n'avions pas fait plus de deux tours qu'elle me murmurait à l'oreille : « Tu es merveilleux… je t'aime depuis toujours, tu sais. » Quand la musique s'arrêta, elle se serra contre moi. « Peut-on te parler sérieusement ?

— À quel sujet ?

— À propos de toi et de moi. » Elle s'écarta, l'air grave, décidant soudain qu'il était temps que je m'explique. « Écoute, comment se fait-il que tu n'aies jamais essayé de baiser avec moi ?

— Je ne pensais pas te connaître assez bien pour ça, dis-je en rougissant.

— Foutue excuse !

— Allons chez moi », proposai-je, excité et gêné à la fois.

La chance m'avait-elle enfin jeté entre les

mains d'une nymphomane? Dès que nous fûmes dans le taxi, elle se mit à m'embrasser, en même temps qu'elle me prenait la main et la guidait sous sa jupe.

«Comme je suis contente d'être seule avec toi!» susurra-t-elle impatiemment.

Tout de même, nous étions dans un taxi! Il fallait, me dis-je, que Mici soit vraiment aveuglée par la passion pour ne pas voir les regards sournois et curieux du chauffeur — comme si cette passion ignorait ce qui l'empêchait de se satisfaire. Je ne me posai pas de question non plus sur la raison pour laquelle elle inversait le geste habituel en prenant ma main pour l'amener sur elle, au lieu de la tendre pour me toucher. L'impatience me brouillait l'esprit et m'empêchait de réfléchir. La main passée sous sa culotte, mes doigts tâtaient ce terrain moite, tels des éclaireurs envoyés avant le gros de la troupe.

Quand enfin nous fûmes seuls dans l'ascenseur, Mici pensa soudain à sa mère et s'écarta de moi. «Ma mère ne serait pas contente si elle savait que je suis encore debout si tard.» (Il devait être environ trois heures du matin.) «Elle croit au vieux dicton: "Tôt couché, tôt levé, c'est le secret de la richesse, de la sagesse et de la santé."

— Tu n'habites pas chez tes parents?

— Non, je suis dans une résidence universitaire. La vraie provinciale! Je vis loin de ma famille. Ça ne plaît guère à mes parents. Ils n'aiment pas beaucoup l'idée que je devienne actrice.»

En sortant de l'ascenseur, quand nous nous

166

avançâmes dans la courbe du couloir, le visage de Mici devint comme de la cire sous ce curieux éclairage jaune caractéristique des immeubles d'habitation. Je dois ressembler à ça moi aussi, me dis-je, à cette heure tardive. J'avais l'impression que mon corps allait se confondre avec le sien. Elle n'arrêtait pas de me parler de ses amies d'autrefois. J'étais heureux de voir qu'elle aussi avait besoin de faire une pause et de se reprendre après nos étreintes enflammées dans le taxi. S'apprêtant à entrer dans un lit non familier avec un camarade d'études presque inconnu, elle essayait de retrouver son équilibre intérieur en évoquant ses amies d'enfance, comme ces plongeurs qui tâtent du pied le plancher du grand plongeoir pour s'assurer, avant de sauter, qu'ils ont prise sur du solide.

Quand nous entrâmes dans ma chambre, Mici en fit rapidement le tour d'un regard, d'un œil réaliste, puis elle se dirigea tout droit vers le lit avec un flegme de professionnelle, pour ainsi dire, qui me rappela Fräulein Mozart. Elle s'assit sur le lit et se débarrassa du très léger haut de sa robe. Avant même que j'aie pu m'asseoir à côté d'elle, elle enleva aussi son soutien-gorge. Nue jusqu'au nombril, elle redressa le dos et bomba sa poitrine menue. Comme je la regardais, à la fois décontenancé et ému, elle décréta avec un sourire bizarre : «Je veux que tu allumes toutes les lumières. Je veux voir ton visage. »

J'obtempérai, m'assis à côté d'elle, et commençai à me déshabiller. Mais Mici m'attira vers elle en frottant ses seins nus contre ma veste.

« Je voudrais que tu m'enlèves ma culotte. »

J'obéis aussitôt. Au cours de l'opération, sa jupe remonta, et elle écarta ses cuisses pâles et minces, puis les referma. Cependant, elle refusait de quitter sa robe de mousseline blanche, qui formait à présent un tapon encombrant autour de ses hanches. J'essayai de la pénétrer, mais ce tapon me barrait la route en quelque sorte. « C'était une chouette soirée, non ? » me dit-elle tout bas en s'emparant de mon frérot pour le faire remonter sur son ventre. Elle le tâta, le caressa, appuya dessus pour l'empêcher de bouger, tout en fermant les yeux, qui restèrent clos. Que voyait-elle ? Car elle voyait quelque chose — j'en étais sûr, à sa façon de sourire. Avait-elle besoin de l'excitation supplémentaire d'images suggestives ? Gardait-elle les yeux fermés pour pouvoir, derrière ses paupières, regarder d'autres corps en même temps qu'elle touchait le mien ? On dit qu'une femme imaginative est capable de copulation collective avec un partenaire unique.

Au bout d'une heure environ, je commençai à m'impatienter et Mici, sentant bien l'insistance croissante de mes mouvements, roula de l'autre côté du lit et croisa les jambes. Elle avait l'air de m'en vouloir.

Je me dirigeai en chancelant vers mon vieux phono, qui se remonte à la main, et je me mis à tourner la manivelle. Une façon comme une autre de me calmer. Avec une fille si pressée d'en arriver au fait, je sentais qu'il était de mon devoir de la laisser choisir son moment.

« Regarde-moi, l'entendis-je me dire. Je veux voir ton visage. »

Je la regardai et lui suggérai de se mettre sous la couverture — faute de quoi elle risquait d'attraper froid.

« Je ne peux pas.

— Et pourquoi ?

— Je suis pieuse.

— Tu es pieuse ? Et alors ?

— Je suis vierge. »

Je rajustai le désordre de mes vêtements, me trouvant tout bête.

« Regarde-moi, je veux voir ton visage », insista Mici, et je commençai à comprendre pourquoi. Mais elle alla au-devant des reproches que j'aurais pu lui faire. « Je n'ai même pas besoin que tu me regardes pour savoir que tu es fâché. Et c'est bien la preuve que tu ne m'aimes pas. Si tu m'aimais, tu te contenterais de notre petit jeu.

— Eh bien, ce petit jeu a assez duré, répliquai-je amèrement, debout au milieu de la chambre, dans un no man's land. Si on jouait à autre chose pour changer ? Tu veux qu'on écoute des disques ? Ou simplement qu'on reste là à bavarder ?

— Il doit être quatre heures du matin, dit Mici avec une moue, il est trop tard pour faire la conversation.

— Alors tu veux rentrer chez toi ?

— Facile à dire quand on est un garçon. » Elle renfila le haut de sa robe, mais pas son soutien-gorge, et elle remit le bas en place. « Si je me laissais aller, je ne pourrais plus regarder ma mère en face. Ne ris pas (il n'y avait pas de risque !) — tu ne connais pas ma mère. Elle voulait être bonne sœur — même au moment où mon père lui faisait la cour. Seulement, il l'a mise enceinte, alors, terminé. On pourrait presque dire que j'ai été une marieuse avant même de venir au monde.

— Encore des boniments, comme tout le reste.

— Et si tu m'avais mise enceinte ? Ça, tu n'y as pas pensé, bien sûr !

— Je n'ai jamais engrossé personne, protestai-je chastement. Mais ce n'est pas chez les bonnes sœurs qu'on entend parler de contraception, n'est-ce pas ?

— Je t'aime bien, mais je ne me laisserai pas faire.

— Pendant le bal, tu te plaignais que je n'aie jamais "baisé" avec toi, il me semble.

— Je me plaignais que tu n'aies pas essayé. »

En prononçant ces mots, Mici ne put réprimer tout à fait un éclat de rire triomphant dont le timbre me renvoya à mes débuts, huit ans en arrière, avec des adolescentes.

« Écoute, Mici, je vais t'appeler un taxi.

— Je ne veux pas m'en aller.

— Tu vas partir, sinon j'appelle la police.

— Et qu'est-ce que tu leur dirais ? » Silence. « Si tu comprenais quelque chose aux femmes, tu saurais que je t'aime.

— Bon, alors c'est moi qui vais partir. »

Elle me rattrapa à la porte et s'appuya contre moi, triste et blessée. Elle se mit à dénouer ma cravate et me dit d'une voix rauque : « Si tu reti-rais tes vêtements ? »

Me laissant abuser par l'illusion que la situation progressait, je me déshabillai. Elle me ramena vers le lit en me tenant par mon frérot, et nous reprîmes nos escarmouches, nus l'un et l'autre, mais tou-jours avec ce tapon de mousseline qui bougeait autour de sa taille. Je ne me rappelle pas exacte-ment ce qui se passa alors, ni dans quel ordre, mais par contre je me souviens de ma migraine, qui empirait sans cesse, et de certains engagements plus violents. À chaque fois, Mici réussissait à me tromper, me faisant rouler autour de son corps, mais refermant toujours les cuisses à temps pour m'empêcher de la pénétrer. Ainsi, alors que je m'efforçais de la baiser, elle passait son temps à m'en empêcher. Tremblant de rage, je l'accusai de sadisme. Haïssait-elle l'humanité entière, ou seule-ment la gent masculine ? Et pourquoi ? Avait-elle été battue par son père quand elle était petite ? Je la fis même pleurer en la traitant de pute vierge.

« C'est vraiment avec toi que je préférerais bai-ser si je ne devais pas me garder intacte pour mon mari. » Elle essuya ses larmes avec son soutien-gorge. « Épouse-moi demain et tu pourras me prendre tout de suite après, dans le bureau même du magistrat. Ce n'est pas une question de timi-dité de ma part. Je me donnerais à toi là, dans son bureau. Sans mentir.

— Ah oui, ça te plairait sûrement. On braque-rait toutes les lumières sur toi pour que tu puisses voir la tête du magistrat. »

171

Ce qui la fit rire. Mais elle ne me laissait pas m'éloigner d'elle trop longtemps : peut-être essayait-elle de me prouver qu'elle pouvait encore m'exciter même après que je l'avais percée à jour — ou bien voulait-elle tout simplement s'amuser à sa façon ? Quand j'allais m'asseoir près de mon bureau en lui tournant le dos, elle arrivait derrière moi et se mettait à m'embrasser la nuque et le bout des oreilles. Quand elle avait suffisamment réveillé mon désir, nous retournions vers le lit. Elle était capable de jouer le feu de la passion jusqu'au moment de vérité — et encore après. Pour citer Abraham Cowley, *au-dehors,* c'était la femme parfaite.

L'amour se voit partout sur elle au-dehors
Mais au-dedans, ah, jamais il n'a pénétré !

Pour compenser, elle me proposa de me faire une fellation. Mais, à ce stade, j'étais devenu trop sceptique pour la croire. « C'est encore un de tes tours sadiques — tu en profiterais pour me l'arracher à coups de dents.

— Si j'étais sadique, riposta-t-elle, tu crois que je te proposerais de te soulager ?

— J'aimerais mieux que tu m'expliques ta religion. À une époque, j'ai voulu me faire prêtre, je comprendrai peut-être.

— Alors, tu veux ou tu ne veux pas ?

— Je ne voudrais surtout pas t'importuner.

— En fait, ça me plaît bien. J'ai fait des pipes à des tas de garçons. Je t'en aurais fait une dès que nous sommes arrivés si tu avais pensé à me le demander. La première fois, j'avais quinze ans, c'était avec un type qui menaçait de me tuer si je ne m'exécutais pas. Il a bien fallu que je fasse quelque chose pour le calmer. Cette fois-là, ça ne m'a pas plu, mais à présent j'aime bien ça. »

À ce moment-là, ou plus tard, nous fîmes donc l'amour à la française. Nous jouîmes l'un et l'autre, mais ça n'arrangea rien : ma migraine ne fit qu'empirer. La satisfaction de Mici était complète. Sans doute était-ce le summum de ses rêves chastes : le mystère de l'immaculée conception.

Vers sept heures du matin, je lui dis que j'allais me coucher pour dormir, et qu'elle pouvait partir, rester, ou venir se coucher avec moi.

« Je vais dormir dans le fauteuil », décida-t-elle.

Je me réveillai vers midi avec le mal de tête le plus douloureux de mon existence. Je sentais mon cerveau bouger dans mon crâne. L'aspirine n'eut aucun effet, et je me retrouvai finalement aux urgences de l'hôpital, où on décida de me faire une piqûre de morphine. Mais seulement dans la soirée. Au moment où je m'étais réveillé, j'avais vu Mici, comme dans un nuage, assise sur mon bureau, qui balançait les jambes.

« Comment te sens-tu ? me demanda-t-elle.

— Très mal. À peine si je te vois.

— Moi non plus je ne suis pas bien. Tu aurais dû forcer un peu les choses au bon moment. » Mais enfin, elle reconnaissait que c'était aussi de sa faute. « Depuis que je suis réveillée, je pense à tous les hommes dont je me suis privée. Et tout ça pour mon crétin de futur mari, que je ne connais même pas encore.

— La vertu est sa propre récompense, Mici.

— Ne te moque pas de moi ! » gémit-elle amèrement.

Comment me moquer d'elle ? Ce qui avait provoqué ma migraine c'était d'avoir découvert que, confronté à une femme nue, je perdais toute volonté et tout bon sens.

« Tu verras, quand je serai mariée. Je coucherai avec le premier venu, même un bossu ! »

Je rapporte ses paroles mot pour mot. Je n'ai pas retenu avec exactitude tout ce qu'elle a pu dire cette nuit-là, c'est certain, mais une telle déclaration était trop frappante pour jamais s'effacer de ma mémoire. D'autant plus que, par la suite, je crois bien qu'elle s'en est tenue à sa décision.

Un an plus tard environ, elle abandonna les cours d'art dramatique. Pour arrondir sa bourse d'études, elle était devenue chanteuse dans une boîte de nuit, et de qui fit-elle alors la connaissance — je vous le donne en mille ? De l'attaché militaire d'une puissance sud-européenne de l'OTAN. Je n'ai pas le moyen de savoir quel est le degré de vérité des rumeurs qui circulèrent, mais c'est un fait qu'après son mariage avec ce dignitaire on la voyait presque toutes les nuits au bar des grands hôtels avec divers diplomates communistes et occidentaux. Ses fréquentations devinrent un réel problème en ces temps de guerre froide, car elle fut soupçonnée par les deux camps de fournir des renseignements à l'ennemi. Un de mes camarades d'études, dont le père était adjoint du ministre des Affaires étrangères, nous raconta que, pendant un moment, au cours de ces tête-à-tête, Mici était filée à la fois par les services secrets soviétiques et par ceux de l'OTAN. Le diplomate fut rappelé par son gouvernement, et Mici quitta la Hongrie avec lui, quelques mois après leur mariage.

Quant au cours de ma propre vie après cette nuit inoubliable que nous avions passée ensemble, plus jamais je n'essayai de déflorer une vierge. Et jamais non plus je n'ai songé à en épouser une. Quoi que j'aie pu faire d'autre, je me suis tenu à l'écart des jeunes filles pures. Elles redoutent les conséquences ; et moi, je suis terrifié par les préliminaires.

12

Du péché mortel de paresse

*J'ai gâché ma vie par dissipation morale
seul dans mon coin.*

DOSTOÏEVSKI

Je devais avoir quelque dix-huit ans à l'époque
— j'étais toujours désespérément amoureux
d'Ilona et je mourais d'envie de tenir une femme
dans mes bras —, quand un jour je me trouvai
seul dans une aile déserte de la bibliothèque universitaire avec une étudiante qui, plus tard, devint
une joueuse de tennis célèbre, Margit S. Nous
échangeâmes des mots, des baisers, des caresses.
C'était une brunette haute en couleur, aux lèvres
et aux pointes de seins vermeilles, qu'elle me
laissa embrasser et sucer, mais c'est en vain que
j'essayai de l'entraîner ailleurs ; « ça suffit, ça suffit », me répétait-elle, elle n'avait pas le temps, et
puis tout d'un coup elle partit. Tout étourdi par le
goût et le parfum de ses seins, j'avais rarement
désiré une femme aussi ardemment. J'étais pris
de mal de mer. Elle avait réveillé en moi un océan

de désirs, déchaînant une tempête : je sentais mon sang passer à flots dans mon cerveau, puis redescendre en trombe. Assis à ma table de lecture, je me masturbai précipitamment. De tous les enfants que j'aurais pu avoir, il en est peu qui eussent été aussi pleins de vie que celui que j'aurais engendré à cet instant-là : mes mains se remplirent de semence à ras bord. Et tandis qu'à ma table, les mains pleines, je me demandais quoi faire de tout cela, Margit S. revint me dire qu'elle avait changé d'avis et que nous pouvions aller chez sa tante, puisque celle-ci n'était pas chez elle.

Aujourd'hui, je lui avouerais ce qui venait de se passer et peut-être trouverait-elle la chose drôle ou même flatteuse, mais à ce moment-là j'eus tellement honte, tellement peur qu'elle n'approche et ne voie ce que j'avais dans les mains, que je lui répondis sur un ton plutôt aigre : je m'étais replongé dans mon livre et j'entendais poursuivre ma lecture. Elle écarquilla les yeux, tourna les talons, partit précipitamment, et devint ma pire ennemie. Depuis, la masturbation est synonyme pour moi d'occasion manquée. Margit, pour sa part, me dénonça au secrétaire du parti communiste de l'université de Budapest : je m'étais vanté, lui dit-elle, d'avoir inventé des citations du *Capital* pour les examens de marxisme-léninisme, présumant qu'aucun des examinateurs ne pouvait avoir lu l'œuvre en entier. Je niai, bien entendu, ce qui ne m'empêcha pas de friser l'exclusion.

Si je repense à cet incident absurde, c'est

qu'un de mes étudiants vient de m'envoyer un magazine pornographique, accompagné d'un mot me demandant mon avis. À la une du magazine figure un long article chantant le triomphe de la «révolution masturbatoire». Il m'est parvenu peu après la publication, dans le *Michigan Daily*, de mon texte prônant l'abstinence avec les vierges, et il est possible que mon étudiant ait voulu m'interroger sur les alternatives possibles. Ce qui m'a fait prendre conscience d'une chose qui ne m'était encore apparue que de façon subliminale : il y avait, sur le campus et dans les alentours, un grand nombre d'hommes — des jeunes et des moins jeunes — qui, tel le héros de *Mémoires écrits dans un souterrain*, semblaient vivre seuls dans leur coin en pure perte. Non pas des infirmes, de pauvres misérables horriblement difformes incapables d'attirer l'attention de quiconque, mais des hommes beaux et aimables que bien des femmes auraient été heureuses de tenir dans leurs bras. Ce n'est pas tout à fait ce qui est dit dans le magazine porno, qui, néanmoins, semble avoir raison : si révolution sexuelle il y a, elle est de l'ordre le plus solitaire qui soit.

Quand on me demanda de prendre la parole devant une confrérie d'étudiants exclusivement masculine, je décidai de faire passer ce que j'avais à dire dans un poème, que je qualifiai de « sermon », et de les choquer pour les obliger à réfléchir.

Sermon pour une assemblée d'onanistes anonymes

1

Le Saint-Esprit réside
dans les précieuses liqueurs de nos organes génitaux
il nous pousse à ne pas succomber au péché mortel de
    paresse
à presser le pas et à bander nos muscles
— ces liqueurs nous remplissent de curiosité
nous donnent le courage de tendre la main
l'audace de sauter le pas dans l'inconnu.
Comme se dresse le membre de l'homme, nous nous
    dressons au-dessus
de notre indifférence à l'égard des inconnus
nous apprenons à tolérer, à nous soucier, à aimer
parfois même à comprendre
dans l'attente du plaisir :
les femmes s'ouvrent et les hommes inondent,
cuisses et fronts oints de sueur
et quelque position que nous prenions, nous apprenons
à vivre avec les vivants.

2

Imaginons deux femmes :
l'une, un peu lesbienne, fouine au plus profond
de la source de l'autre, qui roucoule
tandis que la première, muette, rue de la croupe
en reculant pour reprendre son souffle et s'engouffrer
    de nouveau
— et vous ne la pénétrez que lorsqu'elle explose.
Ou bien représentez-vous l'orgie la plus éclatante
qui puisse flatter votre goût le plus singulier :
si riche que soit
ce que vous concevrez dans la soli-tude

180

vous ne pourrez imaginer pleinement
la félicité d'une étreinte ou d'un baiser.

Étant à la fois celui qui donne et qui prend du plaisir,
vous n'avez plus assez de forces dans les jambes
pour courir chercher de la compagnie.
Les flots d'une joie solitaire
vous portent vers des îles désertes.

3
On dit que les forts n'ont besoin de personne
même pour être heureux
ils connaissent le moyen le plus rapide le plus sûr et
le moins risqué
d'arriver à leurs fins.
Les violeurs usent de leur dard;
S'ils n'ont que des maîtresses imaginaires
qu'importe que leurs victimes soient réelles.
Moi je dis que les forts ont de la patience
ils attendent ils supplient
ils préfèrent braver rejet
humeurs disputes et peines d'amour
plutôt que de s'enfuir seuls
— ils misent sur l'autre
allant jusqu'à confier leurs parties les plus sensibles
aux soins d'un être ami.

13

Des mères de jeunes enfants

> *« Allons, allons, dit le père de Tom, à ton âge,*
> *« Il n'y a plus d'excuse à jouer ainsi les débauchés.*
> *« Il est temps, mon garçon, que tu songes à prendre femme !*
> *— Ah, père, c'est bien vrai. À qui vais-je donc prendre sa femme ? »*
>
> THOMAS MOORE

> *Les chaînes du mariage sont si lourdes qu'il faut être deux pour les porter — parfois trois.*
>
> ALEXANDRE DUMAS

Pendant le reste de mes années d'études, j'ai connu beaucoup d'expériences malheureuses certes, mais pas avec les femmes. Cette bonne fortune, je la dois à de chères épouses qui me firent partager leurs joies et leurs chagrins conjugaux. Nos idylles furent sans heurt et sans nuage — pas de reproches ni de remarques continuelles, pas de disputes —, à quoi bon, après tout, entretenir des liaisons en dehors du mariage si cela revenait au même que d'être marié ? De plus, je n'avais pas, en échange de leur amour, à m'acquitter d'une quelconque responsabilité sociale, à une époque où je devais encore poursuivre mes études, aider ma mère, et me livrer à toutes les activités dont un jeune homme ne peut se dispenser. Ces épouses m'évitèrent une erreur tragique : celle de me marier trop tôt, encore que je les aie parfois demandées en mariage. Elles me préservèrent aussi des excès de la passion ; en général, les femmes mariées sont trop occupées pour épuiser leur amant. Je ne pouvais que les distraire temporairement de leur misère domestique, mais elles n'avaient pas à craindre que j'exige une contrepartie à leur plaisir. Elles pouvaient m'étreindre à leur aise sans se voir ensuite contraintes de laver mes chaussettes. Ainsi, nous passions notre temps libre dans le bonheur des amours adultères.

Pourtant, ce que je garde le plus nettement à l'esprit, c'est la détresse de certaines de ces femmes mariées, surtout les mères de jeunes enfants. Généralement, celles-ci traversent alors la période la plus critique de leur vie. Elles ont eu deux ou trois grossesses rapprochées, pendant lesquelles le mari a connu ses premières relations en dehors du mariage. Le déclin d'ardeur chez leur époux redouble leur crainte de perdre la ligne et de vieillir, tandis que s'effondrent leurs rêves d'amour et de jeunesse éternels. Elles se trouvent devant la tâche impossible de reconquérir leur mari au moment précis où elles sont de nouveau assaillies par toutes sortes de soucis et de devoirs nouveaux pour élever leur petit monde. Tandis qu'elles apprennent à marcher à leurs enfants, elles-mêmes essaient de trouver leur équilibre sur le terrain glissant d'une réalité nouvelle. Leur mari va-t-il découcher cette nuit encore ? Ne sont-elles plus désirables ? Plus que quiconque, elles ont besoin du soutien d'une nouvelle histoire d'amour ; or — ironie du sort — juste au moment où les maris n'ont plus d'yeux pour elles, les amants virtuels n'en ont pas davantage : les hommes ont tendance à ne plus voir en elles que des mères. Plus femmes que jamais, elles sont désormais censées ne s'occuper que des enfants et du ménage.

Une fois, il est vrai, j'ai connu une mère comblée : elle avait un mari charmant qui l'adorait, cinq beaux garçons d'un naturel aimable, et elle prenait plaisir à avoir autour d'elle et à soigner tout ce monde dans une maison toujours impeccable et gaie. Pourtant, elle avait d'innombrables amants, car apparemment son problème essentiel était une prodigieuse surabondance d'énergie. Mais j'ai aussi connu des mères si accablées par leurs malheurs que la douceur d'une liaison amoureuse ne leur était d'aucun secours. Nusi était de celles-là — mais ce n'est pas lui faire justice que de la classer dans une catégorie quelconque.

Ce sont ses enfants que j'ai rencontrés, ou plutôt trouvés, en premier. Alors que je me promenais dans l'île Marguerite (de beaux jardins très fréquentés sur le Danube, entre Pest et Buda) je les vis errer parmi la foule : un petit garçon de cinq ans environ, l'air sérieux, traînant par la main une fillette plus jeune, qui pleurait. J'essayai de savoir ce qu'elle avait. Le garçon ne voulait pas parler à un inconnu ; je me tournai vers la fillette, qui finit par m'expliquer que leur mère était allée aux toilettes en leur disant d'attendre dehors, mais que son frère en avait eu assez et l'avait entraînée ailleurs. Ils cherchaient leur mère depuis plus d'une heure, et jusque-là aucun passant n'avait prêté attention à eux. Comme ils avaient peu de chances de retrouver leur mère s'ils changeaient de place continuellement, je décidai de les amarrer à la buvette proche du pont, devant laquelle elle passerait forcément avant de quitter l'île. C'était une chaude soirée de la mi-juin et, quand je leur proposai un soda glacé à la framboise, ils consentirent à me suivre. La boisson fraîche délia la langue du garçon, qui demanda un sandwich.

Tous deux se comportaient comme si c'était la première fois qu'ils voyaient de la nourriture. De fait, ils avaient le teint pâle et l'air sous-alimenté, et leurs vêtements d'été bon marché, quoique propres et corrects, semblaient avoir été maintes fois raccommodés. Mais ils avaient tous deux des yeux magnifiques, grands, profonds et pétillants.

« Vous êtes un ivrogne ? me demanda le petit garçon entre deux sandwichs.

— Non.

— Vous êtes juste un petit garçon comme moi ?

— Un adulte, plutôt.

— Alors vous mentez! répliqua-t-il d'un air méprisant. Les adultes sont des ivrognes.

— Comment sais-tu ça?

— Mon papa est un ivrogne.

— Et ta maman aussi?

— Non, elle, c'est juste une femme.

— Des gosses de la zone! dit la brave dame aux cheveux blancs qui était derrière le comptoir et qui avait entendu la conversation. Pour l'instant, ils sont bien mignons, mais plus tard ce seront des monstres, vous verrez. »

Quand ils eurent mangé tous les sandwichs et bu à satiété, je les emmenai un peu à l'écart de la buvette. Nusi, la petite fille, restait accrochée à ma main, mais Joska, son frère, commença à prendre le large, et je fus obligé de courir après lui plusieurs fois.

« Il fait *toujours* ça, dit sa sœur. C'est une vraie *manie*[1].

— Cette fois tu vas rester en place, lui dis-je finalement, sinon je t'arrache les oreilles. »

Joska haussa les épaules, résigné et impassible. « Tout le monde me bat.

— Qui ça?

— Papa et tous les autres.

— Ta mère aussi?

— Non, pas elle, et grand-mère non plus — mais elles, c'est juste des femmes. »

Je commençais à m'attendrir sur le sort de l'enfant et de sa mère. « Eh bien moi je suis un

---

1. « Manie » est un des mots les plus courants en hongrois.

homme et je ne te bats pas. À vrai dire, je n'ai jamais battu personne. J'ai seulement voulu te faire peur, pour que tu ne t'éloignes pas.

— Vous mentez, déclara-t-il encore une fois.

— Non. C'est la vérité. Je n'ai jamais battu personne.

— Donc, quand vous m'avez dit que vous alliez m'arracher les oreilles, vous avez menti.

— Oui, là, je mentais.

— Alors c'est vrai que vous n'avez jamais battu personne ?

— Non, jamais. »

L'enfant réfléchit un instant, me jaugeant de son regard soupçonneux. « Vous êtes juif ?

— Non, pourquoi ?

— D'après papa, les juifs sont des gens spéciaux.

— Qu'est-ce qu'il en sait ? »

Joska admit mes doutes, d'un air résigné. « Peut-être. Grand-mère dit qu'il a juste une grande gueule. »

J'appris également que le père était mécanicien et travaillait en usine, qu'ils avaient non seulement une pièce mais aussi une cuisine, et que papa passait souvent la nuit à côté, où il y avait une fille qui se peinturlurait — même les cheveux. Papa la trouvait plus jolie que maman qui, me répéta-t-il plusieurs fois, « était juste une femme ».

Quand la mère arriva enfin, ce fut une surprise. Elle se dirigea en courant vers la buvette, vêtue d'une tunique en cotonnade d'un bleu passé, sans corsage, et je la pris d'abord pour une promeneuse assoiffée. Les enfants de Nusi étaient blonds, mais elle-même était brune, et ses cheveux noirs et épais tombaient librement sur ses épaules nues. Comme ses enfants, elle avait de grands yeux noirs qui clignèrent un instant quand elle me remercia d'avoir tenu compagnie aux gamins. Une belle grande femme, me dis-je. Seules ses pommettes indiquaient qu'elle non plus ne se nourrissait pas assez. Elle fut contrariée d'apprendre que les enfants avaient consommé des sandwichs et des boissons.

« Vous n'auriez pas dû leur acheter quoi que ce soit, même s'ils réclamaient, se défendit-elle. Vous devriez savoir qu'un enfant ne peut pas contracter de dettes. Mais, malgré ça, vous vous attendez à être remboursé du tout, je suppose. »

Manifestement, la méfiance était une caractéristique familiale. Je quittai l'île avec eux et — comme le petit garçon entraînait sa sœur à distance devant nous — je dis à Nusi que je la trouvais fascinante. Elle réagit avec une violence inattendue.

« Ciel, vous devez vraiment être en manque pour faire attention à l'épave que je suis !

— J'ai horreur des femmes qui se rabaissent comme ça. C'est de la pose.

— Je ne sais vraiment pas ce que j'ai de fascinant », dit-elle un peu plus calmement. Puis elle s'enflamma de nouveau : « Vous êtes pervers ou quoi ?

— Non, mais j'aime les femmes qui ont une belle poitrine.

— Alors c'est pour soulever des minettes que vous traînez dans les parcs?

— Vraiment pas, j'ai bien trop à faire. Mais là ou ailleurs, je tente ma chance quand je vois quelqu'un que j'ai envie de connaître. »

Elle tourna les yeux vers moi un instant. Des gens nous doublèrent et nous dûmes hâter le pas pour rattraper les enfants. Nous arrivâmes au pont qui menait à Pest et, pendant que nous traversions le fleuve, elle revint sur le sujet.

« Alors vous êtes ce genre d'individu?

— Eh bien oui, je suis comme ça », avouai-je.

Et puis, redevenant froide et méfiante : « Qu'est-ce que vous faites dans la vie?

— Je suis étudiant. Je suis boursier.

— C'est un beau métier. » Pourtant elle ne me faisait pas assez confiance pour m'accorder un rendez-vous. « À quoi bon? Je suis sûre que vous changeriez d'avis et que vous ne viendriez pas. » Elle voulut se regarder dans un miroir de poche et en chercha un dans son sac, sans succès. « Écoutez, dit-elle finalement, je ne veux pas vous donner rendez-vous, mais vous pouvez revenir avec nous à la maison, et après, vous pourrez m'emmener au cinéma, par exemple. »

C'était plus que je n'en demandais. « Votre mari n'y verrait rien à redire? » Nous n'avions pas encore parlé de lui. Je craignais qu'il ne me prenne pour un Juif et qu'il ne veuille me rosser.

Nusi ne redoutait rien de tel. « Il ne sera pas là.

— Et votre mère?

— Ah, elle n'arrête pas de dire que je devrais

sortir et m'amuser un peu. Mais je n'aime pas sortir seule et je ne supporte pas les amies femmes.

— Vous avez donc tous quelque chose contre les femmes dans cette famille ? Votre fils prétend que vous êtes "juste une femme".

— C'est l'expression de son père. »

Nusi avait le menton fort, ce que je remarquai en marchant à ses côtés. Nous fîmes un long trajet en tramway hors de la ville pour atteindre un enfer de fabriques, de taudis, de brouillard, de fumée et d'épaisses couches de suie. Tout était noir, les maisons, les panneaux d'affichage, et même les vitres. La famille vivait dans un immeuble de cinq étages, une bâtisse carrée qui ressemblait à une prison, et nous montâmes par un escalier sombre et délabré, en passant devant des portes ouvertes qui menaient directement à des cuisines obscures. Au troisième étage, la porte de l'appartement voisin était fermée. J'espérais que c'était là qu'habitait la fille peinturlurée et que le mari de Nusi était à l'intérieur, ou qu'il était sorti. Jamais je n'oublierai ce qui s'offrit à ma vue quand nous entrâmes dans la cuisine. La pièce était aveugle, et partout aux murs il y avait des étagères chargées de casseroles, de provisions, de vêtements et de linge. Apparemment, ces étagères servaient de placards de rangement pour tous les objets du ménage. En plus de la cuisinière, de la table et des cinq tabourets en bois, il y avait un vieux fauteuil (le coin salon) et, dans l'angle, un lit où dormait la mère de Nusi, devait-on m'apprendre. Dans un autre angle, il y avait un tub contre le mur (le coin salle de bains). Les toilettes communes étaient au bout du couloir à chaque étage. Du fauteuil, où j'étais assis, j'apercevais la chambre : deux lits et le bord d'une armoire. Tout était d'un ordre méticuleux et aussi propre que possible. Le mari de Nusi n'était pas là.

« Mère, dit Nusi, pour faire des présentations en règle, ce monsieur m'a aidée à retrouver les enfants dans l'île Marguerite, alors je l'ai invité à prendre une tasse de thé. »

La grand-mère ressemblait beaucoup à Nusi, en plus âgé et plus solide. Elle parut contrariée. « Si j'avais su que vous veniez, j'aurais préparé à dîner pour une personne de plus.

— En fait, je voulais inviter Nusi à dîner dehors, si vous permettez.

— Mais bien sûr, si elle veut, acquiesça la vieille dame avec soulagement.

— Eh bien, si nous allons dîner quelque part, je ferais bien de mettre un corsage », dit Nusi, qui disparut dans la chambre. Elle ferma la porte et je l'entendis tourner la clef dans la serrure, ce qui me sembla d'une pudeur excessive.

« Quand est-ce que papa va rentrer ? demanda la petite Nusi.

— Ne t'inquiète pas, il va bien rentrer pour se mettre à table. »

Je fis discrètement savoir que je ne voulais pas le priver de sa femme (c'était un samedi soir) et que nous ferions peut-être mieux de choisir un autre moment pour sortir, mais la vieille dame m'arrêta : « Ne vous faites pas de souci, Joska sera bien content de manger la part en trop. »

Je me tournai vers le petit garçon, mais il fit non de la tête : « Elle parle de papa. »

Nusi revint avec un joli corsage blanc sous sa chasuble bleue, et nous partîmes aussitôt. J'avais hâte de sortir de cette cuisine, mais par la suite je m'y habituai et, plus tard, quand je cessai d'y aller, j'y repensais même avec nostalgie.

Revenus en ville, nous entrâmes dans un restaurant tranquille et demandâmes du poulet au paprika et des bougies sur la table. Pendant que nous attendions d'être servis, Nusi médita sur la chance que j'avais de pouvoir gagner de l'argent en faisant des études, comme j'en avais envie. Je lui demandai ce qu'elle-même aimerait faire si elle pouvait gagner sa vie agréablement.

« M'occuper d'un mari qui m'aimerait, et élever mes enfants. » Quand le serveur apporta les bougies et les disposa de façon à encadrer d'une lueur rougeoyante son pâle visage et ses yeux noirs immenses, elle ajouta farouchement : « Mais j'ai horreur de rêver tout éveillée, il n'en sort jamais rien. » Quand nous fûmes servis, elle s'absorba entièrement dans son dîner mais me soumit à un feu roulant de questions. En me débattant avec mon poulet au paprika qui ne cessait de m'échapper, elle m'obligea à lui dire (car elle allait toujours droit au cœur du sujet) combien de temps duraient mes aventures avec les femmes.

Je ne réussis pas à lui répondre sans faire quelques taches de sauce sur ma chemise. « Je reste avec une femme tant que je peux la garder et qu'elle-même arrive à me garder.

— Ce qui veut dire qu'elles se succèdent dans votre vie, hein ? »

J'étais une proie facile pour ce genre de questions, et Nusi me fit subir un interrogatoire serré. Pourtant — je l'appris plus tard — elle m'avait accepté bien avant que nous commencions à parler. Si elle essayait de faire le tour de ma personne, ce n'était pas par pusillanimité, pour peser le pour et le contre : elle voulait seulement savoir à quoi elle s'exposait.

« J'aime bien savoir à quoi m'attendre, dit-elle.

— Et que croyez-vous pouvoir attendre de moi ?

— Je ne sais pas, avoua-t-elle pensivement. Mais pas grand-chose, en tout cas. »

Si elle me trouve si inintéressant, me dis-je, autant que je me taise. Apparemment, elle ne fut pas fâchée de me voir sombrer dans un silence morne. « Je vous fais de la peine, hein ? demanda-t-elle soudain affectueusement.

— Oui.

— Eh bien, cela tendrait à prouver que vous m'aimez un peu, non ? Je ne peux pas en dire autant de mon mari, s'écria-t-elle dans une bouffée d'amertume. Il s'intéresse si peu à moi que je peux lui lancer les pires injures, il ne m'écoute même pas. »

Plus tard, Nusi me questionna sur l'université. « Parlez-moi donc de quelque chose d'intéressant ; dites-moi donc quelles études vous faites. » Elle travaillait quant à elle dans un grand magasin où elle emballait la marchandise mais, quand nous parlions ensemble, j'avais l'impression d'avoir en face de moi une de mes camarades d'études. Elle pensait avec précision et rapidité, et elle montrait un goût sincère à la fois pour les faits et pour les idées. Je nous imaginai bientôt comme Eliza Doolittle et le professeur Higgins. Je nous voyais dînant dans ce même restaurant des années plus tard : Nusi, vêtue d'une robe neuve élégante, serait alors institutrice, par exemple, et nous aurions un bel appartement pour nous accueillir. La pauvreté et un mari indifférent avaient fait de ses possibilités un gâchis criminel, mais elle avait fini par trouver sa voie. Cette femme n'attendait pas grand-chose de moi, mais je décidai que j'allais transformer sa vie.

Cependant, elle tira de notre conversation une conclusion différente. « Eh bien, je n'ai sans doute pas à m'inquiéter de la différence d'âge entre nous, dit Nusi quand nous nous levâmes de table. Vous êtes jeune, et vous ne savez sûrement pas grand-chose de la vie et des gens, mais vous en savez plus que moi sur ce qu'on apprend dans les livres. Ça devrait rétablir l'équilibre. Je ne supporte pas les hommes moins intelligents que moi. »

Nous quittâmes le restaurant et, comme nous n'avions nulle part ailleurs où aller et qu'à une chaude journée succédait une nuit tiède, nous décidâmes de retourner dans l'île Marguerite. Nous prîmes l'autobus jusqu'au Danube et traversâmes le pont à pied, en nous tenant par la main. Le fleuve sentait le frais, comme un torrent de montagne. Il y avait une lune pâle, et la masse sombre et moelleuse de l'île s'offrait à nous comme un énorme lit, avec pour oreillers les rondeurs duveteuses des arbres. Nusi eut peut-être la même idée, car elle s'arrêta soudain.

« Je vous préviens, vous n'obtiendrez rien de moi ce soir. Je ne couche pas avec quelqu'un si je ne le connais pas depuis un mois au moins. » Elle était prête à rebrousser chemin et n'accepta de continuer que lorsque j'eus réussi à la convaincre que j'acceptais ses conditions. « Vous avez besoin d'une femme comme moi pour vous remettre d'aplomb », conclut-elle.

L'île était calme et apparemment déserte. S'il y avait d'autres couples dans les parages, ils étaient bien cachés. Certes, Nusi voulait tout savoir sur moi, mais elle avait aussi envie de tout me dire sur elle. Ce qu'elle avait à dire la rendait amère et désespérée, mais la façon dont elle s'exprimait était presque gaie. Sa vie de couple avait commencé à mal tourner quand elle était tombée enceinte. « Il savait que j'étais enceinte, mais il n'arrêtait pas de me reprocher d'avoir perdu la ligne. Ça me rendait folle toutes ces vacheries. C'était son enfant que je portais, et tout ce qu'il avait à dire c'est que j'étais trop grosse. » La situation avait paru s'arranger pendant un certain temps après la naissance de leur fils : József était redevenu prévenant. Il avait même décidé de faire des heures supplémentaires, de rester à la fabrique jusqu'à minuit pour mettre de l'argent de côté pour son fils. Nusi avait repris confiance, jusqu'au jour où une amie lui avait appris que ces heures supplémentaires, József les faisait avec une fille, et pas à l'usine. Au moment de la naissance de leur fille, il ne se donnait même plus la peine d'inventer des histoires quand il ne rentrait pas. « Quand il n'a même plus fait l'effort de mentir, j'ai su que c'était terminé pour moi.

— Pourquoi ne divorcez-vous pas ?

— Et pour qui ? » me demanda-t-elle en me toisant.

Séduit par sa tournure d'esprit pratique, je ne pus me retenir de l'embrasser, et elle me rendit mon baiser de ses lèvres épaisses et douces. Ce qui m'interpella encore plus que sa question. Tandis que nous poursuivions notre promenade au clair de lune main dans la main le long des sentiers et dans la fraîcheur des hautes herbes, il était permis d'imaginer que nous allions entamer ensemble une vie nouvelle.

Son travail n'était pas bien payé mais, ces derniers temps, József rapportait sa paye à la maison — depuis qu'il couchait avec cette salope d'à côté. « C'est elle qui veut qu'on garde ce qu'il gagne — elle ne tient pas à ce qu'on se dispute dans le couloir, elle a peur de ce que diraient les voisins. » József continuait à prendre ses repas à la maison et il n'avait pas déménagé ses affaires. « Il lui arrive encore de coucher avec moi quand il est tellement saoul qu'il ne sait plus ce qu'il fait. »

Quand nous fûmes fatigués de marcher, nous nous assîmes sous un chêne géant au milieu des fourrés. Nusi s'adossa à l'arbre. Nous commençâmes à nous embrasser et je passai la main sous sa chasuble — pour la retirer bien vite en sentant sa bouche mollir, me rappelant soudain le moratoire d'un mois. «Ne t'inquiète pas, me dit-elle, j'ai pris mes précautions quand je suis allée mettre un corsage.» Elle se laissa glisser et s'allongea sur le sol. «Je voulais juste savoir si tu m'aimais assez pour t'en passer pendant un mois.» Quand je la pénétrai, son corps se contracta comme si elle se brisait en deux, et sa jouissance fut intense. Mais en se brossant pour faire tomber les feuilles de sa chasuble elle fit remarquer avec une grimace : «Quand j'avais dix-sept ans, je faisais l'amour derrière les buissons — à présent j'ai trente et un ans et je ne peux toujours pas faire autrement. Je progresse beaucoup, tu ne trouves pas?»

Elle avait été fidèle à son mari jusqu'à ces deux dernières années, et puis elle avait eu quelques fréquentations masculines. «Mais ça n'a jamais marché. Les hommes ne comprennent pas que, quand on a des enfants, on ne peut pas accourir ventre à terre quand ils en ont envie. Ou du moins ils prétendaient ne pas comprendre — c'était une bonne excuse pour rompre.»

Je raccompagnai Nusi chez elle en taxi et, le lendemain dimanche, nous nous revîmes. Elle m'expliqua qu'elle avait abandonné l'école deux ans avant l'entrée en faculté, pour se marier, et je la persuadai de s'inscrire à des cours du soir pendant le premier trimestre et de passer son diplôme. Cela nous permettait alors d'aller chez moi avec nos livres et nos notes de cours. Quand ma mère était sortie, nous faisions l'amour ; et quand elle était à la maison j'aidais Nusi pour son travail. Elle changea beaucoup, elle rajeunit, elle s'épanouit et embellit, mais elle restait tout aussi sceptique. « Si tu fais tout ça, c'est pour ne pas avoir à te sentir coupable le jour où tu me quitteras. »

Je ne rencontrai son mari qu'une seule fois, à l'heure du dîner, dans leur cuisine et, bien qu'on m'en ait toujours parlé comme de « l'ivrogne », il n'était absolument pas ivre. On me fit passer pour un professeur de l'école. József me regarda d'un air entendu, puis il regarda Nusi, avant de s'asseoir devant son assiette. C'était un bel homme d'environ trente-cinq ans, bien musclé, et qui avait l'air las.

« L'école ! Laisse-moi rire, Nusi. Tu n'y arriveras jamais.

— Elle est douée, fis-je remarquer.

— Mon cul ! » déclara-t-il pour clore la discussion, et il attaqua son repas.

J'essayai de prendre un ton dégagé : « C'est peut-être que vous êtes trop bête pour vous apercevoir qu'elle est intelligente. »

Il mastiqua plus lentement, mais il continua à manger. Nusi, sans changer de visage, eut l'air d'ébaucher un sourire. Les enfants piquèrent du nez dans leur assiette et saisirent promptement leur fourchette.

« Vous êtes célibataire ? » me demanda József un peu plus tard. À sa voix, je compris qu'il avait calculé sa contre-attaque.

« Oui, répondis-je avec précaution.

— C'est la belle vie, hein ? Une poule aujour-
d'hui, demain une poulette, pas vrai ?

— Certains les appellent des femmes. » Je le
haïssais de s'en prendre à Nusi plutôt qu'à moi.
Mais il savait qu'il nous tenait l'un et l'autre ; il se
remit à mâcher plus vite.

Nusi se tourna vers lui avec un regard assassin.
« La vie privée de M. Vajda ne te regarde pas, il
me semble. »

Le regard de sa femme lui montrait pleinement ses torts, et il se mit à rire nerveusement.
« Qu'est-ce qu'il y a de mal ? Un homme a bien le
droit de faire un brin de causette chez lui, non ?

— Chez lui ! » s'exclama la vieille dame.

Il se tourna de nouveau vers moi. « Voilà ce que
c'est quand on se marie, mon vieux — les poules
se liguent contre vous. Ne vous mariez jamais.
Qu'est-ce que je ne donnerais pas pour redevenir
célibataire ! Libre comme un oiseau. Rien de tel. »

La mère de Nusi ne put se retenir : « Je ne
connais pas plus célibataire que vous ! Vous faites
exactement comme si vous n'étiez pas marié.
Pour un récidiviste, il n'y a pas plus libre que
vous. »

József hocha la tête, exaspéré. « C'est pas pareil,
la mère, c'est pas pareil. » Il haussa l'épaule, pour
montrer qu'il se fichait pas mal de ce que j'avais
pu prendre.

« Je ne suis pas votre mère. Et pour ma part je
ne vois pas pourquoi vous n'allez pas habiter à
côté.

— Comment je pourrais faire ça ? Comment je pourrais laisser tomber Nusi ? » Il parlait à sa belle-mère, mais c'est sa femme qu'il regardait, s'apitoyant pour de bon sur son sort. « Elle me ferait pitié — qui est-ce qui s'occuperait d'elle si je partais ? »

Personne ne dit plus rien et, après dîner, József se leva.

« Je reviens », dit-il à Nusi d'une voix sinistre et, me saluant d'un geste, il sortit.

« Il va chez sa bonne amie, marmonna la vieille dame, et il prétend qu'il ne vit pas comme un célibataire. »

Nusi laissa éclater sa colère. « Vous avez entendu ? Il vient prendre ses repas ici parce qu'il a pitié de moi ! Il me plaint ! » Elle était en fureur. Elle tapa sur la table avec les poings et les assiettes tremblèrent en tintant. « Je voudrais qu'il existe un Dieu ne serait-ce que pour le punir de ça ! » Elle repoussa sa chaise et se mit à arpenter la cuisine, tournant en rond comme une prisonnière dans sa cellule à l'idée qu'elle est condamnée à perpétuité. « Il m'a gâché la vie et il veut faire croire qu'il me fait une grâce ! » Elle levait les bras au ciel en répétant sans cesse : « Je voudrais qu'il existe un Dieu ! » Quand j'essayai de la calmer, elle s'en prit à moi. « Ça m'est égal que tu me quittes ou pas, mais n'essaie surtout pas de revenir quand tu n'auras plus de sentiment pour moi ! C'est ce qu'on peut faire de pire à une femme. » Et puis, enfin, elle se mit à pleurer, et son dos se courba comme si, soudain,

tout le poids de cette cuisine aveugle et encom-
brée s'abattait sur elle. Dans les bras de sa grand-
mère, la petite Nusi observait la scène, craintive
et hésitante. Finalement, elle se dégagea, se dirigea lentement vers sa mère et elle l'enlaça par
les genoux, car elle ne lui arrivait qu'à cette hau-
teur-là.

Le lendemain, je pris une chambre d'hôtel
pour que nous puissions au moins passer vingt-
quatre heures ensemble. Comme je la désirais et
l'aimais, il me fut assez facile de lui remonter le
moral, et nous connûmes bien des jours heureux
avant la neige.

Et puis, je commençai à fréquenter la femme
d'un homosexuel.

Elle était mère de deux petits garçons. Après
avoir engendré ses alibis, son mari ne la toucha
plus jamais, mais il lui interdisait d'avoir des aventures, car cela aurait pu amener les gens à avoir
des soupçons sur lui. Comme toute dictature, le
régime avait une conception très rigide de la
nature humaine, punissant tout excès et toute
déviance, et cet homme ne voulait pas risquer son
poste, pas plus que la villa, la voiture et le chauffeur qui allaient avec. Pour s'assurer que son
épouse ne ferait rien qui puisse compromettre sa
situation vulnérable, il avait fait venir sa sœur chez
eux, avec pour mission de ne jamais perdre sa
belle-sœur de vue. En père prévenant, il demandait chaque soir à ses fils de lui parler de leur journée : qu'avaient-ils fait, qu'avait fait leur mère,
avaient-ils rencontré des gens intéressants ? Per-

sonnage viril et imposant, il assistait à des réceptions et à des soirées officielles avec sa femme sans la quitter d'une semelle. Il était jaloux et n'avait pas honte de le montrer. Il souriait modestement quand on l'appelait l'Othello hongrois. «Je suis sans doute un mari à l'ancienne, disait-il en s'excusant à demi, je suis follement amoureux de ma femme.» Celle-ci était une femme belle et étrange.

Je voyais Nusi moins souvent, et il fallait que je me force pour avoir l'air enthousiaste et intéressé. Elle m'accusait d'être indifférent et impatient, et nous commençâmes à nous faire des scènes. Pourtant, je ne pouvais pas la prendre au mot et la quitter comme elle m'avait demandé de le faire quand je n'aurais plus de sentiment pour elle. Elle suivait les cours du soir avec succès, et elle avait une bonne chance d'obtenir un travail de secrétaire d'ici deux ans. Comme elle l'avait prédit avec tant de perspicacité, cela m'aidait à me déculpabiliser, mais pas assez pour que j'arrive à rompre avec elle. Jamais femme n'avait eu autant de déceptions ni autant manqué d'affection dans sa vie. Mais ce n'étaient pas la culpabilité ni le sens du devoir qui pouvaient me faire bander. Certaines fois, je me retrouvais au lit avec elle, après des arrangements compliqués, et au bout du compte je déclarais forfait.

«Aucun animal n'est aussi vil qu'un homme qui cesse d'aimer une femme», avais-je déclaré un jour à propos de son mari, et voilà que je commençais à correspondre moi-même à cette description. L'heureuse escapade pour fuir la misère du mariage se transformait maintenant en une affaire compliquée tout aussi pitoyable que le mariage lui-même.

Un jour, j'avouai mon problème à ma nouvelle maîtresse, me lamentant de ne pas savoir ce qui serait pire pour Nusi — rompre ou continuer à se voir. «Mon cher, soupira-t-elle, ce n'est pas un problème moral que vous avez là — c'est un cas d'extrême vanité.»

Quelques jours plus tard, j'eus une violente dispute avec Nusi. Elle m'accusa de m'être lassé d'elle, et je protestai en disant que je l'aimais toujours autant et que le seul problème était sa nature soupçonneuse. Comme elle refusait de me croire, je finis par admettre qu'elle avait raison et je proposai d'en rester là.

Après quelques instants de sombre réflexion, elle redressa les épaules et me dévisagea de ses yeux immenses. «Eh bien, j'ai toujours pensé que ça se terminerait exactement comme ça. Si seulement un jour quelqu'un pouvait me donner tort!»

14

De l'angoisse et de la rébellion

> *La crainte de la vie, la crainte de soi-*
> *même...*
>
> SØREN KIERKEGAARD

> *À Mohács, on a perdu bien plus.*
>
> VIEUX DICTON HONGROIS

Il me faudrait décrire bien d'autres expériences de désamour pour expliquer pourquoi je quittai encore une fois la Hongrie, pour de bon cette fois, et si peu de temps après que j'aurais volontiers donné ma vie pour elle. Apparemment, j'aimais ma patrie aussi passionnément qu'une femme, et avec la même inconstance.

L'amour donnant un avant-goût de l'éternité, on est tenté de croire que l'amour véritable est éternel. Quand il ne durait pas, ce qui était toujours le cas pour moi, je n'échappais pas à un sentiment de culpabilité devant mon incapacité à éprouver des émotions vraies et durables. Seuls mes doutes l'emportaient sur la honte : quand c'était ma maîtresse qui mettait fin à notre liaison, je me demandais si elle m'avait jamais vraiment aimé. En quoi je ne diffère pas de mes contemporains sceptiques : comme nous ne nous reprochons plus de ne pas obéir à des préceptes éthiques absolus, nous nous flagellons avec les verges de la perspicacité psychologique. S'agissant de l'amour, nous écartons la distinction entre moral et immoral au profit de la distinction entre «véritable» et «superficiel». Nous comprenons trop bien pour condamner nos actes ; désormais, ce sont nos intentions que nous condamnons. Nous étant libérés d'un certain code de conduite, nous suivons un code d'intentions pour parvenir aux sentiments de honte et d'angoisse que nos aînés éprouvaient par des moyens moins élaborés. Nous avons rejeté leur morale religieuse parce qu'elle opposait l'homme à ses instincts, qu'elle l'écrasait de culpabilité pour des péchés qui étaient en fait des mécanismes naturels. Pourtant, nous continuons à expier la création : nous nous considérons comme des ratés, plutôt que d'abjurer notre foi en une perfection possible. Nous nous accrochons à l'espoir de l'amour éternel en niant sa validité éphémère. C'est moins douloureux de se dire «je suis superficiel», «elle est égocentrique», «nous n'arrivions pas à communiquer», «c'était purement physique», que d'accepter le simple fait que l'amour est une sensation passagère, pour des raisons qui échappent à notre contrôle et à notre personnalité. Mais ce ne sont pas nos propres rationalisations qui pourront nous rassurer. Il n'est pas d'argument qui puisse combler le vide d'un sentiment défunt — celui-ci nous rappelant le vide ultime, notre inconstance dernière. Nous sommes infidèles à la vie elle-même.

C'est peut-être la raison pour laquelle nous préférons occuper notre esprit à des sujets moins éphémères que nous-mêmes. En ce qui me concerne, ce fut un grand soulagement d'appréhender l'angoisse sur le plan de l'abstraction, et d'obtenir ma licence et ma maîtrise en étudiant assidûment, avec un intérêt particulier pour Kierkegaard. Je me suis aussi beaucoup soucié du malheur de notre nation.

Je ne vais pas me mettre à vous raconter à quel point nous détestions les Russes! Mes étudiants n'aiment pas que j'aborde ce sujet car ils sont persuadés que j'essaie de trouver de bonnes raisons d'augmenter le nombre des missiles nucléaires. C'est faux, je ne crois pas à leur vertu, mais tout de même, le fait est que les Russes étaient les grands impérialistes de notre temps et, qu'à l'intérieur de leur empire, ils étaient les plus détestables des dirigeants; non contents de voler les autochtones et de les régenter, ils voulaient aussi en être aimés. Une de leurs odieuses inventions, à l'époque, était le défilé forcé annuel du 7 novembre, pour célébrer la glorieuse naissance de l'Union soviétique. C'était généralement un jour de froid et de vent, mais le Parti avait un moyen bien simple de faire sortir tout le monde dans la rue : on avait ordre de défiler en groupes à partir de son lieu de travail ou d'étude, si bien que les surveillants pouvaient repérer les absents. Je me souviens du défilé de 1952 : le département de philosophie venait derrière le Bureau des statistiques, et je vis un des employés — un petit homme d'âge moyen au visage bleu comme de l'encre — qui s'efforçait de tenir en l'air le manche de son énorme pancarte. À plusieurs reprises il faillit buter contre cette longue hampe en luttant contre le vent qui rabattait le portrait en carton de Rákosi, et à chaque fois il retombait dans nos rangs. Et puis, sans prévenir, il sortit du rang et se mit à taper la pancarte contre un réverbère. « J'en ai marre de cette sale tronche ! criat-il. Espèce de bandit au crâne chauve ! Le seul jour où je pouvais dormir tout mon saoul, ils nous traînent dans les rues ! » Il frappait avec la force soudaine d'un dément, et il finit par briser la pancarte en morceaux. « Il est à la botte des Russes, vous entendez ? C'est un assassin ! » Surgis en une seconde, deux hommes en uniforme bleu des Services de la Sûreté saisirent le malheureux par le bras chacun d'un côté. Pendant qu'on l'emmenait, il se mit à gémir d'une voix de vieille femme. « C'était trop lourd, camarades, c'est la seule raison, croyez-moi… c'était trop lourd. »

Quand on a assisté à de nombreuses scènes de ce genre, on est pris d'une envie grandissante de changer l'ordre des choses. Au début des années 1950, une atmosphère prérévolutionnaire gagnait le pays tout entier, et l'agitation croissait, tant parmi la population que dans les Services de la Sûreté. On citait de plus en plus ce poème de

Petöfi qui avait déclenché la révolution contre l'empire des Habsbourg le 15 mars 1848.

Debout, Magyar, c'est maintenant ou jamais !

La révolution de 1848 avait été réprimée par les Autrichiens avec l'aide de la Russie impériale ; Petöfi lui-même fut abattu par des cavaliers cosaques sur un champ de bataille de Transylvanie (la partie orientale de la Hongrie, actuellement en territoire roumain). Pourtant, ni le souvenir de la défaite ni la petitesse de notre pays morcelé ne purent nous faire accepter le joug de l'Union soviétique. Après tout, les Turcs n'avaient pas réussi à nous tenir, même après Mohács.

Mohács est un mot codé qui entretient chez les Hongrois un orgueil opiniâtre, un synonyme de déluge et de ce qui s'ensuit, le nom d'une bataille ancienne qui nous laissa des cicatrices durables et le souvenir d'une gloire cruelle. En 1526, dans le petit village de Mohács, sur le Danube, au sud de Budapest, les envahisseurs turcs annihilèrent l'armée hongroise tout entière, cavaliers et fantassins, et, pendant les cent soixante quatorze années qui suivirent, la Hongrie fut une province de l'empire ottoman. Pendant cette période, presque la moitié de la population du pays, des millions de gens, mourut de faim ou de la peste, ou bien fut emmenée sur les marchés aux esclaves d'Afrique du Nord. Cependant, l'Empire ottoman a disparu, et la Hongrie existe toujours. Pour les Hongrois, ce fait historique et politique est capital et on le leur enseigne dès la petite enfance, bien avant qu'ils aient atteint l'âge scolaire. Cette histoire du désastre de Mohács et de la chute ultérieure de nos puissants conquérants, ce sont les pères franciscains qui furent les premiers à m'en parler, eux qui, plus tard, furent chassés de leur monastère par les Services de la Sûreté sur ordre des Russes. On n'en oublia pas pour autant que les empires sont voués à disparaître.

Comme disait Lajos Kossuth, le chef de la révolution de 1848, les Hongrois ont « une personnalité historique » — c'est-à-dire qu'ils puisent dans l'histoire des siècles et des millénaires passés la force de lutter contre les puissances meurtrières de leur temps. Ils peuvent se référer à l'histoire d'une nation vieille de mille ans, au cours desquels, qui plus est, se répète constamment le même schéma de dépossession et de résistance, de sorte que même les plus idiots s'en souviennent. L'histoire de leur défaite et de leur survie a pour eux la valeur d'une religion, comme chez les Juifs ; ils ont la tête pleine des calamités qui n'ont pas réussi à les anéantir.

Nous avons déjà été châtiés
Pour nos péchés passés et à venir

dit l'hymne national, traduisant cette attitude d'apitoiement sur soi-même et de défi qui fait des Hongrois des sujets si agités et si rebelles malgré leurs fréquentes défaites. Leurs moments de triomphe ont été trop peu nombreux pour alimenter leur orgueil, mais ils tirent leur gloire du fait qu'ils ont survécu à l'invasion tartare (1241), à l'occupation turque (1526-1700), à l'occupation autrichienne (1711-1918) et à l'occupation allemande (1944-1945). Les citoyens des grandes nations ont tendance à croire que les victoires sont éternelles ; les Hongrois, eux, s'intéressent surtout au déclin du pouvoir, à la chute inévitable des vainqueurs et à la renaissance des vaincus. C'est pourquoi peu d'entre nous ont jamais imaginé que les Russes resteraient pour de bon ; on se demandait seulement quand ils partiraient et comment.

Bref, nous les haïssions avec trop d'assurance et trop impatiemment.

Comme dans tous les pays où la liberté de la presse n'existe pas et où le sentiment public ne peut pas s'exprimer ouvertement, les universités étaient des foyers de sédition. Au cours de nos réunions, nous déclarions que, pour son bien, la Hongrie devait être libre et indépendante : nous exigions que soit mis un terme aux arrestations et aux exécutions arbitraires, que les Russes paient le blé et l'uranium qu'ils nous prenaient, qu'il n'y ait plus de bases ni de troupes étrangères sur le sol hongrois, qu'on organise des élections libres. Nous protestions contre la prédominance de médiocrités invertébrées à tous les sièges du pouvoir, et nous nous promettions de supprimer la pauvreté. Nous sentions sur nous le regard d'un monde plein d'espoir (et aussi l'œil de la police) et nous rêvions de la double gloire de libérer notre pays et de contribuer à l'effondrement de l'Empire soviétique — quitte à périr les premiers.

Dans ces réunions, il n'était pas un étudiant qui ne se souvînt du précédent établi par le comte Miklós Zrínyi en 1566. Ce dernier résista aux Turcs pendant des années dans son petit château de Szigetvár jusqu'à ce que Soliman le Magnifique en personne décide enfin de l'écraser avec une armée de cent mille hommes. Zrínyi et les siens tinrent bon pendant des semaines, et, quand la nourriture et les munitions furent épuisées, ils revêtirent leur uniforme d'apparat, mirent dans leurs poches des pièces d'or pour les soldats qui auraient le courage de les tuer, et ils s'élancèrent des ruines du château en une charge de cavalerie suicidaire. Ils pénétrèrent assez loin dans le camp ennemi avant d'être abattus, et Soliman le Magnifique, choqué par cet assaut inattendu, et déjà fort exaspéré d'être retenu si longtemps devant une « fourmilière », s'écroula au bruit de tant d'agitation autour de sa tente, et mourut d'apoplexie. La lutte pour le pouvoir qui s'ensuivit parmi les Mogols turcs donna aux Hongrois plusieurs années de répit. Et, pour ajouter au succès spectaculaire que le comte Zrínyi avait réussi à se tailler dans sa défaite, son arrière-petit-fils écrivit un poème épique audacieux sur le sujet, si bien que, depuis, le vieux comte mène sa charge de cavalerie dans l'imagination des Hongrois de toutes les générations, les invitant à se battre en dépit de l'inégalité du combat, leur montrant qu'une poignée d'hommes peut infliger des coups mortels à une armée.

Et puis, nous avions tous entendu sonner à midi les cloches de Hunyadi. János Hunyadi était un *condottiere* devenu le plus riche baron de Hongrie et le chef d'une armée bien payée et bien entraînée qui, en 1456, avait anéanti les Turcs dans la capitale hongroise du Sud, Nándorféhervár (aujourd'hui Belgrade), sauvant ainsi l'Autriche et l'Italie d'une conquête quasi certaine par les forces de l'islam. Pour commémorer la grande victoire de Hunyadi sur les infidèles, le pape Calixte III ordonna que l'on fasse sonner les cloches à midi jusqu'au jour du jugement dernier — et c'est pourquoi elles sonnent toujours à midi dans les églises catholiques. En fait, plutôt que sur les Turcs, c'était sur le temps que Hunyadi avait remporté sa véritable victoire : grâce à lui les cloches carillonnaient, nous empêchant de sombrer dans le désespoir. La dictature est une leçon ininterrompue qui vous enseigne que vos sentiments, vos pensées et vos désirs n'ont pas le moindre poids, que vous n'avez pas d'existence propre, et que vous devez vivre comme d'autres en ont décidé à votre place. Une dictature étrangère vous apprend à désespérer doublement : vous ne comptez pour rien, et votre nation non plus. Mais les cloches de Hunyadi ne nous tenaient pas le même langage, elles démontraient l'immense portée de l'action historique : gagnant ou perdant, il était possible d'agir pour empêcher nos descendants de désespérer pendant des siècles.

Le passé inspirait notre révolution autant que le présent. Il façonnait nos rêves et notre caractère ; nous nous sentions apparentés aux Hunyadi comme s'ils avaient été encore vivants, et nous voulions leur faire honneur. Le fils du *condottiere*, Mátyás, fut un grand souverain de la Renaissance, Mathias Corvinus, patron des arts et des lettres, protecteur du peuple, le premier roi à libérer les serfs et à faire peser l'impôt sur les nobles plutôt que sur la paysannerie, le héros de poèmes mélodieux et de chansons populaires, qui avait pour habitude de se montrer vêtu comme un paysan, de sorte que les grands et les puissants n'étaient jamais sûrs que le pauvre qu'ils allaient maltraiter n'était pas le roi en personne. En fait, pour Mathias, tout Hongrois avait quelque chose d'un roi, et, de nos jours encore, la plupart des Hongrois souffrent d'une sorte de prétention princière, qui va de pair, néanmoins, avec une haute idée de la royauté. L'homme qu'on voyait le plus souvent représenté sur un trône était György Dózsa, qui fut couronné en 1514 sur un trône en fer chauffé à blanc, avec une couronne en fer, elle aussi chauffée à blanc — un roi-paysan grillé vivant par les aristocrates victorieux parce qu'il avait fomenté une révolte pour la défense des droits accordés à la paysannerie par les Hunyadi.

L'histoire hongroise était riche en crimes dictés par la cupidité et l'amour de la propriété ; mais, quand nous craignions pour notre confort, nos héros nous poussaient à risquer non seulement notre vie, mais aussi nos biens. Le plus illustre de ces héros était Ferenc Rákóczi, qui possédait à sa naissance des domaines équivalant à peu près au cinquième de la Hongrie, et qui, à son époque, était un des aristocrates les plus riches d'Europe. Le prince Rákóczi (fils du souverain de Transylvanie et d'une Zrinyi, elle-même redoutable général en chef) risqua tout pour mener une guerre de libération contre l'Autriche (de 1703 à 1711), et décida finalement d'abandonner ses terres et de passer le reste de sa vie en exil plutôt que de se soumettre aux Habsbourg. « Dieu peut disposer de moi à son gré, déclarait Lajos Kossuth en 1848, faisant écho aux sentiments de Rákóczi. Il peut me faire souffrir, me faire boire de la ciguë ou m'expédier en exil. Mais il est une chose que même Lui ne peut pas, c'est faire de moi un sujet autrichien. »

Il était impossible que des gens qui s'enorgueillissaient de tels ancêtres se laissent réduire à l'esclavage. Et, en nous identifiant aux héros de notre histoire, nous reconnaissions tous en nos oppresseurs les oppresseurs de nos ancêtres. Tous étaient du même acabit, des étrangers qui voulaient imposer leur loi. Ainsi la haine des Habsbourg et la résistance qu'on leur avait opposée ne tenait pas qu'à eux-mêmes, elle était liée aux Tartares et aux Turcs ; quant à notre haine des Russes, elle tenait à la fois aux Tartares, aux Turcs, aux Autrichiens et aux Allemands.

Tous les enjeux étaient clairs, mais quand nos manifestations se transformèrent en révolution, en octobre 1956, tout redevint confus. Je me bat-

tais comme les autres, mais j'étais trop terrorisé
sous les tirs de barrage des tanks et de l'artillerie
pour me sentir l'étoffe d'un héros. J'avais tout
juste conscience de ma chance parmi tout ce
malheur, au milieu des camarades qui gisaient,
morts, sur le pavé, et dont le sang coulait encore.
Je n'avais pas non plus le sentiment de mener un
juste combat : à lutter contre l'occupation russe
et une dictature perverse et incompétente, je
m'apercevais que je tirais sur de jeunes paysans
ukrainiens hébétés qui avaient autant de raisons
que nous de haïr ce que nous combattions. Ayant
vécu 1944, je croyais savoir ce qu'était la guerre,
mais je découvrais avec amertume qu'on ne se
trouve pas face à l'ennemi véritable même pendant une révolution. Pourtant, trois semaines
durant, je continuai à participer aux combats de
rue, sautant de ruine en ruine, mort de peur et
de faim — persuadé au bout d'un certain temps
que nous ne pourrions ni vaincre ni survivre.
Mais Zrinyi et Dózsa me faisaient tenir debout.
Par moments, dans un état de communion mystique avec ma patrie, je me réjouissais, à défaut
de pouvoir faire plus, d'aller rejoindre tous ceux
qui étaient morts pour la Hongrie tout au long
d'un millénaire de gloire et de mauvaise fortune.
À vingt-trois ans, je croyais encore qu'il ne pouvait exister qu'un seul vrai pays pour chacun de
nous.

C'est à mon deuxième passage de la frontière
austro-hongroise que je devins un internationa-
liste coureur de jupons. Voilà que de nouveau

j'étais en fuite, en compagnie cette fois de quelques autres réfugiés seulement, mais par une journée de décembre tout aussi froide, et à travers les mêmes montagnes. En fait, j'avais l'impression étrange de revivre un épisode de mon enfance. Le ciel était aussi lugubre qu'en cet hiver de 1944; les grands arbres se dressaient toujours tranquillement, gracieux, imperturbables, semblant appartenir à un autre monde; et les rochers enneigés répercutaient le crépitement des mitrailleuses comme si la fusillade n'avait pas cessé depuis que j'étais petit. Cette fois, nous n'avions pas à craindre les balles perdues d'armées ennemies : la patrouille invisible de la frontière tirait en plein sur nous. Ma rage était plus forte que ma peur à l'idée que je cesserais d'être une bête traquée quand je ne foulerais plus mon sol natal. « Eh bien voilà, adieu Hongrie ! » bredouillai-je. Me demandant si les balles que j'entendais siffler et sombrer dans le silence avaient touché le sol ou mon propre corps, j'essayai de ramper sous la neige, et puis je courus à découvert — mon amour de la Hongrie épuisé.

Du côté autrichien de la frontière nous trouvâmes une route, et un camion de lait qui passait nous chargea et nous emmena au village le plus proche. La place du village était déjà pleine de réfugiés qui tapaient du pied pour se réchauffer et regardaient avec des yeux ronds une file d'autocars gris métallisé tout neufs. Des panneaux jaunes, peints à la main, indiquaient leur destination : Suisse, États-Unis, Belgique, Suède, Angleterre, Australie, France, Italie, Nouvelle-Zélande, Brésil, Espagne, Canada, Allemagne de l'Ouest et, simplement, Vienne. Au poste de police de l'autre côté de la place, la Croix-Rouge distribuait, en premier secours, du café chaud et des sandwichs, tandis que des infirmières en manteau noir et coiffe blanche sillonnaient la foule à la recherche des blessés et des bébés à soigner. D'autres responsables, apparemment moins compatissants, incitaient les réfugiés à choisir un car et à monter à bord.

Nous étions abasourdis de voir cette place de village boueuse avec ses autocars qui allaient aux quatre coins du monde. Moins d'une heure auparavant, nous ne pouvions pas faire un mouvement sans qu'on nous tire dessus ; à présent, on nous invitait à choisir notre place au soleil. Il n'y avait rien à y comprendre, les choses n'avaient pas de rapport entre elles.

« Il n'y a pas assez de véhicules pour transporter tout ce monde ! » s'écria une dame d'un certain âge, prise soudain d'une crise d'hystérie. « Ils vont surcharger les cars et nous allons tous périr sur ces routes de montagne sinueuses ! » Personne ne rit. Cette vie avait déjà présenté trop d'aléas pour que quiconque pût rester confiant.

« Ce car marqué Brésil là-bas, ils ont l'intention de lui faire traverser l'Océan ? » demandai-je à une jeune femme au visage rond qui se tenait à côté de moi dans la foule, l'air effrayé. Elle rit nerveusement et m'expliqua que les cars n'allaient que jusqu'aux différentes gares de chemin de fer et aux camps de réfugiés, où nous devrions attendre d'être passés au crible et acheminés plus loin.

Où passer le reste de sa vie ? Un couple avec un petit bébé, qui était déjà monté dans le car pour la Belgique, en descendit pour se précipiter vers le véhicule marqué Nouvelle-Zélande. D'autres arpentaient les files de cars, en lisant et relisant le nom des pays avec application, mais sans pouvoir se décider. Et moi, où irais-je finalement obtenir mon doctorat ? En quelle langue ? Je n'arrivais pas à croire qu'un pas dans telle direction ou telle autre allait résoudre le problème définitivement. Je me trouvais à côté d'un panneau jaune, marqué « Suède ». Si je montais dans ce car-là, je rencontrerais des femmes à Stockholm et nous tomberions amoureux — mais, si je passais au véhicule suivant, nos vies ne se croiseraient jamais. La jeune femme au visage rond se décida finalement à partir pour le Brésil. Je l'accompagnai à son car et, avant qu'elle ne monte à bord — plus pour me remonter le moral à moi-même que pour l'encourager —, je la retins un instant et l'embrassai. Elle me rendit mon baiser, et nous restâmes ainsi un long moment à nous rappeler que nous étions toujours un homme et une femme et que partout il y aurait des hommes et des femmes. Je faillis lui demander son nom, mais je me contentai de poser la main sur son manteau, à l'endroit où ses seins pointaient sous l'étoffe, puis je la regardai monter. Elle trouva une place près de la fenêtre et me sourit, découvrant une dent de devant ébréchée. C'est ce qui me fit reculer, sinon, je serais peut-être en train d'écrire ces souvenirs en portugais. Mais, les doigts réchauffés par le contact de son vêtement, je me sentis un peu moins perdu quand je me dirigeai vers le car marqué «Italie». Après des semaines passées dans le froid, j'avais envie de liberté ensoleillée.

Le lendemain, j'étais à Rome, en compagnie de trois cents autres Hongrois très perturbés, parmi lesquels je n'avais aucune connaissance. À notre arrivée à la nouvelle gare, nous vîmes des gens siroter leur expresso à des tables recouvertes d'une nappe blanche, juste au bord des voies. Tous les trains étaient électriques, et la gare, reluisante de propreté, avait l'air d'un palace inondé de soleil derrière ses parois de verre. Nous reprîmes des cars qui nous emmenèrent à l'Albergo Ballestrazzi, un vieil hôtel confortable dans une petite rue étroite débouchant sur la Via Veneto. Nous eûmes bien du mal à pénétrer dans les lieux : des camions apportant des cadeaux bloquaient l'entrée, ainsi que des centaines de gens venus voir les *poveri rifugiati*. Comme j'essayais de forcer le passage, un monsieur d'un certain âge me fourra dans la main une liasse de billets (huit mille lires, découvris-je plus tard en les comptant). J'étais stupéfait de lire la pitié sur son visage. Quelles raisons avait-il de me plaindre, me demandais-je, mais, me ressaisissant, je m'efforçai de ne pas imaginer la réponse. Je le remerciai en latin et j'entrai dans l'hôtel. Le hall ressemblait à un grand magasin — faveur des commerçants de Rome. Des rangées de portants de costumes, de robes et de manteaux coûteux, des tables couvertes de chemises, de corsages et de chaussures — tout ce qu'on pouvait désirer quand on arrivait sans bagages dans une ville inconnue. Pourtant, comme je me joignais à mes compatriotes pour faire main basse sur tous ces articles, j'entendis une femme se plaindre tout haut qu'elle ne trouvait pas de gants blancs en chevreau à sa pointure. Je m'emparai d'abord d'une grande valise et, en faisant bien attention à la taille et au style, je choisis six chemises blanches, des cravates, des sous-vêtements, des chaussettes, deux paires de chaussures, trois costumes, six pull-overs noirs et un pardessus élégant. Ces cadeaux retardèrent le moment où nous prendrions pleinement conscience de ce que nous avions quitté : tout ce que nous comprenions — êtres et choses —, à quoi nous tenions, que nous haïssions ou adorions. Nous nous agrippions à nos nouveaux biens ; et notre mine, humble et craintive tant que nous avions été dans le train, prenait soudain une expression suffisante et impatiente de propriétaire. Comme je me frayais un chemin à travers la foule avec mon butin, je remarquai un groom brun et maigre qui me regardait d'un air méprisant et dégoûté. Moi, un étranger, j'étais là à m'octroyer gratis tout ce qu'il y avait de mieux. Lui avait-on jamais demandé, à lui, ce dont il pourrait avoir besoin ? J'avais mauvaise conscience, mais en même temps j'éprouvais un sentiment de satisfaction fort agréable devant ma bonne fortune.

On nous attribua à chacun gratuitement une chambre particulière joliment meublée, et on nous régala de dons de toutes sortes et de beaucoup d'argent : nous n'avions plus qu'à nous détendre et à profiter de la vie — en attendant le prochain changement radical dans le cours de notre destinée.

Le deuxième jour, après déjeuner, on pria les rebelles étudiants de l'Albergo Ballestrazzi de descendre dans le hall pour rencontrer une journaliste qui écrivait une série d'articles sur la vie universitaire en Hongrie. Le hall de l'hôtel avait désormais retrouvé son aspect habituel — celui d'un salon inexplicablement démesuré pour une modeste demeure bourgeoise : des miroirs ternis dans des cadres de bois massifs, un tapis élimé, et un grand nombre de vieux fauteuils recouverts de tissu fané. Une femme était confortablement installée dans un des fauteuils. Elle ne sembla pas remarquer notre petit groupe quand nous nous approchâmes, et pourtant, au dernier moment, elle se leva pour nous saluer en nous donnant une rapide poignée de main et en répétant son prénom.

« Paola. »

Elle n'avait vraiment pas l'air d'une Italienne : une beauté au visage impassible, grande, blonde, et — nous devions bientôt nous en rendre compte — dénuée de toute sympathie. Comme aucun de nous ne parlait l'italien, elle demanda si quelqu'un pouvait lui servir d'interprète en anglais. Je proposai mes services, et elle me regarda un instant d'un air sceptique. « Bien, allons-y », dit-elle. Elle voulut d'abord savoir quels étaient nos titres universitaires, et ce que nous avions vu et fait pendant la révolution. Si nous essayions de plaisanter ou de décrire un épisode tragique des journées de combat, elle ne réagissait qu'avec son stylo à bille et ne laissait pas paraître la moindre émotion sauf, par moments, quand elle s'inquiétait de ne pas pouvoir relire ses notes.

« Cette garce ne peut pas nous blairer ! se plaignit un des étudiants. Plutôt crever que de continuer à répondre à ses questions !

— Qu'a-t-il dit ? demanda-t-elle, voyant que je ne traduisais pas.

— Il craint que nous n'ayons rien d'assez intéressant à vous raconter pour vos articles. »

Elle haussa les sourcils mais ne fit pas de commentaires. Finalement, elle ferma son carnet, annonça qu'elle reviendrait le lendemain, et conclut l'interview par une note personnelle. « Vous avez tous eu beaucoup de chance de vous en tirer sains et saufs, je trouve. »

Plus tard dans l'après-midi — je sentais venir la chose depuis plusieurs jours — je fus pris d'un accès d'apitoiement sur mon sort. C'est une maladie à laquelle je suis sujet périodiquement depuis mon enfance — en fait, je n'en ai jamais guéri complètement, j'ai seulement appris à vivre avec. Mais cette fois la crise était plus violente que jamais auparavant. Je montai dans ma chambre, verrouillai ma porte, et ne bougeai pas quand on sonna le dîner : je n'aurais pas supporté de voir des gens et de leur parler. Allongé sur mon lit, je pleurai sur ma solitude.

Mais pourquoi mentir ? C'était ma mère que je voulais. Je pleurai longtemps, tout frissonnant, me sentant rejeté du sein de son amour protecteur. Je me rappelai ma première année d'école : je rentrais à la maison en courant, terrifié à l'idée qu'elle n'y soit pas — elle ne m'avait pas attendu, elle s'était enfuie ! Je me rappelai le jour où je m'étais ouvert le genou en jouant au football : je m'étais senti guéri dès qu'elle avait commencé à me mettre un pansement. J'avais même encore dans la bouche le goût des crêpes qu'elle m'avait faites ensuite pour me consoler. À présent j'avais mal et je savais que je ne pourrais plus jamais rentrer à la maison en courant.

Bientôt je me mis à me détester. Maintenant, je suis fier, certaines fois, d'avoir été capable de me battre pendant des semaines malgré la peur, mais, à ce moment-là, je ne me disais qu'une chose : en fin de compte, j'étais un fuyard. De quel droit essayais-je de parler à Paola de Hunyadi et de tous les autres ? La semaine passée j'étais à Budapest, aujourd'hui j'étais à Rome — où serais-je demain, et pour quoi faire ? J'avais quitté mon pays, mes maîtresses, mes amis, mes relations, et je ne les reverrais plus jamais. Je ne comprenais pas ce qui m'avait pris d'agir ainsi. En parlant à cette snob de journaliste italienne, je me persuadai que peu m'importaient désormais l'indépendance de la Hongrie, la liberté, l'égalité et la justice — autant de choses pour lesquelles j'avais irrévocablement gâché ma vie. Même la traduction des nouvelles m'énervait; je trouvai les autres réfugiés aussi ennuyeux et aussi énervants que la famille d'une ex-petite amie, et je décidai de m'en tenir à l'écart autant que possible. Je restai allongé sur mon lit toute la nuit sans me déshabiller, je dormis peu et, dans mes rares moments de sommeil, je rêvai qu'un char passait et repassait sur mon corps, m'aplatissant comme du papier sur le pavé.

Le lendemain matin, je me réveillai avec un peu de fièvre et un gros furoncle douloureux sous l'aisselle droite, et je me précipitai chez le médecin de l'hôtel. D'après lui, mon organisme était simplement en train de s'adapter au changement de climat et de régime; je crois plutôt qu'il se rebellait contre tous les changements auxquels il avait été soumis. La fièvre et le furoncle continuèrent à me faire souffrir pendant plus d'un mois, tandis que je me traînais dans les musées et les églises de Rome, seul ou avec des Italiens qui s'étaient portés volontaires pour accompagner les réfugiés et leur servir de guide. Ils étaient gentils, mais ils ne connaissaient pas mon nom; quand ils le connaissaient, ils n'arrivaient pas à le prononcer, et de toute façon je ne savais plus de qui il s'agissait. Je n'étais plus qu'un *povero ungherese* comme un autre. Au bout d'une quinzaine de jours, je commençai à me débrouiller en italien, mais je ne pouvais pas me dissimuler qu'en même temps que j'apprenais une nouvelle langue je renonçais à ma langue maternelle. J'avais une certaine facilité pour aborder des gens et des lieux nouveaux, mais c'était un talent qui me rendait plus prompt à abandonner ce que je possédais déjà. J'avais même laissé tomber bien des choses qui m'intéressaient : écrire des poèmes, jouer du piano. Je ne pouvais jamais me tenir à rien. Rome invite à réfléchir sur le passé, et je me mis à compter tous les amis et toutes les maîtresses que j'avais quittés, et tous ceux qui m'avaient quitté. Ils apparaissaient et disparaissaient : ma vie tout entière était une succession de fondus enchaînés. En fait, je semblais n'avoir jamais rien acquis que je n'aie perdu ensuite. Je me sentais particulièrement coupable vis-à-vis de Maya, et ce qui me tourmentait le plus n'était point tant d'avoir fait l'amour avec sa cousine que de l'avoir fait sur son lit, là même où elle m'avait appris à aimer — détail auquel je n'avais jamais accordé beaucoup d'importance, mais qui m'apparaissait maintenant comme un crime.

À propos, je ne puis qu'être en désaccord avec les grands philosophes qui nous invitent à nous connaître nous-mêmes. Pendant toutes ces journées d'introspection intense, je ne devins en fait que plus mesquin et plus bête, par pure frustration. Chaque soir, je me retirais dans ma chambre de bonne heure pour soigner mon furoncle, en regrettant de ne pas avoir été tué par une balle à la frontière. Et chaque nuit, je faisais des cauchemars.

15

Du bonheur
avec une femme frigide

Je t'aime beaucoup parce que tu m'as donné le moyen
De retrouver l'amour de moi.

ATTILA JÓZSEF

J'étais tellement dégoûté de moi-même que je fus attiré par une femme qui ne montrait absolument aucune sympathie pour moi. Paola avait beau écrire une série apparemment interminable d'articles sur les étudiants hongrois, le fait de se retrouver jour après jour en notre compagnie ne changeait rien à son indifférence personnelle à notre égard. Pendant que je lui servais d'interprète l'après-midi dans le hall sombre de l'Albergo Ballestrazzi, j'essayai de deviner son âge. Elle pouvait aussi bien avoir vingt-huit ans que trente-six : elle avait le front et le cou marqués de fines rides, mais ses yeux bleu pâle reflétaient l'innocence (ou l'ignorance ?) d'une jeune fille. Quand elle entrait dans le hall, vêtue d'une robe moulante en soie ou en maille, remarquablement élégante, on avait l'impression que ce corps avait été modelé en une forme parfaite par une longue lignée d'amants fougueux. Mais quand elle approchait sa beauté rayonnante se changeait en froide élégance. Elle avait un visage menu, une expression lointaine — un ovale pâle de madone byzantine — et cette question me vint à l'esprit : si je la touchais, s'animerait-elle ?

« Vous savez, lui dis-je un jour, en réalité, j'ai une certaine expérience d'interprète. J'ai beaucoup pratiqué la chose quand j'étais enfant. » Naturellement, j'espérais qu'elle me demanderait où et comment. Parfois, quand je doutais de moi, j'exploitais sans vergogne mes histoires du camp de l'armée américaine pour lancer un ballon et engager la conversation. Mais Paola ne montra aucune curiosité. J'essayai aussi de l'impressionner par mon talent pour les langues, passant de l'anglais à l'italien chaque fois que je le pouvais, pour l'éblouir avec les mots nouveaux que j'avais appris. Pas de réaction. La plupart des autres étudiants s'éclipsaient aussi vite que possible, et je me retrouvais souvent seul en face d'elle avant qu'elle ait fini de récolter tous les éléments dont elle avait besoin pour son article du lendemain. Je m'efforçais de l'aider, malgré la douleur lancinante de mon furoncle et les frissons de fièvre qui me parcouraient, et il m'arrivait de mentionner mes souffrances. Elle accueillait ces considérations personnelles avec un haussement de sourcils, comme si je lui avais demandé d'écrire un article de fond sur mon état de santé.

« Je suis désolé, mais je crains de devoir vous quitter moi aussi, lui déclarai-je un jour sans ambages en anglais, complètement écœuré. Je me sens très mal, je crois que je suis en train de mourir.

— Allons, essayez de me dire ça en italien, me pressa-t-elle en italien. Il ne faut pas être aussi paresseux, il faut vous exercer à parler dans la langue que vous connaissez le moins. »

Trop faible pour grincer des dents, je répétai humblement en italien que j'étais à l'article de la mort. « Parfait ! s'exclama-t-elle, et même avec un sourire. Alors, à demain. »

Furieux, je sortis faire un tour pour me calmer. Au bout de la Via Veneto se trouve une des entrées de la Villa Borghese, qui est située dans un parc luxuriant mais bien ordonné, avec de très vieux arbres et des fleurs de saison — la nature sauvage dans un cadre artistement et minutieusement aménagé, forêt naturelle et jardin tout à la fois. Il y a un petit lac, de délicieux sentiers qui serpentent parmi des statues de marbre, et, comme le parc s'étend sur une des sept collines de Rome, on aperçoit au loin des dômes d'église, des murs de palais — évocation de la Renaissance. Je n'avais jamais rien vu d'aussi magnifique et pourtant d'aussi apaisant que ces jardins de la Villa Borghese : cette promenade finit par me détendre et je m'aperçus que l'air frais et l'exercice m'avaient éclairci les idées et fait tomber la fièvre. Or, si Paola n'avait pas été si outrageusement indifférente à ma souffrance, j'aurais passé l'après-midi à broyer du noir dans ma chambre d'hôtel. En fait, un tel rapport de cause à effet s'avéra être le schéma de notre relation : Paola me mettait en rage, mais après coup je me sentais mieux, dans mon corps et dans ma tête.

« Je ne suis pas une extravertie, me fit-elle remarquer après notre dernier entretien, alors qu'une fois de plus on nous avait laissés en tête à tête dans le hall. Et je me concentre sur ce que je suis en train de faire. J'ai remarqué que vos amis ne m'aiment pas.

— Ils vous trouvent sans humour, sans vie, insensible, l'informai-je.

— C'est assez bien vu. » Elle trouvait ce jugement assez remarquable, comme si nous discutions de quelqu'un d'autre. « Je dois dire que la plupart d'entre vous m'ont fait bonne impression, ajouta-t-elle dans un esprit d'objectivité. Vous êtes tous trop préoccupés par la politique, mais au moins vous n'êtes pas comme les Italiens, obsédés par le sexe. »

Je ne sais pas comment les autres auraient réagi à ce compliment s'ils avaient été là pour l'entendre, mais sur moi l'effet fut profond. Quand, à neuf ans, j'avais été hospitalisé pour un appendice rompu, j'avais entendu le docteur conseiller à ma mère de tout prévoir pour mon enterrement : quinze jours plus tard, j'étais debout. Les paroles de Paola eurent sur moi le même effet. Je lui demandai si, en échange de mes services d'interprète, elle me ferait visiter Rome ; elle accepta, et nous prîmes rendez-vous pour le lendemain.

Après son départ, je montai dans ma chambre, je fis une dizaine de pompes, je pris un bain et je me promis de faire l'amour avec cette femme dès que mon furoncle aurait disparu.

C'est à notre second rendez-vous, vers le milieu de janvier, que je commençai à faire du charme à mon guide. Elle me faisait visiter un petit musée, et je ne cessais de lui répéter qu'elle était plus belle que toutes les peintures ou les statues qu'elle me montrait. Dans sa robe couleur bronze, avec ses cheveux blonds et soyeux coiffés en arrière au-dessus de son visage menu et impassible, elle avait l'air d'une momie royale égyptienne, passée au vernis roux et ocre — je ne sais trop quelle époque elle évoquait, mais on était bien loin du présent. Elle ne répondit à mes compliments que par un haussement de sourcils. Cette façon d'exprimer sa surprise et sa désapprobation était-elle une habitude qui lui restait de son enfance ? Avait-elle, des années durant, essayé de s'en débarrasser, et, de désespoir, y avait-elle finalement renoncé ? J'imaginais tous les cas de figure possibles pour essayer de la rendre plus humaine et plus sympathique.

Au moment de nous séparer, devant le musée, je tentai ma chance.

« Savez-vous que je n'ai jamais été invité à prendre un repas chez des Italiens ?

— Vous n'avez rien manqué. À Rome, c'est dans les hôtels qu'on mange le mieux.

— Peut-être, mais ce n'est pas pareil qu'un repas préparé à la maison.

— Qu'est-ce qui vous prend aujourd'hui ?

231

D'une part, je suis mariée. Et d'autre part, si j'ai envie de vous avoir à dîner, je lancerai une invitation. »

Voilà qui était clair. Je lui tendis la main. « Eh bien, j'ai été très heureux de vous connaître, nous aurons peut-être l'occasion de nous revoir si je reste en Italie. »

Elle prit ma main, mais ne la lâcha pas. Certaines femmes devraient s'abstenir d'être aussi discourtoises si elles ne veulent pas être finalement obligées à des amabilités, par gêne de s'être montrées aussi mal élevées. « Si je ne vous invite pas à dîner, vous allez sans doute croire que c'est parce que vous êtes un réfugié.

— Pas du tout, protestai-je en serrant ses longues et douces mains. Je comprends parfaitement que vous n'ayez pas de sentiment pour moi en tant que personne. »

Elle retira sa main et jeta un coup d'œil alentour pour voir si des passants nous épiaient. « Je n'ai que des conserves à vous offrir.

— J'adore les conserves. »

Cette fois elle fit les petits yeux, mais c'était peut-être à cause de la lumière vive. « Très bien, mais n'oubliez pas que c'est vous qui l'avez voulu. »

Quand Paola me fit entrer chez elle, je l'embrassai dans la nuque. Sa peau était si claire qu'elle semblait diffuser de la lumière dans l'alcôve sans fenêtre. Elle resta immobile un instant, puis, accompagnée de son parfum, elle passa dans sa cuisine moderne et lumineuse.

« Je ne suis pas la femme qu'il vous faut, même

pour une aventure passagère », dit-elle avec conviction.

N'empêche que la situation devenait plus intime. Elle fit chauffer des raviolis en boîte et nous nous attablâmes à la cuisine pour un repas peu inspirant, comme un vieux couple. Ce qui me rappela qu'elle était mariée, d'après ce qu'elle m'avait dit. « Où est votre mari ? » demandai-je, inquiet. Le mari m'était complètement sorti de la tête.

« Nous ne vivons plus ensemble depuis six ans, avoua-t-elle avec un demi-sourire d'excuse. Nous sommes officiellement séparés — en Italie, c'est ce qui tient lieu de divorce.

— Pourquoi l'avez-vous quitté ?

— C'est lui qui m'a quittée. »

La réponse n'encourageait guère à poser d'autres questions, et c'était aussi bien car, si Paola m'en avait dit davantage, j'aurais sans doute perdu courage et j'aurais battu en retraite à l'Albergo Ballestrazzi. Nous commençâmes à parler politique et elle m'expliqua les différences entre les diverses factions du parti de la démocratie chrétienne au pouvoir, tranquillement, comme si — pour elle, cela allait de soi — j'avais compris que je n'obtiendrais rien de plus que des raviolis en boîte. Émoustillé par mon orgueil blessé et les effluves de son parfum (que je n'avais pas remarqué en d'autres occasions, mais qui, à présent, dominait tout, même les raviolis), je mourais d'impatience que le repas se termine, et, quand elle proposa de faire du café, je déclinai son offre, qui eût entraîné une perte de temps insupportable. Je lui demandai de me montrer l'appartement, mais je ne vis qu'une sorte de toile de fond bleue et verte sur laquelle se détachait sa silhouette, jusqu'à ce que nous arrivions devant un énorme lit circulaire. Elle me laissa l'embrasser et la tenir dans mes bras, sans manifester aucune réaction ; mais, quand je commençai à lui déboutonner sa robe, elle essaya de me repousser des coudes et des genoux. L'étroitesse de la robe aidant, ses efforts restèrent vains, et je réussis enfin à libérer ses seins, qui se gonflèrent en émergeant du soutien-gorge. Nous n'avions pas dit un mot ni l'un ni l'autre, mais quand je penchai la tête au-dessus de sa blanche poitrine elle déclara, avec une pointe de malice dans la voix : « Je suis frigide, vous savez. »

Que pouvais-je faire, debout contre elle, tenant dans mes mains ses seins nus ? « Je viens d'essuyer une révolution, lui dis-je vaillamment, mais sans lui laisser voir mon visage, vous n'arriverez pas à me faire peur. »

Sur quoi Paola prit ma tête dans ses mains et me donna un gros baiser passionné. Pendant que nous nous dévêtissions mutuellement, je me pris à espérer que cette Italienne mystérieuse m'avait menti pour me mettre à l'épreuve. Nusi ne m'avait-elle pas averti, à peine une heure avant de faire l'amour avec moi pour la première fois, qu'elle attendrait au moins un mois avant de coucher avec moi ?

Hélas, dans la vie, les parallèles heureux sont

rares. Quand nous fûmes débarrassés de nos vêtements, Paola rassembla les siens, les empila soi-
gneusement sur la commode, et accrocha sa robe
dans la penderie. Puis elle alla dans la salle de
bains se brosser les dents. Je l'observais avec un
mélange d'incrédulité, de crainte et de désir.
Elle avait les fesses plus grosses qu'il ne m'avait
semblé sous sa robe, mais sa silhouette mince et
élancée n'en était que plus excitante, arrimée à
ce centre solide. Quand elle se retourna devant
le lavabo, le spectacle de sa longue chevelure
blonde et de la petite touffe blonde entre ses
cuisses fit resurgir en moi les crampes douloureuses de mon enfance. Mais Paola s'avança vers
moi, dans sa splendide et étrange nudité, d'un
pas aussi désinvolte et mesuré que si nous avions
été mariés depuis dix ans. Elle me tira le bout de
la langue — puis elle passa devant moi pour aller
ôter le dessus-de-lit, qu'elle plia en trois et posa
sur le fauteuil. Épouvanté à l'idée qu'elle allait
passer toute la nuit à ce genre de trafic, je la saisis par la croupe, toute fraîche.

« J'ai de trop grosses fesses », dit-elle tranquillement.

Je les lui pinçai avec une violence à la mesure
de ma frustration, et je dus lui faire mal car, à son
tour, elle me mordit la langue au sang. Seul le
fait que j'étais sans femme depuis plus de deux
mois me permit de résister à l'épreuve du quart
d'heure suivant. Paola se comportait plutôt en
hôtesse attentionnée qu'en amante : elle se sou-
levait et se tortillait avec tant d'application que je

me sentais comme un invité pour qui on en fait tellement qu'il ne peut pas manquer de comprendre qu'on a envie qu'il s'en aille au plus vite. Je n'étais pas à l'aise une fois entré, et je mis un long moment à jouir. À la fin, je promenai mes mains sur son corps, n'arrivant pas encore à me persuader qu'une forme aussi parfaite pût être dépourvue de contenu.

« Ça t'a plu ? » me demanda-t-elle.

Comme tout le reste avait échoué, j'essayai de la fléchir par la parole. « Ça a été merveilleux.

— Ah, que je suis heureuse !

— Je t'aime.

— Non, pas ça », protesta-t-elle. Elle remonta la couverture jusqu'à son cou, me privant du contact de sa peau. « Je me sens obligée de te dire la même chose. Or je ne peux pas te dire que je t'aime. Ce ne serait pas vrai.

— Eh bien, mentons !

— Tu sais peut-être mentir, mais pas moi. »

Tout en réfléchissant à une façon polie de prendre congé, je descendis entre ses jambes avec ma main et me mis à la caresser, presque mécaniquement — pour découvrir qu'elle préférait cela à nos ébats précédents.

« On n'est pas bien comme ça, sans avoir besoin de faire semblant ? » me demanda-t-elle, très à l'aise.

Était-elle de ces femmes qui ne peuvent jouir que par des voies détournées ? N'étant pas du genre à m'arrêter en chemin, j'ôtai la couverture et me tournai dans l'autre sens pour accéder au

236

cœur du mystère. Mais elle repoussa ma tête et me donna un grand coup dans la poitrine, me faisant presque rouler en bas du lit. « Ah non ! C'est malpropre cette chose-là.

— Mais tu es propre. Tu sens si bon !

— Je ne suis pas perverse — j'aime faire ça normalement.

— De la façon qui ne te fait pas jouir ?

— J'aurais honte.

— Tu sais, en hongrois, une des expressions de tendresse les plus courantes est *chair de mon cœur*. Personne n'en a honte. Ceux qui s'aiment se le disent devant tout le monde.

— Ça te dégoûterait. »

Je tentai de persuader Paola que toutes les parties de son corps étaient parfaites, mais elle s'entêtait. Plus nous en parlions, moins ça l'intéressait. Finalement, j'essayai de retrouver mes vêtements sur la moquette grise — il commençait à faire nuit —, et puis je me levai et m'apprêtai à me rhabiller.

« Pourquoi te rhabilles-tu ? me demanda-t-elle, mécontente.

— Il faut que je parte, je crois — il se fait tard. »

Elle se tut un instant, puis, subitement, elle éclata : « Vous les hommes, vous êtes tous des singes vaniteux. Votre plaisir, ce n'est ni les femmes ni même votre propre orgasme. La seule chose qui vous intéresse c'est de faire exploser une femme. Il ne pouvait y avoir que les hommes pour inventer la bombe atomique.

— Peut-être que tu exploserais toi aussi si seulement tu essayais.

— Ah, Seigneur, j'ai trente-six ans, Andrea. J'ai suffisamment essayé. »

J'allumai la lumière pour trouver mes chaussures.

« Je t'ai parlé de mon mari ? me demanda-t-elle en se redressant sur un coude. Il est avocat. Il a voulu se faire élire député deux fois sur la liste des monarchistes et, naturellement, il a été battu. Il a mis ça sur le compte de ma frigidité. J'avais sapé sa confiance en lui. Il a beaucoup lu sur la psychanalyse et il a décrété que je devais être masochiste, alors il s'est mis à me battre avec une serviette mouillée chaque fois que nous faisions l'amour. J'en ai eu tellement assez que j'ai fini par lui dire qu'après tout j'étais peut-être sadique.

— Et alors ?

— Il a voulu voir. Un soir, c'est moi qui l'ai frappé, sur sa demande, mais ça ne m'a pas plu davantage, j'ai même détesté ça. Alors j'ai décidé qu'on arrêtait les expériences. »

Je m'assis au bord du lit pour lacer mes chaussures. « Aucun de tes amants n'a réussi à faire mieux ?

— Ah, c'est toujours sur le plan de l'amitié. Il y a un rédacteur du journal qui vient de temps en temps. Mais il ne cherche pas les complications, pas comme toi. Il a cinquante et un ans. » Ça ne me plaisait pas du tout de marcher sur les plates-bandes d'un vieux monsieur, et cela dut se voir. « Qu'est-ce que tu t'imagines ? » me demanda-t-elle en m'effleurant la main d'un geste affectueux. Très contrariante, cette femme !

« Je me demandais ce qui va se passer quand le gouvernement italien en aura assez de nous héberger dans cet hôtel », dis-je, sans le penser. Mais ces mots n'étaient pas plus tôt sortis de ma bouche que je recommençai effectivement à me faire du souci quant à ce qui allait advenir de moi. « Le pire, c'est que je n'en ai pas la moindre idée. La Croix-Rouge m'a procuré une liste d'universités italiennes et j'ai envoyé des dossiers de candidature ; mais en admettant que mes diplômes soient reconnus ici je ne serai sans doute pas autorisé à enseigner, à cause de mon italien. Or, j'ai envie d'enseigner, je m'y prépare depuis trop longtemps pour y renoncer maintenant. » Je me voyais déjà serveur dans un bistrot, ramassant des petits pourboires.

« Tu trouveras bien quelque chose. Et en attendant, tu es à Rome, dans un hôtel qui te coûterait dix mille lires par jour si tu devais y séjourner à tes frais. Essaie donc de ne pas te faire tant de souci et d'en profiter ! J'ai remarqué que tu étais terriblement tendu. »

Comment pouvait-il en être autrement, en sa compagnie ? « Ça te va bien de dire ça, rétorquai-je d'un ton geignard et amer. Tu as un travail stable, tu vis dans ton pays, tu n'as pas à te soucier du lendemain. »

Elle se leva et commença à se rhabiller. « Personne ne sait de quoi son lendemain sera fait. Tu aimes bien t'apitoyer sur toi-même. » Maintenant que nous discutions d'un problème qu'elle pouvait aborder sur le plan de la raison pure, elle retrouvait son assurance. Et elle devait, comme moi, se sentir mieux maintenant que nous avions remis nos vêtements : c'était certainement plus approprié à la nature de notre relation. « Bien, des gens, ajouta-t-elle sèchement, feraient n'importe quoi pour avoir tes problèmes.

— J'ai tort de te parler, ça ne fait que me rappeler que je suis absolument seul en ce monde.

— Qui ne l'est pas ? »

Je ne sais pourquoi — peut-être parce qu'elle retourna dans la salle de bains pour se passer un peigne dans les cheveux d'un geste lent et rêveur, comme si nous étions montés au septième ciel — je me sentis obligé de la persuader que j'avais toutes les raisons de me sentir au fond du trou. Ne comprenait-elle pas qu'en quittant la Hongrie j'avais ni plus ni moins ôté toute pertinence à mon passé ? Rien de ce que j'avais fait dans ma vie n'avait plus de sens. Je lui parlai de ce char russe qui me passait sur le corps toutes les nuits.

« C'est parce que tu ressasses constamment les épreuves que tu as traversées. Tu passes tout ton temps à t'apitoyer sur toi-même.

— Je n'oserais pas en ta présence.

— Tu es étudiant en philosophie — tu devrais savoir que la vie n'est le plus souvent qu'un chaos absurde et douloureux.

— C'est précisément pourquoi je suis si malheureux, protestai-je.

— À vingt-trois ans, tu devrais avoir passé l'âge de te ravager pour des choses aussi évidentes. »

J'essayai de lui prouver que j'en savais plus qu'elle sur l'absurdité de l'existence, et nous commençâmes à discuter de Camus et de Sartre. Tout en parlant, j'allai d'une pièce à l'autre, pour ne pas me trouver trop près de cette sale bonne femme. Quand aurais-je un appartement comme le sien ? me demandais-je. C'était un lieu vraiment extraordinaire. L'immeuble était de construction récente mais on ne s'y sentait pas étouffer comme dans la plupart des appartements modernes. Les pièces étaient immenses et hautes de plafond, et leur disposition était fascinante. La chambre était une rotonde, avec une grande fenêtre cintrée, devant laquelle se trouvait un bureau en demi-lune, où était posée une Olivetti portable. Le seul autre meuble était l'énorme lit rond, que Paola s'était empressée de recouvrir de sa couverture piquée dorée. À côté, la salle de bains, tout en marbre gris et en dorures, avait la dimension d'un petit établissement de bains publics. La salle de séjour bleue et verte était en forme de S majuscule, et cette ligne ondulante créait une illusion de mouvement, en dépit des gros fauteuils et des canapés massifs qui épousaient la courbe du mur.

« Pas étonnant que tu acceptes l'absurdité de l'existence avec une telle sérénité, lui dis-je.

— J'ai dû déménager d'ici deux fois parce que je ne pouvais plus payer le loyer. Je n'ai pas de voiture.

— Ton mari ne te verse pas une pension alimentaire ?

— Eh bien, d'après la loi, il est censé le faire, et il en a certainement les moyens, mais j'aurais mauvaise grâce à le traîner devant les tribunaux pour l'obliger à m'entretenir, étant donné le peu de plaisir que je lui ai donné. »

Je n'avais vraiment pas envie de la contredire. Le moment était venu de nous séparer mais, avant que j'aie pu aborder le sujet des adieux, elle me prit par le bras d'un geste assuré. « Allons faire un tour, Andrea. »

Croyait-elle que j'avais l'intention de continuer à la voir ? Dans l'ascenseur, elle attira mon visage vers le sien et me murmura : « Tu sais, je prends mon petit plaisir à ma façon. Avec toi, j'ai le sentiment d'être une vraie femme. » Elle ne pouvait pas trouver de meilleur argument pour me convertir à une vision stoïque de l'existence : au lieu de m'apitoyer sur mon propre sort, je commençai à m'apitoyer sur le sien.

Mais si je me rendis à notre rendez-vous suivant, c'est surtout parce que je venais de recevoir une lettre du Monsignor de l'université de Padoue. Il m'informait que les universités italiennes exigeaient généralement plus d'unités de valeur en philosophie chrétienne que je ne semblais en avoir ; pour le moment, il n'y avait pas de fonds disponibles pour qu'on puisse m'accorder une bourse pour parfaire mon italien et terminer ma thèse de doctorat ; pourquoi ne pas poser ma candidature auprès de fondations américaines ? Le

Monsignor me conseillait aussi, puisque je parlais l'allemand et l'anglais, d'adresser des demandes auprès d'universités d'Allemagne de l'Ouest et de pays anglophones. L'Italie ne semblait pas avoir besoin du Signor Andrea Vajda avec ses diplômes *cum laude* de l'université de Budapest.

En lisant et relisant cette lettre, je fus pris du désir soudain d'entendre Paola me dire qu'il n'y avait pas là de quoi se lamenter, et qu'en Sicile il y avait des gens qui mouraient de faim. En outre, je commençai à me demander comment, avec ses trente-six ans, aucun homme n'avait été capable de lui donner du plaisir. Et si j'y parvenais, moi ? Chez moi, à Budapest, jamais je n'aurais nourri une telle ambition. Une fois remis de mon amour impossible pour Ilona, j'avais appris qu'il y avait des obstacles plus importants à surmonter en ce monde qu'une femme difficile. Quand j'avais commencé à prendre mes études au sérieux, j'avais consacré tous mes efforts à devenir un bon professeur et, éventuellement, à écrire quelques essais philosophiques d'un certain intérêt ; quant à mon besoin viril d'émotions fortes, de lutte et de danger, les Services de la Sûreté s'étaient chargés de le satisfaire. J'avais beau adorer les femmes, je ne leur demandais rien d'autre que de l'affection pure et simple, et j'en vins à éviter celles dont le comportement laissait présager des complications. Mais à Rome, où j'étais nourri, logé, mort d'ennui, réduit à la vie précaire et sans but du réfugié dont on ne sait que faire, Paola m'offrait le bonheur d'un défi permanent.

Nous commençâmes à passer presque toutes les soirées ensemble — et parfois la nuit, chez elle. À être avec elle, on avait l'impression de vivre sur un haut plateau. L'air était pur mais rare, il fallait réagir plus lentement, respirer légèrement, être calme et prudent, et éviter les émotions fortes. Pour des raisons évidentes, la conversation était un élément très important de notre liaison.

Une fois où nous étions couchés et où je voulais essayer une position qu'elle trouvait bizarre, elle bondit hors du lit et revint avec une pile de livres de et sur Sartre. « J'ai réfléchi, me dit-elle, ça doit te déprimer de n'avoir rien à faire ici. Il faut que tu te mettes à travailler sur quelque chose. Vois-tu, ce n'est pas parce que tu ne sais pas où tu vas soutenir ta thèse que tu ne peux pas l'écrire. Et je pourrai t'aider à accéder aux revues et aux journaux dont tu auras besoin. » Impossible de ne pas comprendre que Paola m'avait apporté tous ces livres pour ne pas avoir à se débattre sur le lit, mais sa suggestion n'en était pas moins attrayante. Nous passâmes le reste de la soirée plongés dans ces volumes, et le lendemain je commençai à prendre des notes sur *La Théorie de la mauvaise foi chez Sartre, appliquée à l'ensemble de son œuvre philosophique,* qui me valut mon doctorat de l'université de Toronto trois ans plus tard. Mon texte fut publié dans la *Canadian Philosophical Review* (vol. I, n° 2, p. 72-158), m'assurant l'autorité que je puis avoir dans ma profession. Au moins, grâce à cette façon qu'avait Paola de se dérober à notre problème personnel le plus intime, je m'engageai dans une recherche qui me plaisait et que je trouvais utile — ce qui contribua largement à me stabiliser. Je cessai d'avoir des cauchemars, et commençai à me réadapter au monde.

Cependant, au bout d'un temps, ce confort spirituel cessa d'avoir l'attrait de la nouveauté. N'étant plus sevré de rapports sexuels ni de compagnie, je ressentis de plus en plus le besoin de ce que Paola ne pouvait pas donner, et je commençai à perdre espoir de la changer jamais. Au début, nous laissions les lumières allumées dans la chambre, mais peu à peu nous prîmes l'habitude de tout éteindre avant de nous toucher. Ses transes et ses soupirs m'indignaient particulièrement. Maintenant qu'elle s'attachait à moi, elle voulait me montrer que je lui donnais un peu de plaisir à sa manière mais, en feignant le plaisir, elle me rappelait constamment qu'elle regardait les mouches voler et se donnait beaucoup de mal pour faire semblant. J'avais amèrement conscience d'être un parasite du plaisir, un resquilleur sexuel. À cause de quoi j'étais obsédé par cette vulve rebelle, cette source de nos maux qui fleurait le pin. Souvent j'essayais d'y poser mes lèvres, mais elle me repoussait toujours. Si je protestais, elle sombrait dans le désespoir.

«J'ai été heureuse tant que je suis restée vierge, gémit-elle un jour tristement. Il suffisait alors que je sois une gentille jeune fille, belle et intelligente. Depuis, c'est toujours la même histoire. Quelle femme séduisante, baisons-la. Et quand enfin je cède, n'en pouvant plus d'être harcelée, quelle déception ! Si seulement j'étais laide, tout le monde me ficherait la paix et je ne serais pas obligée d'écouter des doléances.

— Personne ne se plaint. Ne dis pas de bêtises.

— Tu as voulu manger des conserves, tu te rappelles ? »

Alors nous fîmes l'amour sans fantaisie, en simulant le plaisir de concert. Notre lit s'imprégna de la sueur du remords, et nous n'y pouvions rien. Je crus d'abord que Paola apprécierait mes efforts pour la faire jouir, mais elle les prit pour un reproche de ma part, pensant que je lui en voulais de ne pas pouvoir arriver à la jouissance. Bien sûr, j'essayai de la persuader qu'il n'y avait pas que le plaisir physique, loin de là, et qu'il était trop facile, et idiot, de faire de l'orgasme un fétiche. Elle en convint. Mais ce que la société sanctionne comme un bien essentiel devient aussi un impératif moral (qu'il s'agisse du salut de l'âme ou du corps) et on ne peut s'y soustraire qu'au péril de sa conscience. Paola ne pouvait pas plus s'empêcher de se sentir coupable de sa frigidité qu'elle n'aurait pu, au Moyen Âge, se sentir vertueuse en faisant l'amour. En fait, je regrettais parfois que nous ne puissions retourner au douzième siècle, car alors elle aurait pu s'enorgueillir de sa froideur, marque de sa vertu, et elle n'aurait eu le sentiment de pécher que par les délices de la chair, tandis qu'à présent elle était vouée à se sentir coupable de ce qui était une pénible frustration. Et je ne pouvais pas m'empêcher de me sentir coupable moi aussi. Si elle avait été plus jeune, et ne s'était pas encore persuadée que son infortune n'était pas due à son amant, nous aurions peut-être fini par nous sauter à la gorge (même avec les frigides, il vaut mieux avoir affaire à une femme mûre), mais nous avions beau savoir que je n'étais pas en cause, j'avais tout de même une part subsidiaire dans sa souffrance. Et mes efforts pour la soulager aggravaient encore la situation. D'un autre côté, fermer les yeux sur cette fièvre et cette déception désespérante de son corps, c'eût été nier jusqu'à la sympathie élémentaire qui nous liait l'un à l'autre. Nous nous perdions dans un désert d'impossibilités.

Paola disait qu'en la désirant et en jouissant d'elle je lui donnais le sentiment d'être une vraie femme, et il arrivait qu'elle soit la bienheureuse mère de mon plaisir. Mais la maîtresse, elle, n'aurait pu supporter les attentes qui couvaient en elle sans jamais s'enflammer, si elle n'avait été dans un état de vigilance désespérée. Il y aurait bien peu de problèmes sexuels si on pouvait tous les attribuer à des inhibitions, et pourtant, au début, je crus tout naturellement que, si Paola refusait de se prêter à certaines fantaisies érotiques, c'était par pudeur. Mais sa résistance acharnée s'avéra due, non pas à la timidité, mais à la crainte. Une crainte qui fusait dans le bleu de ses yeux et planait sur son corps blanc et longiligne — la crainte de faux espoirs et d'échecs plus profonds.

Un regard langoureux suffisait à la mettre sur ses gardes. Elle avait horreur de se laisser entraîner, ou plutôt d'oublier qu'elle en était incapable. Par une douce soirée de mars, nous étions assis à la terrasse d'un café à regarder le flot de la splendeur humaine et, comme elle semblait gaie et détendue, je me mis à la regarder avec insistance, comme une étrangère que j'aurais voulu ramasser. Elle haussa les sourcils et détourna la tête. « Tu t'aimes trop, voilà ton problème.

— Comment aimer quiconque si on ne s'aime pas soi-même?

— Pourquoi devrais-je m'aimer? demanda-t-elle avec son objectivité désinvolte et déprimante. Pourquoi devrions-nous aimer quiconque?»

Nous aurions peut-être pu venir à bout de son incapacité à jouir physiquement, mais les conséquences métaphysiques ouvraient un abîme entre nous. Il m'était difficile — il me fut même impossible pendant longtemps — de vérifier ce que j'espérais et devinais pouvoir être un moyen facile de nous débarrasser des traces laissées par la serviette mouillée du mari.

Un samedi matin, tard, je fus réveillé par la chaleur. Le soleil m'arrivait dans les yeux à travers les vitres cintrées et les voilages blancs, et il devait faire au moins trente-cinq degrés dans la chambre. Pendant la nuit nous avions rejeté la couverture et le drap de dessus, et Paola était étendue sur le dos, les jambes relevées, respirant sans un bruit. Nous ne semblons jamais autant à la merci de notre corps, la proie de notre inconscient, que lorsque nous sommes endormis. Le cœur battant, je décidai de tenter le tout pour le tout. Lentement, je lui écartai les jambes, tel un voleur écartant des branches pour frayer subrepticement son chemin dans un jardin. Derrière la touffe d'herbe blonde, je voyais son bouton rose foncé, avec ses deux longs pétales légèrement ouverts, comme si eux aussi avaient été sensibles à la chaleur. Ils étaient particulièrement ravissants et, toujours avide, je me mis à les humer et à les lécher. Les pétales ne tardèrent pas à s'amollir et je savourai bientôt la rosée de bienvenue, bien que le corps restât immobile. Paola devait maintenant être réveillée, mais elle n'en montrait rien ; elle se maintenait dans cet état rêveur où l'on essaie d'échapper à la responsabilité de ce qui va arriver en déclarant d'avance n'être ni vainqueur ni vaincu. Dix minutes, ou peut-être une demi-heure plus tard (le temps s'était dissous dans une odeur de pin), ses entrailles commencèrent à se contracter et à se relâcher, et, en frémissant, elle accoucha enfin de sa jouissance, ce fruit de l'amour dont ne peuvent se passer même les amants d'un jour. Quand la coupe déborda, elle me prit les bras pour m'attirer contre elle et je pus enfin la pénétrer la conscience tranquille.

« Tu as l'air content de toi » : telles furent ses premières paroles quand elle posa de nouveau sur moi son regard bleu et critique.

Nous avions un ami commun : Signor Bihari, un peintre hongrois-italien, un monsieur d'une soixantaine d'années, grand, à l'allure sportive. Il portait toujours un foulard élégant de sa création, et affirmait à qui voulait l'entendre que sa grande ambition dans la vie était de rester aussi jeune que

249

Picasso. Il avait débuté sa carrière de journaliste à Budapest, mais il avait été envoyé en reportage pendant quinze jours à Paris et il n'était jamais retourné en Hongrie depuis. Sa femme était française, et il la traînait à l'Albergo Ballestrazzi pour qu'elle puisse au moins, en écoutant les conversations, entendre le son de la langue maternelle de son époux. Elle restait à côté de lui, perplexe, pendant qu'il parlait avec les réfugiés. Signor Bihari connaissait Paola, mais aussi ce rédacteur avec qui elle avait été amie, et c'est ainsi que j'appris qu'elle avait rompu avec ce dernier, sous prétexte qu'elle était amoureuse d'un jeune réfugié hongrois.

Je rapportai la chose à Paola, curieux de savoir si elle reconnaîtrait son tendre aveu.

« Ne crois surtout pas ça, me dit-elle. Je voulais me débarrasser de lui en douceur, et on ne peut pas se débarrasser de quelqu'un en lui disant la vérité.

— Et quelle est la vérité ? »

Nous étions dans la cuisine ; elle nous préparait à dîner en tenue légère — jupe et soutien-gorge — car l'été était déjà là. Assis à table, je respirais le délicieux parfum de sa cuisine et je regardais ses gestes, sentant monter en moi toutes sortes d'appétits.

« Eh bien, dit-elle en continuant à surveiller ses casseroles fumantes, à vrai dire, dans une dizaine d'années, je compte cesser de travailler et me retirer dans notre vieille maison de Ravenne. À ce moment-là, mes parents seront probablement morts, et je vivrai là-bas en compagnie de quelque vieille fille. Chaque hiver, nous nous racornirons sans doute un peu plus.

— J'enseignerai peut-être à Ravenne.

— Avec tous les professeurs de philosophie que nous avons en Italie, il y aurait de quoi remplir l'Adriatique. Tôt ou tard, tu émigreras pour un autre pays. Et ce sera aussi bien, car cela m'évitera le désagrément de te voir te lasser de moi. »

Cette prédiction que j'allais me lasser d'elle semblait fort improbable. Désormais, la situation entre nous était moins tendue que ce que j'avais jamais connu avec la plupart des femmes de ma vie, et ce bonheur tranquille me rappelait mes expériences malheureuses avec toutes mes autres maîtresses. Je me souvenais de ces moments d'angoisse où, pendant que nous faisions l'amour, je récitais des dates historiques dans ma tête, pour ne pas jouir trop et trop vite pour la satisfaction de ma partenaire. Avec Paola, je n'avais pas de raison de faire de tels calculs. Quand elle m'accueillait, elle était déjà frémissante et mouillée — ce qui, en quelque sorte, la rendait à chaque fois plus désirable. Ça marchait à merveille entre nous. Nous étions heureux.

Mais je n'avais pas de travail, et l'Albergo Ballestrazzi devait être rendu à une clientèle payante au début du mois d'août. Si j'allais vivre chez Paola, elle serait peut-être obligée de m'entretenir pendant très longtemps. Il s'avéra donc qu'elle avait raison : j'allais quitter l'Italie. Signor Bihari avait un ami à l'ambassade canadienne, qui lui-

251

même avait des amis à Toronto ; ceux-ci me pro-
mirent un poste à l'université de cette ville, et je
n'eus pas le courage de refuser.

Le 16 août, Paola m'accompagna à l'aéroport.
Nous étions ballottés à l'arrière d'un vieux taxi
et, comme j'étais muet de tristesse, elle me tira
par les cheveux.

« Tu n'es pas triste de me quitter, dit-elle d'un
air accusateur, tu as peur de partir au Canada.

— Les deux », avouai-je, et je me mis à pleurer, ce qui, je crois, rendit nos adieux plus faciles
pour ma maîtresse si peu sentimentale.

Après nous être dit au revoir à la porte d'em-
barquement, elle tourna les talons pour s'en aller,
puis revint sur ses pas et me prit de nouveau dans
ses bras.

« Ne t'inquiète pas, Andrea, me dit-elle avec un
sourire sérieux en citant notre plaisanterie habi-
tuelle, tous les chemins mènent à Rome. »

16

Des femmes adultes
qui se comportent
comme des adolescentes

Faire l'amour sur la lune.

NORMAN MAILER

Il y a une nouvelle solitude dans le monde
moderne : celle de la vitesse. C'est si facile de
prendre un avion pour aller dans un lieu où l'on
ne connaît personne ! Je n'ai aucun membre de
ma famille ici, à Ann Arbor : ceux dont je
connais l'existence sont à Londres, à Francfort, à
Milan, à Paris, à Lyon et à Sydney en Australie. La
sœur de mon père, ma tante Alice, une vieille
dame à présent, cultive des fraises près de Fri-
bourg. Une de mes nièces qui est partie à Barce-
lone a épousé un ingénieur espagnol avec qui
elle a émigré à Caracas. J'ai une cousine américaine à demi noire qui est, ou qui était, la
dernière fois que j'ai eu de ses nouvelles, conser-
vatrice de musée à Cleveland. Un de mes oncles,
qui a travaillé dans la recherche spatiale à Cape
Kennedy, s'est retiré à New York et habite l'Up-
per West Side. Moi-même je suis venu de Rome à

Toronto — où je pensais rester définitivement —, et me voici dans le Michigan.

L'Américain provincial type, qui regrette souvent Toronto et la vie de la grande ville.

Je me souviens encore combien mes oreilles bourdonnaient quand, à la descente de l'avion, je m'avançai sur le béton d'un nouveau continent, avec l'impression que mon sang s'était figé dans mes veines. Un gros employé en uniforme me donna un formulaire bleu qui portait mon nom et attestait mon nouveau statut : *immigrant au débarquement*. Il me tendit aussi un billet de cinq dollars, m'expliqua que c'était « la somme d'accueil » et me fit signer un reçu. Puis, d'un geste de la main, il me signifia que je pouvais aller où je voulais. J'aurais aimé pouvoir faire demi-tour et retourner tout droit en Europe, mais comme je n'avais que le reçu de mon billet aller, et moins de cent dollars en poche, y compris la somme d'accueil, je sortis de l'aérogare vétuste et sale en traînant mes trois valises. Jetant un regard sur ce paysage étranger, vaste et vide, je puisai mon courage dans l'ombre gigantesque de moi-même que le soleil projetait sur le sol devant moi. À quelques miles de là, un énorme nuage maléfique de fumée brune flottait dans l'air, signalant la présence de la ville où j'allais vivre.

Mon chauffeur de taxi était un gros bonhomme au visage carré et plat et à l'œil terne, qui n'engageait guère à la conversation. Mais je ne connaissais personne d'autre, alors je lui dis que je venais d'arriver au Canada et que j'avais besoin d'une chambre pas chère dans le quartier de l'université. Heureusement il s'avéra être autrichien et, quand il sut que j'étais originaire de Hongrie et que je connaissais bien Salzbourg, il devint plus sympathique et promit de m'aider à m'installer. En me parlant dans le rétroviseur, il nota que j'étais assez jeune pour être son fils, et il m'avertit qu'il n'y avait pas de cafés à Toronto et que je ferais bien de me trouver une petite amie le plus vite possible car les prostituées étaient très chères. Comme nous roulions en direction de la ville sur le Queen Elizabeth Way, qui est bordé de chaque côté de grands peupliers et de rangées d'arbustes, puis au bord du lac Ontario, je commençai à trouver que le paysage avait un certain charme et n'était pas sans ressembler aux environs du lac Balaton. Mais l'Autrichien voulait absolument que la région soit peuplée d'êtres différents de ceux que je connaissais dans mon pays.

« Les gens d'ici sont des hommes comme les autres partout ailleurs dans le monde, mais ils le reconnaissent seulement quand ils sont ivres. Et alors ils roulent par terre au fond du taxi, ou bien il leur prend la bonne idée de vous voler. Par moments, je voudrais être à Vienne à l'époque du vieux François-Joseph et conduire une voiture de maître. » Il y eut un bref silence pour honorer ces temps anciens de l'empire austro-hongrois, que nous ne pouvions avoir connus ni l'un ni l'autre. « Avant tout, les Canadiens aiment l'argent. Ça, ça va encore. Mais après, c'est l'alcool, et puis la télé, le hockey, et ensuite la bouffe. La baise vient en dernier. Quand on irait chercher une fille, eux, ils vont se reprendre un verre. Ce pays est plein de types trop gros et de femmes malheureuses. » Lui-même n'était pas spécialement mince, lui fis-je remarquer. « Ben vous savez, m'accorda-t-il d'un air sinistre, quand vous aurez passé ici autant d'années que moi, vous aussi vous aurez changé. »

Nous nous garâmes dans Huron Street, une rue étroite, bordée d'arbres, avec des maisons victoriennes à tourelles en brique rouge foncé, minables, converties en meublés, et nous allâmes de porte en porte nous enquérir des loyers. L'Autrichien morigéna une demi-douzaine de logeuses, s'indignant de leurs prix exorbitants, avant de me conseiller de prendre une chambre en mansarde. Le plafond était bas, en pente, le papier peint très chargé, et il y avait du lino par terre, mais j'avais hâte de m'installer quelque part, ne fût-ce que provisoirement. Nous retournâmes à la voiture pour chercher mes bagages, et je le remerciai de son incroyable gentillesse. « Si c'était demain, je ne me donnerais pas cette peine, dit-il en levant ses paumes ouvertes pour se faire bien entendre, mais je ne peux pas laisser tomber un homme qui vit sa première journée au Canada. Moi aussi je suis arrivé ici seul — en 51, en plein hiver ! On n'oublie jamais la première journée, croyez-moi. C'est la pire. » Je lui réglai la course, mais il ne voulut pas accepter de pourboire, et nous nous quittâmes avec une poignée de main amicale.

Je le revis trois ans plus tard : il avait abandonné le métier de chauffeur de taxi et il avait ouvert une boutique, Le Strudel Viennois, dans Yonge Street. Son commerce devait bien marcher, car à notre dernière rencontre il me dit qu'il revenait du Japon où il était en vacances. À le retrouver en petit homme d'affaires qui a réussi, et en grand voyageur, avec ses kilos en trop, et ses états d'âme sur sa soudaine opulence, le souvenir que je gardais de lui s'affirma : le guide quasi mystique qui m'avait initié à ce continent d'immigrants.

Ce contre quoi il m'avait mis en garde, et qui me déplaît autant aujourd'hui qu'au jour de mon arrivée — les soûleries, le hockey et la télévision —, tout cela, certes, est très caractéristique de la vie aux États-Unis et au Canada, mais l'empressement à donner une chance à un étranger l'est tout autant. Grâce à l'ami de Signor Bihari au consulat de Rome, je fis la connaissance d'un certain nombre de cadres du rectorat qui semblaient disposés à m'aider. Ils me firent obtenir un poste dans une école de garçons la première année, puis ils favorisèrent ma nomination comme assistant à l'université de Toronto. Au bout de cinq ans, je vins à l'université du Michigan à Ann Arbor, où je suis encore aujourd'hui — avec l'intention néanmoins de poser ma candidature pour un poste à Columbia. Il est sans doute des êtres qui ne peuvent pas se fixer définitivement une fois qu'ils ont quitté les lieux de leur enfance ; ou bien mon envie de bouger tient-elle au fait que, si longtemps que je reste sur ce continent, je ne m'y sentirai jamais vraiment chez moi. Quoi qu'il en soit, j'aimerais vivre dans une ville où l'on donnerait aux rues et aux places publiques des noms de grands hommes plutôt que de promoteurs, de maires, ou d'arbres.

Pourquoi nos villes ne peuvent-elles pas célébrer le génie à chaque coin de rue ? Comment les enfants deviendraient-ils des citoyens civilisés s'ils n'ont jamais fait la course le long de Shakespeare Avenue ? Comment les gens aspireraient-ils à autre chose qu'à l'argent quand rien dans leur environnement ne leur rappelle ces immortels ayant créé des œuvres dont la valeur reste la même en période d'inflation ? J'ai écrit tout un courrier pour proposer, entre autres, de rebaptiser les rues « M » rue Molière, rue Mozart ou rue Mark-Twain. Mais rien de tout cela n'a sa place dans ces mémoires, sinon pour faire comprendre à quel point j'ai pu être désemparé en arrivant de Rome, puisque, après tant d'années, je ne me suis toujours pas adapté au Nouveau Monde.

Par moments, surtout au cours de mes deux premières années à Toronto, il me semblait que, moi qui n'avais juré que par les femmes mûres, je n'avais traversé l'Atlantique que pour renoncer à ce credo. Et, au risque de saper mon propre argument, je dois avouer qu'il y a des femmes qui ne portent les traces de l'âge que sur leur visage, et pas dans leur esprit ou leur caractère. En fait, il semblerait que les jeunes idiotes deviennent encore plus bêtes en vieillissant. Elles brûlent de vanité et d'avarice, ce qui explique peut-être qu'elles m'aient épargné quand je n'étais qu'un étudiant jeune et pauvre. Les rares fois où je fus l'objet de leur attention, autrefois, à Budapest, je réussis à les reconnaître et à leur échapper à temps. Mais de savoir qu'il fallait garder ses distances avec des femmes qui adoraient le camarade Staline ou la musique tzigane ne suffisait pas à vous défendre contre des personnes tout aussi retorses en Amérique du Nord. Je mis du temps à comprendre que je ne devais pas approcher des femmes qui baissent les yeux et rougissent respectueusement dès qu'on mentionne la Compagnie de téléphone Bell, qui regardent la télévision tous les jours pendant des heures, fredonnent des airs sur des marques de détergents, qui embrassent les yeux ouverts et se vantent d'avoir l'esprit pratique. Ces femmes-là sont souvent dangereuses et toujours pénibles, et je maudis encore la malchance qui m'a fait tomber sur une de celles-là le deuxième jour de ma venue dans le Nouveau Monde, à un moment où il ne fallait pas grand-chose pour me déprimer dans cet environnement nouveau et inconnu.

C'est dans un drugstore de Bloor Street qu'elle m'apparut, dans un décor assez approprié de magazines de cinéma, de *Guides de la télé*, de milkshakes, de dentifrices, de médicaments, d'appareils photo, de ciseaux, de Kleenex, et de divers articles en promotion. C'était à moins de deux rues de mon meublé, et j'étais allé dîner là de bonne heure, pour éviter de m'aventurer en ville plus loin que ce n'était absolument nécessaire.

J'avais terminé mon repas et je buvais un verre de lait quand je m'aperçus qu'elle me souriait. Jamais autant qu'à ce moment-là je n'avais eu besoin d'un sourire ou d'un regard. Me sentant absolument seul sur une autre planète, ne connaissant pas une âme, homme ou femme, que j'aurais pu appeler juste pour bavarder un peu, complètement terrifié à l'idée de rentrer seul dans ma mansarde minable, je fus soudain ramené sur terre au soleil. Elle pouvait avoir trente-cinq ans, les cheveux auburn, courts et bouclés, la bouche charnue, dodue mais assez bien faite, et elle me souriait et me regardait droit dans les yeux sans cacher qu'elle me trouvait à son goût. Je ne me sentais plus à des milliers de kilomètres de chez moi.

Quand je me levai pour payer l'addition, elle sortit et traîna près de la porte en me lorgnant à travers la vitre. J'espérais que c'était une divorcée esseulée, qui avait autant que moi besoin d'une âme sœur, et je nous voyais déjà dans les bras l'un de l'autre pour la nuit. Quand je quittai le drugstore, elle n'était qu'à quelques pas devant moi. « Excusez-moi de vous adresser la parole sans préambule, dis-je en arrivant à sa hauteur, mais j'aimerais faire votre connaissance.

— Allez-vous-en ! » m'ordonna-t-elle d'une voix outragée, et elle se mit à hâter le pas.

Fou de solitude plus que de désir, je la rattrapai. « Je m'appelle András, dis-je. Et vous ?

— Laissez-moi tranquille, ou j'appelle la police. »

Une vieille femme qui passait l'entendit et me lança un regard mauvais. Je m'arrêtai un instant mais, me rappelant la façon dont elle m'avait souri au drugstore, je me précipitai à sa suite : elle me menaça alors une nouvelle fois.

« Si vous continuez à me harceler, je vais crier au secours. Vous êtes un violeur ou quoi ? »

Je renonçai, et je la regardai s'éloigner. Elle se retourna deux fois pour voir si je la suivais ; et la deuxième fois elle se retourna en riant.

J'étais furieux. Point tant parce qu'elle s'était moquée de moi que parce qu'il ne pouvait s'agir que de méchanceté pure. J'avais connu des jeunes filles qui, pour s'amuser, se livraient à des taquineries sadiques, mais une femme qui n'avait certainement pas moins de trente-cinq ans et se comportait comme une adolescente insatisfaite, voilà qui était une expérience nouvelle. Je suis superstitieux quant aux mauvais départs, et cet incident ne me laissait rien présager de bon des Canadiennes.

Parmi celles que je réussis à mettre dans mon lit, certaines se montrèrent encore plus bizarres. Une bibliothécaire de trente-deux ans m'offrit son corps moins d'une demi-heure après que nous eûmes fait connaissance à une soirée, et dans l'heure qui suivit elle me demanda en mariage. Après quoi elle me fit une leçon sur mes responsabilités nouvelles en qualité de futur époux. Il serait de mon devoir de lui assurer une certaine aisance tant que je vivrais et après ma mort — c'est-à-dire qu'il me fallait souscrire une assurance-vie. En l'espace de moins de deux heures, cette étrange créature était prête à m'épouser et à m'enterrer. Elle ne se décida à partir que lorsque je lui expliquai que j'étais issu d'une tribu qui enterrait la veuve vivante aux côtés de son mari défunt.

À cette époque-là, je songeais souvent tristement à l'aridité des relations entre les sexes, à la distance qui semblait séparer même la plupart des gens mariés. Je pensais que c'était lié au fait qu'il n'y avait pas de bidets dans les salles de bains. « Si nous nous étions connus ici, écrivis-je à Paola, tu ne m'aurais jamais permis de te faire l'amour. »

Je passai beaucoup de temps à écrire des lettres, à ma mère et à Paola essentiellement, et leurs réponses étaient mes meilleures compagnes.

Mes idylles à Toronto, désagréables mais miséricordieusement brèves, ne furent que le prélude à ma rencontre avec Ann, une femme impitoyablement irrationnelle, qui eut sur ma vie une influence profonde — comme pour prouver qu'il n'est de meilleur moyen d'éduquer un homme que de le faire souffrir. Nous eûmes deux aventures manquées, à des années d'intervalle, au bout desquelles elle avait beaucoup changé, encore que son génie de l'incongru fût demeuré intact. Je fis sa connaissance à la Conférence du lac Couchiching, à laquelle j'assistai cet été-là afin de rencontrer certains de mes futurs collègues de l'université.

Couchiching est l'un des milliers de lacs qui

donnent aux régions non industrialisées de l'Ontario septentrional leur caractère sauvage et leur beauté, en dépit d'une invasion annuelle de hordes motorisées en provenance des villes. Sur une vaste étendue au bord du lac, parmi des bois touffus, se trouve un camp du YMCA qui, chaque été, est mis à la disposition des participants à une conférence de dix jours sur les grands problèmes du pays et de la planète. Trois à quatre cents Canadiens venus de la côte atlantique et de la côte pacifique s'y rassemblent : professeurs, journalistes, instituteurs, commentateurs de télévision, bibliothécaires, femmes au foyer actives dans les affaires locales, et même un ou deux politiques — bref, toutes sortes de gens qui se sentent *concernés* et passent la majeure partie de leur vie entre quatre murs. Ces conférences d'été à ciel ouvert, au bord de l'eau et au milieu des arbres, ont beaucoup de succès auprès des intellectuels nord-américains, et à juste titre, car il est bien plus profitable de discuter de l'équilibre de la terreur, de l'automation et de l'explosion démographique en short et au grand air, plutôt qu'engoncé dans un complet-veston dans une salle de conférences étouffante. De plus, rien ne vous oblige à assister à toutes les communications et discussions. On peut aller piquer une tête dans le lac, rester allongé au soleil au bord de l'eau, ou simplement se promener nu-pieds dans une herbe qui vous chatouille délicieusement la plante. Des gens qui, pendant onze mois de l'année, sont obligés de porter le fardeau de la respectabilité et du bon sens peuvent enfin cracher par terre, hurler pour entendre leur propre voix et attendre que l'écho leur réponde, se gratter le ventre en public — tandis que maris et femmes bénéficient de l'option supplémentaire de vider leurs poumons de l'air confiné de la chambre conjugale. Bien sûr, ceux qui se trouvent n'avoir rien de mieux à faire se rassemblent dans la salle de conférences ; mais d'après mes calculs personnels (qui ne sont pas nécessairement justes) environ une demi-douzaine d'adultères sont consommés pendant que l'on débat d'un seul aspect d'une crise mondiale.

Il ne faudrait cependant pas croire que la communauté intellectuelle canadienne soit d'une vitalité et d'une sophistication extraordinaires. Je logeais avec cinq autres célibataires et, plusieurs fois, le soir, ils restèrent tous les cinq dans le bungalow, à boire. Tous étaient des étudiants de troisième cycle, deux d'entre eux avaient un doctorat, et pourtant, alors que les bois et le bord du lac regorgeaient de filles vagabondes et d'épouses esseulées, ces jeunes gens bien portants, censément intelligents et brillants préféraient rester assis sur leur couchette, cramponnés à une bouteille, à échanger des blagues cochonnes ineptes, comme si on les avait enfermés là. Je trouvais absolument incroyable de les voir laisser filer des occasions aussi merveilleuses pour sombrer dans l'alcool. Quand je les quittais pour aller tenter ma chance dans la nuit, ils se moquaient de moi et, avec un aimable mépris, ils me surnommaient « l'abstinent fou ».

Il y avait un journaliste du nom de Guy Mac-Donald qui couvrait les débats pour un des grands quotidiens, et dont le travail habituel était d'écrire des éditoriaux anonymes. Il était petit et maigre, il avait les jambes arquées, le crâne un peu dégarni, un grand nez brûlé par le soleil, et il portait des lunettes cerclées démodées qui donnaient un air digne à l'ordinaire de sa personne. Pourtant son épouse était jolie femme, le genre de beauté anglaise épanouie dont les cheveux et la peau sont à la fois ceux d'une blonde et d'une rousse — tout en rondeur et couleurs douces, mais toujours prête à exploser. Ils avaient amené leurs deux filles, qui, malheureusement, avaient hérité du physique de leur père. L'aînée me dit qu'elle avait «neuf ans et demi», donc les Mac-Donald devaient être mariés depuis au moins dix ans, mais Guy MacDonald était toujours très désireux de plaire à sa femme et, quand elle était là, il ramenait toujours la conversation sur elle. Elle l'écoutait avec l'air de dire : «Je suis plus maligne que mon mari. » Un matin où nous étions assis au bord du lac, le dos au soleil et les pieds dans l'eau, il me raconta qu'il était né à Ottawa tandis qu'Ann était de Victoria, en Colombie Britannique. Qu'ils se soient rencontrés et mariés en dépit de l'énorme distance qui les séparait à leur naissance lui semblait une chose étrange et merveilleuse.

«Vous savez, dit-il, en se tournant pour caresser le genou de sa femme, et en tendant le bras d'un long geste lent, comme pour embrasser ces milliers de kilomètres de forêts, de prairies, de lacs et de montagnes, Ann est de la côte Ouest — elle a grandi à Victoria. » Ann accueillit ces paroles et ce geste avec un soupir de martyre — sans grossièreté trop marquée, mais de façon audible.

« C'est injuste, mais je ne pardonne pas à Guy que les petites aient hérité de son physique », me dit-elle un jour où je la trouvai seule au bord de l'eau en train de surveiller ses filles qui barbotaient.

Un soir, tard, comme je traversais le camp dans le noir pour aller retrouver une fille, je passai devant le bungalow des MacDonald. Ann était assise sur le seuil de la porte, et, telle une sentinelle, elle me cria : « Qui va là ?

— Bonsoir ! C'est Andrew Vajda.

— Où allez-vous donc ? »

Je n'aime pas parler fort dans le silence et l'obscurité, alors je m'approchai. « Je vais retrouver quelqu'un.

— Veinard, dit-elle amèrement. Pas moi. Les filles dorment et Guy fait une partie de bridge quelque part. Je n'ai plus qu'à rester là à compter les étoiles.

— Ici, vous n'avez rien à craindre pour les enfants. Pourquoi n'allez-vous pas le rejoindre ?

— Pour quoi faire ? Je ne suis pas fâchée d'être seule pour une fois. » Le ton était hostile, comme si elle voulait aussi se débarrasser de moi. Pourtant, elle ajouta avec, dans la voix, un trémolo insistant qui semblait un aveu de disponibilité : « Si vous veniez vous asseoir, on pourrait regarder le ciel ensemble. » Jamais je n'avais connu une femme dont l'humeur variait aussi brutalement : elle changeait radicalement d'intonation à l'intérieur même d'une phrase. Même au bord de l'eau, au cours de la conversation la plus anodine, sa voix s'envolait de tous côtés comme un pavillon dans des vents contraires ; on aurait cru son âme aux prises avec une tempête féroce.

Elle ne m'avait pas plus tôt engagé à m'asseoir à côté d'elle qu'elle m'arrêta en m'avertissant très vertueusement. « *Je n'invite pas les hommes au-delà du seuil de ma porte*, dit-elle en se faisant bien comprendre, alors n'allez pas vous faire des idées.

— Je serais ravi de vous tenir compagnie, mais je suis déjà en retard.

— Eh bien alors… Aidez-moi à me relever, voulez-vous ? Je suis assise ici depuis tellement longtemps que j'ai les jambes engourdies. »

Je la remis sur ses pieds, et elle m'attira contre elle, plaçant fermement mes deux mains sur ses fesses. Je les sentais bouger à travers sa jupe d'été légère, et je ne pus résister. Pourtant, je savais qu'une fille sympathique et intelligente m'attendait, avec qui je passerais une soirée bien plus agréable qu'avec cette mère de famille capricieuse. Je cédai compulsivement à la sensation immédiate. Dès que le courant passa entre nos deux peaux (dans le noir, dans cet air chargé de l'odeur vague mais envoûtante du lac), je désirai Ann aussi éperdument que si je n'avais jamais touché une femme de ma vie. Je l'entraînai à l'écart du bungalow, cherchant un coin d'herbe tendre à l'abri des buissons et, au début, elle me suivit en riant, ravie. Puis elle s'arrêta net et se mit à me tirer en sens inverse.

« Attendez, Andy, dit-elle d'un air malheureux.

— Quoi donc, que se passe-t-il ?

— Je ne sais pas… C'est peut-être que, d'une certaine manière, j'aime mon mari.

— Dieu me garde de troubler la paix d'un ménage heureux ! » dis-je en lâchant bien vite sa main. Depuis ma nuit mémorable avec cette vierge survoltée de Mici, je suis immunisé contre les allumeuses.

« Ce n'est pas tellement que je suis amoureuse de lui. ajouta-t-elle d'un air encore plus malheureux, mais je ne lui ai jamais été infidèle, vous comprenez.

— Alors, il ne faut pas commencer.

— Ce n'est pas comme ça que vous devez me parler, protesta-t-elle avec une indignation sincère. Vous êtes censé me séduire.

— Si vous avez besoin de ça, autant laisser tomber, croyez-moi.

— Et on dit que vous, les Européens, vous êtes des héros dans la guerre des sexes !

— Je suis pacifiste. »

Ainsi nos velléités s'épuisèrent en paroles, et quand enfin elle consentit à s'allonger dans l'herbe nous étions excédés l'un et l'autre. Ce fut un long supplice pour un plaisir bien court. À peine étais-je entré dans son ventre que nous entendîmes au loin la voix de Guy MacDonald.

« Ann — Ann ? Tu es là ? Ann ? »

Je voulus continuer, certain qu'il ne nous trouverait pas, mais elle me repoussa avec la force d'une tigresse. Elle se releva, brossa sa jupe et son corsage, et se tourna vers moi d'un air interrogateur, alors j'ôtai de ses cheveux une ou deux feuilles d'arbre. En repartant vers le sentier d'un pas délibérément dégagé, elle lui cria d'une voix tranquille : « J'arrive. J'étais juste allée faire un tour. »

J'attendis qu'ils aient disparu dans leur bungalow, et je partis en courant, dans l'espoir que la fille avec qui j'avais rendez-vous m'aurait attendu. Mais non.

Le lendemain matin, j'allai écouter, dans la salle de conférences, deux communications déprimantes sur un avenir où les gens n'auraient plus besoin de travailler pour gagner leur vie et pourraient consacrer tout leur temps aux loisirs. Quand je regagnai nos quartiers de célibataires après le déjeuner, mes compagnons m'accueillirent avec des mines goguenardes. Mme MacDonald était venue me demander. « Maintenant on sait où tu passes tes soirées ! » dit le grand type efféminé qui était assistant en sciences politiques. « Elle est très jolie. » Après un silence plein d'affectation, il ajouta : « Elle était tellement pressée de te retrouver que je parierais une bouteille de scotch qu'elle a décidé de quitter son mari pour se mettre avec toi. »

Ils riaient encore de leurs plaisanteries quand Ann passa devant notre bungalow, pas pour la première fois apparemment, et tourna la tête vers notre porte ouverte. Je sortis aussitôt pour l'entraîner ailleurs. Il me semblait aller de soi que nous oublierions vite l'un et l'autre notre accouplement sans plaisir de la veille, et je me demandais bien ce qu'elle voulait de moi. Elle portait une robe sac qui masquait ses formes, et elle avait l'air sinistre, possédée presque. Donc il ne s'agissait sans doute pas de recoller les morceaux de notre idylle.

« Il faut que je vous parle, annonça-t-elle. Il faut que je parle à quelqu'un. Je suis pleine de remords.

— Ah non ! Mais pourquoi donc ? » me récriai-je mollement. Nous passâmes entre les bungalows, en essayant de ne pas trop nous faire remarquer.

« Je crois que je vais en parler à Guy. Il sera peut-être furieux après moi, mais au moins je n'aurai plus ce poids sur la conscience. Je ne supporte pas de me sentir coupable.

— Vous êtes pieuse ?

— Bien sûr que non. J'ai été élevée dans la religion anglicane, mais je suis sortie de tout cela.

— Alors quel est votre problème ? Vous ne ménagez pas spécialement votre mari.

— Ça n'est pas bien, c'est tout, dit-elle avec obstination.

— Je vois. Vous ne croyez plus au péché, mais ça vous dérange toujours autant — la force de l'habitude. » J'essayai de prendre les choses à la légère, de ne pas la laisser succomber à la majesté de son humeur tragique. Sans résultat. Elle continuait à répéter qu'elle avait des remords.

270

« Enfin voyons, on n'a pas vraiment fait l'amour. On avait à peine commencé quand votre mari vous a appelée. »

Aussitôt elle s'illumina. « C'est vrai, s'écria-t-elle. Ce n'est pas comme si ça avait tourné à quelque chose de sérieux. » Ses yeux se mirent à briller d'innocence ; elle n'était plus simplement jolie, elle était belle. Apparemment, elle ne cherchait pas à se racheter mais à minimiser sa faute — une échappatoire technique pour ainsi dire. « On pourrait dire qu'on s'est juste mignotés. Mignotés un peu fort », ajouta-t-elle, en faisant un sourire à un employé du service des inscriptions plutôt âgé qui passait près de nous.

J'aurais dû être soulagé qu'elle accepte mon pieux mensonge hypocrite, mais j'étais vexé. C'était la première fois qu'une femme qui avait fait l'amour avec moi ne voulait pas le reconnaître — et même s'en réjouissait !

« Je crois que je vais aller me baigner, chantonna-t-elle en se sauvant. Au revoir. »

Mais ce n'était pas fini. Mme MacDonald se mit à me poursuivre dans les soirées, tant au camp qu'une fois rentrés à Toronto. Chaque fois qu'on en venait à parler, en leur absence, des aventures de certaines épouses, elle clamait vertueusement : « Je n'ai jamais couché avec personne d'autre que mon mari. » Après quoi elle se tournait vers moi pour me dévisager d'un air provocant, comme pour me défier de contester ses dires. Au point que tout le monde était persuadé que nous avions une liaison, et que même son mari commença à me regarder de travers.

Pour recouvrer ma tranquillité d'esprit (et pour éviter le danger réel d'une scène désagréable avec Guy MacDonald), je cessai de fréquenter les lieux où j'avais toutes chances de trouver Ann, mais je me mis à rêver d'elle. Une fois, j'étais en avion et, brusquement, elle se levait de sa place et s'écriait, d'une voix qui étouffait le vrombissement des réacteurs : « Je n'ai jamais fait l'amour avec personne d'autre que mon mari. Pas *vraiment.* » Alors tous les passagers se levaient et brandissaient le poing contre moi. Une autre nuit, pendant que je faisais cours, elle entrait dans la classe en maillot de bain rose, celui qu'elle portait à Couchiching, et elle criait à mes étudiants : « Je veux que vous sachiez que je n'ai jamais vraiment fait l'amour avec le professeur Vajda ! » Je me réveillai en nage, affreusement gêné.

17

De la satiété

*Le plaisir prive l'homme de ses facultés
presque autant que la souffrance.*

PLATON

Mes sept années d'assistanat ont sans doute
contribué à me persuader que j'avais quelque
chose à transmettre : comment expliquer autrement que j'aie plongé dans mes souvenirs avec
l'idée d'édifier la jeunesse ? Néanmoins, je ne
regrette pas d'avoir écrit ces mémoires. Le lecteur n'en tirera peut-être pas grand-chose, mais
l'auteur y a trouvé son compte : j'ai de plus en
plus de mal à me prendre au sérieux.

Il me semble à présent que chaque fois que j'ai
cru apprendre quelque chose sur les gens ou sur
la vie en général, je n'ai fait que donner une
forme différente à mon immuable ignorance —
c'est ce que les philosophes compatissants appellent la nature du savoir. Mais pour ne parler que
de ma recherche du bonheur en amour : mise à
part l'époque où j'étais à la merci des adoles-

centes, je n'ai jamais été aussi malheureux avec les femmes que lorsque j'ai connu une vie insouciante de célibataire et que j'ai disposé de tout ce qu'il fallait pour en profiter. Quand je revins à Toronto après le lac Couchiching, je pris un appartement moderne que j'aménageai avec un très grand lit, des livres, des gravures, une chaîne stéréo et un des rares bidets d'Amérique du Nord. Plus tard, je m'achetai même une voiture de sport. Je ne disposais pas de beaucoup d'argent, mais mon poste à l'université m'assurait une large possibilité d'achat à crédit. En Amérique du Nord, pour la vente à crédit, les commerçants misent surtout sur les politiques corrompus, les fonctionnaires et les universitaires, car ce sont des gens dont la situation est presque infailliblement assurée à vie. Je n'étais pas mal de ma personne, et j'avais le bon âge : les femmes ont un penchant pour les hommes qui approchent de la trentaine, surtout s'ils ont une salle de bains avec bidet et qu'ils aiment les femmes dans tous leurs états.

J'étais aussi devenu expert à épingler celles qui n'étaient pas pour moi, si bien qu'il m'arrivait rarement des surprises désagréables du genre de celles que j'ai décrites précédemment. Désormais c'était avec des femmes à la fois aimables et aimantes que je connaissais des amours malheureuses.

Elles étaient trop nombreuses, c'était là l'ennui. Je tombais amoureux à la moindre lueur dans un regard, à la vue d'une poitrine rebondie (ou de petits seins pointus), au son d'une voix pâmée ou pour des raisons moins apparentes que je ne prenais pas le temps d'analyser. Ayant un lieu à moi et des heures de travail irrégulières, je pouvais enfin satisfaire mes fantasmes d'adolescent et vivre plusieurs aventures amoureuses à la fois.

C'était le bon moment — non seulement pour moi, mais aussi pour mes maîtresses. La grande vie était dans l'air du temps. Quand j'étais arrivé à Toronto, je pouvais me promener dans les longues avenues de la ville un samedi soir sans rencontrer une âme, hormis quelques ivrognes. Comme en témoignaient clairement la laideur de ces caisses bien alignées qui tenaient lieu de rues ainsi que les innombrables panneaux d'affichage et les enseignes au néon les gens ne semblaient guère s'intéresser qu'à acheter et à vendre ce qui leur était nécessaire. Ils passaient leurs loisirs à regarder la télévision dans leurs salles de jeux en sous-sol, ou bien assis autour de leur barbecue à l'arrière de leur maison, ou encore à se balader dans leur nouvelle voiture. On aurait dit qu'ils craignaient de s'éloigner de leurs toutes récentes acquisitions, ainsi que du conjoint qui les avait aidés à choisir la maison, les meubles et la voiture. C'était un monde puritain, mais heureusement, je n'en eus qu'un bref aperçu. Les gens s'habituèrent à leur niveau de vie, et soudain ils eurent envie de vivre. On vit pousser de nouveaux immeubles originaux, des rues entières de vieilles maisons furent rénovées et les maisons transfor-

275

mées en boutiques exotiques, en galeries d'art, en librairies et en cafés en plein air, et les soirs où le temps était doux il y avait tellement de badauds dans les rues qu'il me fallait parfois un quart d'heure pour atteindre le pâté de maisons suivant. Le nombre des divorces monta en flèche, ainsi que celui des clubs d'équitation, des associations féminines en faveur des arts, des groupes où l'on discutait des Grands Livres et autres organisations pouvant fournir un alibi à une épouse qui avait envie de prendre un amant. Phénomène bientôt connu sous l'appellation de Révolution sexuelle en Amérique du Nord, et dont j'étais bien décidé à profiter au maximum.

Résultat : c'était comme de conduire à toute allure à travers un beau paysage — j'avais une vague idée de toutes ces hauteurs et de toutes ces vallées intéressantes, de ces reliefs et de ces couleurs, mais je roulais trop vite pour pouvoir bien regarder. Je regrettais souvent de ne pas pouvoir mieux connaître mes maîtresses — mais je me donnais un mal fou pour les empêcher de trop bien me connaître. Les femmes ont la manie de laisser chez leur amant une chemise de nuit, une trousse de maquillage, une paire de bas ; les Écossaises-Canadiennes, dans leur constance, me laissaient même leur diaphragme. Dérober les affaires de l'une aux regards d'une autre était difficile et éprouvant pour les nerfs — de même que les problèmes de minutage, de confusion d'identité et de mensonges constants. Et ça ne marchait pas toujours : il y avait inévitablement des oublis et des scènes. Un jour, je me fis piéger parce que je ne réussis pas à expliquer pourquoi j'avais mis un diaphragme dans une vieille boîte à chaussures, sous une pile de linge sale. J'avais bien pensé à cacher l'objet, mais j'avais oublié de le remettre dans l'armoire de toilette avant la visite suivante de sa propriétaire. Je devins nerveux et apathique, une véritable épave physiquement et mentalement, incapable de prendre du bon temps, et encore moins d'être heureux. Pourtant je ne pouvais pas m'arrêter. Après tout, j'avais la chance de pouvoir coucher avec presque toutes les femmes que je voulais. Du fond de mon malheur, je m'enviais moi-même. De plus en plus, j'étais attiré par des femmes qui étaient elles-mêmes meurtries par la vie.

C'est ainsi que je retrouvai Ann MacDonald. Je ne l'avais pas revue depuis un an environ quand, un après-midi, je l'aperçus, assise à quelques tables de moi dans un café hongrois qui venait de s'ouvrir. Nous nous fîmes signe en souriant et, quand elle partit, elle s'arrêta auprès de moi.

« Comment ça va ?

— Et vous ? »

Nous ne savions ni l'un ni l'autre quoi dire de plus. Je l'invitai à s'asseoir et à reprendre un expresso avec moi, si elle n'était pas trop pressée.

« Avec grand plaisir, dit-elle d'une voix forcée. J'ai plein de temps à moi en ce moment. » On était fin novembre, et elle portait une robe de velours noir qui mettait parfaitement en valeur les rondeurs de sa silhouette et son teint rosé éclatant. «J'aime bien ce café hongrois, dit-elle en s'asseyant, c'est merveilleux d'avoir des endroits comme ça dans cette vieille ville de Toronto où on étouffe tellement.» Nous devisâmes un moment sur les changements que les immigrants européens apportaient à la cité, et naturellement je le pris comme un bon point pour moi.

«Je regrette, dit-elle enfin, que nous ayons eu si peu de temps pour nous connaître à Couchiching.

— J'avais cru comprendre que c'était déjà trop pour vous.

— Oui, vous devez trouver que je me suis comportée comme une idiote. En fait, Guy se fiche pas mal de ce que je peux faire.

— Pourquoi? Qu'est-ce qui s'est passé?

— Ah, c'est une longue histoire. À présent, il prétend que je lui donne le sentiment d'être vieux et sans attrait. Alors il séduit ses secrétaires. Ça ne me gênerait pas particulièrement s'il ne tenait à tout me raconter en détail. J'ai l'impression qu'il s'attend à ce que je le félicite.»

C'est parce que tu as toujours voulu paraître la plus maligne, me dis-je. «Eh bien, c'est signe que, pour lui, c'est toujours votre opinion qui compte le plus. Cela prouve qu'il vous aime toujours.

— J'en doute. Mais je ne me soucie plus vraiment de préserver notre couple. J'ai décidé de profiter de la vie.»

Elle me lança des regards prometteurs, mais j'avais un rendez-vous avec une femme, et, cette fois, j'étais décidé à ne pas le manquer. Nous échangeâmes encore quelques propos, sur le temps et sur Toronto, et nous nous quittâmes en toute amitié. Ennemis de naguère, amis désormais.

Dans les mois qui suivirent, j'entendis beaucoup parler des liaisons d'Ann MacDonald. Parfois, c'était elle-même qui m'en parlait, quand nous nous rencontrions par hasard. Cette femme sensuelle montrait une égalité d'humeur nouvelle ; elle avait l'assurance mélancolique de qui doit s'occuper de plusieurs amants à la fois. Comme nous nous faisions des confidences, je lui fis part de mon problème : je désirais trop de femmes à la fois.

« Je comprends ça, soupira-t-elle. C'est aussi mon problème.

— Vous êtes vraiment celle qu'il me faut. Vous me comprenez — avec vous je n'aurais pas à raconter d'histoires.

— Ce serait bien, c'est vrai, reconnut-elle avec une certaine tristesse, en me prenant la main. Mais soyons réalistes, Andy, nous ne ferions qu'aggraver nos difficultés. »

Elle exprima son refus avec des regrets si tendres que je ne m'aperçus pas tout de suite qu'elle avait repoussé mes avances. La femme au foyer frustrée était devenue une dame du monde, et je fus impressionné malgré moi. Je me mis à penser à elle, à souhaiter qu'elle me téléphone, à m'interroger jalousement sur les hommes de sa vie. Me parlait-elle ainsi pour la même raison que son mari lui racontait ses exploits ? Était-ce pour m'ennuyer qu'elle me traitait ainsi, ou avait-elle simplement besoin qu'on l'écoute? Peu à peu, non sans inquiétude, j'acquis la conviction que j'étais amoureux d'elle.

Dorénavant, j'essayai de la séduire à chacune de nos rencontres, mais je n'y parvins qu'en hiver 1962. Je la coinçai au cours d'une soirée, alors que son mari était occupé ailleurs, et qu'aucun de ses amants ne semblait se trouver dans les parages. Elle portait une robe du soir décolletée, et je la fis littéralement reculer dans un coin, puis la serrai de si près que je sentis la chaleur de ses seins à travers mon smoking.

« Vous m'avez donné la plus mauvaise part de vous-même, protestai-je. Vous êtes désormais une belle femme avisée, et il faudrait que je me contente du souvenir de la garce idiote du lac Couchiching! Ce n'est pas juste. Il faut réparer ça. En plus, je crois que je suis amoureux de vous. »

Une sorte d'éclair brilla dans ses yeux, plutôt que la lueur à laquelle j'étais accoutumé, mais sa voix était maternelle et lénifiante. « Vous êtes un petit garçon têtu, n'est-ce pas?

— Ça m'est égal d'être un petit garçon. En fait, plus je vieillis, plus ça m'est égal. J'ai envie de poser ma tête sur votre sein.

— Vous êtes un adorable bébé. »

Cette fois, je n'appréciai pas : bébé, c'était vraiment trop jeune. Je ne la retins pas.

Après minuit, quand les invités ne prirent même plus la peine de se cacher dans les coins sombres pour des étreintes furtives mais passionnées, quand nous fûmes tous un peu étourdis par trop de trop peu, je repartis à la recherche d'Ann. La découvrant entre les mains de notre hôte, un grand escogriffe lubrique, j'attendis obstinément que paraisse notre hôtesse, une femme jalouse.

À ce moment-là, Ann fut bien contente de me trouver. «Je ne sais pas où est Guy, dit-elle en rougissant. Si vous n'avez rien de mieux à faire, vous pourriez me ramener à la maison.»

Nous n'étions pas plus tôt sortis dans la rue qu'elle fut d'accord pour s'arrêter chez moi. Son parfum se répandit dans ma petite voiture et elle me caressa la nuque pendant que nous roulions en silence. J'étais transporté d'aise et détendu, et je rêvais des jours heureux qui nous attendaient. Finies les courses folles, je serais son esclave et je passerais avec elle tous les instants où elle pourrait se libérer de son mari et de ses enfants.

Elle ne devait pas avoir la même chose en tête, car subitement elle retira sa main de mon cou. «Écoutez, dit-elle avec inquiétude, se remémorant peut-être sa désagréable expérience, je ne vous connais pas assez, nous n'avons jamais vraiment fait l'amour ensemble, voyez-vous. J'espère que vous n'êtes pas de ces hommes qui ne font qu'entrer et sortir.» Rien qu'à y penser, elle partit à l'attaque : «Franchement, j'ai assez d'amants pour l'instant, je n'ai que faire de petites escarmouches, même en souvenir du passé. Si vous voulez quelque chose de moi, il faut que vous me promettiez de vous surpasser.»

Je me demande comment arrivent les accidents. Je brûlai un feu rouge et montai sur le trottoir, arrêtant la voiture à deux doigts d'un réverbère. « Écoutez, s'écria-t-elle férocement, si vous nous causez un accident et que mes filles apprennent qu'il y a quelque chose entre nous, je vous tue. Vous ne savez donc pas conduire ? »

Il était à peu près une heure du matin et nous étions dans une rue résidentielle tranquille. Personne ne nous avait vus. Je fis prudemment marche arrière pour descendre du trottoir, et je songeai un instant à faire demi-tour pour remmener Ann à la soirée. Mais l'idée de ne pas aller jusqu'au bout deux fois de suite avec la même femme était intolérable. « Ne vous inquiétez pas, dis-je, furibond, vous allez passer une nuit que vous n'êtes pas près d'oublier. »

Nous ne prononçâmes pas un mot de plus avant d'être arrivés chez moi. « Je m'excuse, dit-elle avec une moue, comme je l'aidais à retirer son manteau, je n'ai pas voulu vous blesser. Mais une femme n'est jamais en position avantageuse. Elle ne sait jamais à quoi elle consent.

— En fait, j'avais décidé de vous faire tomber amoureuse de moi, dis-je d'un ton aigre.

— Eh bien, il n'est pas encore trop tard. » Elle s'appuya contre moi et plaça mes mains sur ses fesses, exactement comme la première fois. « Et ce soir nous ne sommes pas obligés de nous allonger sur un malheureux coin d'herbe au milieu des bois », me dit-elle en roulant lentement de la croupe pour me plaire. Je voulus la déshabiller, mais elle refusa mon aide. Si elle exigeait que je me surpasse, elle aussi était prête à se surpasser, et elle m'offrit un vrai strip-tease, jetant ses vêtements autour d'elle avec une grâce tentatrice et empressée.

Mais quand, au lit, je voulus m'allonger sur elle, elle me repoussa. « Non, pas comme ça, ça ne me plaît pas, dit-elle avec une exaspération à peine voilée. De côté, je préfère. »

Je devins impuissant sur-le-champ. Pour gagner du temps, je me mis à la caresser.

Après quelques tentatives désespérées, elle admit notre défaite. « Peu importe, moi aussi j'ai perdu mon ardeur, alors ne vous inquiétez pas. C'est juste que nous n'avons guère de chance ensemble, voilà tout. » Elle bondit hors du lit et rassembla ses affaires en piquant une rogne parce que son soutien-gorge semblait avoir disparu. Finalement, je l'aperçus sous le lit et me mis à plat ventre pour le lui ramasser.

« Merci, dit-elle, vous êtes formidable ! »

Elle se retira dans la salle de bains avec ses vêtements et son sac à main. Je n'avais pas l'intention de l'y suivre mais, au bout d'une vingtaine de minutes, j'allai voir si tout allait bien. Je la trouvai complètement rhabillée, élégante et très calme, en train de se brosser les cils. Quand elle vit dans la glace ma mine coupable, elle me sourit avec une affectueuse indifférence. Puis elle se regarda une dernière fois d'un air pensif.

« Après tout, conclut-elle, un orgasme de plus ou de moins, quelle importance ? »

La vérité et l'humiliation de cet instant marquèrent, je crois, la fin tardive de ma jeunesse. J'eus envie de partir dans un autre pays. En un lieu lointain et paisible. Quelques jours plus tard, quand j'appris qu'il y avait un poste dans le département de philosophie à l'université de Saskatchewan, je posai ma candidature. Je restai là trois ans, puis je m'en allai à l'université du Michigan. Saskatoon et Ann Arbor s'avérèrent moins tranquilles que je ne pensais, et je n'étais pas encore tout à fait prêt à me rasseoir et à vieillir. Mais les aventures d'un homme entre deux âges sont une autre histoire.

DU MÊME AUTEUR

ÉLOGE DES FEMMES MÛRES, Le Rocher, coll. Anatolia,
 2001-2005, Folio n° 4367

VÉRITÉS ET MENSONGES EN LITTÉRATURE, Le
 Rocher, coll. Anatolia, 2001-2005, à paraître en Folio à l'automne 2006

UN MILLIONNAIRE INNOCENT, 2003, Le Rocher

ÉLOGE DES FEMMES MÛRES

« Un chef-d'œuvre… cherche, comme tous les grands romans, à apprendre à ceux qui le lisent la vérité de la vie… un roman d'apprentissage qu'il serait souhaitable d'offrir aux jeunes gens des deux sexes dès qu'ils abordent les rivages enchantés et angoissants de la sexualité. »

PIERRE LEPAPE, *Le Monde*

« Érotisme mêlé de profondeur et d'esprit… La prose de Vizinczey est aussi pure que du cristal, d'une grâce poignante : on lit ce roman en ressentant un plaisir hormonal incessant. »

JORGE LECH, *Diario 16*

« Évoquées avec affection et une grande perspicacité, les femmes sont décrites avec ironie, c'est-à-dire avec intelligence. Elles sont aussi vraies que la jeune fille dans le poème d'Auden : mortelle / coupable / mais pour moi / la beauté absolue. »

KILDARE DOBBS, *Saturday Night*

« Un classique d'érotisme d'une complexité des plus subtiles, rempli d'humour et d'esprit. Une invitation aux expériences de l'amour et de l'aventure. C'est également le portrait de quelqu'un que nous avons tous connu à un moment ou à un autre. Le grand succès de ce livre vient sans doute de là, mais aussi de son style, si peu affecté, si naturel et en même temps d'une telle exactitude. »

MENENE GRAS BALAGUER, *La Vanguardia*

« Une narration classique raffinée, où se mêlent paradoxe et humour. Un élégant divertissement qui émerge du chaos actuel. »

MICHAEL RATCLIFFE, *The Times*

« Un des livres les plus agréables à lire, le plus divertissant, le plus juste de la littérature mondiale. »

ARNO WIDMANN,
Perlentaucher de, Kultur und Literatur

« Il exprime toute cette chaleur et toute cette compréhension que l'on trouve bien plus souvent entre deux draps qu'entre les couvertures d'un roman… arrive comme un antidote dans notre société obsédée par la jeunesse… un charme délicieux plein d'une riche ironie… une brise fraîche vient s'installer dans nos bibliothèques surchargées d'œuvres névrotiques. »

Library Journal

« C'est le genre de livre que vous ne pouvez poser ; spirituel, émouvant, attachant, et il ne traite que de sexe ! Vraiment original. »

MARGARET DRABBLE, *The Guardian*

« À cause de la stricte éducation catholique du héros, à chaque événement s'ajoute l'exaltation de l'interdit... l'adoration portée au moindre détail du corps de l'autre atteint une intensité liturgique. »

WERNER SPIES, Frankfurter Allgemeine Zeitung

« Un chef-d'œuvre de sagesse et d'humour européen, qui avait besoin du Nouveau Monde pour s'épanouir dans toute sa légèreté. »

ALBERTO BEVILACQUA, Grazia

« À l'origine du plaisir, à l'origine de l'érotisme, Vizinczey pose la connaissance. Son roman se compose de scènes "qui se voient"... C'est stupéfiant : il vous laisse à bout de souffle. Ici, tout est ardeur vive, ferveur inépuisable. »

GIORGIO MONTEFOSCHI, Il Corriere della Sera

« Ce petit roman a l'étoffe d'une œuvre immortelle. »

B. A. YOUNG, Punch

« Humour et naturel absolu. C'est l'une de ses propres phrases qui révèle le mieux le dynamisme de ce roman : "Tu n'as jamais entendu parler de la théorie d'Einstein ? Le plaisir se transforme en énergie". »

CLARA JANÉS, El País

« Plein de sagesse et d'ironie, avec une goutte de mélancolie. Un hommage aux femmes autant que le portrait d'une époque révolue. Il caresse le cœur et l'âme sans jamais tomber dans le sentimentalisme. »

BERND LUBOWSKI, Berliner Morgenpost

« L'auteur nous décrit l'une des périodes les plus tragiques de l'histoire européenne : occupation allemande, puis occupation russe, police secrète, puis émeutes sanglantes. András vit tout cela. Comment faire pour n'en être pas envahi, défait, meurtri ? Et voilà que la femme apparaît comme l'unique refuge, la grande consolation, la dispensatrice d'oubli. »

NAIM KATTAN, Liberté

« Splendide, merveilleux… ne ressemble à aucun autre roman… Mérite d'être lu et relu — puis relu encore. »

JUAN-DOMINGO ARGÜELLES, Universal

« Un roman brillant. Vizinczey sait vraiment, quand Henry Miller et les autres — même DH Lawrence — pensaient savoir. »

ALAN FORREST, Sunday Citizen

« Contexte érotique, jeux, frustrations, erreurs naïves, humiliations, gaieté et larmes du plaisir… Vizinczey n'exagère jamais, il écrit avec un détachement qui ne manque pas d'ironie : son style gracieux et évocateur nous libère de l'angoisse qui accompagne si souvent l'amour. Un petit chef-d'œuvre où le sexe est à la fois savoir et bonne littérature. »

MARIA DOLS, Ajoblanco

« Se lit comme les Mémoires de Casanova, le lecteur se perd moins dans leurs lits que dans leurs âmes. »

SOPHIE CREUZE, L'Écho

« Ce roman est si rafraîchissant, si relaxant, si divertissant et si subtil, qu'il a, à juste titre, conquis le grand public une nouvelle fois. Cet écrivain discret, dans la lignée de Stendhal, règle ses comptes avec les totalitarismes du xxᵉ siècle, ce qui donne au roman son envergure comme œuvre d'une héroïque mélancolie. »

IJOMA MANGOLD, Süddeutsche Zeitung

« La redécouverte d'un grand écrivain européen… Il y a peu de livres qui traitent de l'amour de façon neuve et surprenante et celui-ci en fait incontestablement partie. »

RAINER MORITZ, *Deutsche Rundfunk*

VÉRITÉS ET MENSONGES
EN LITTÉRATURE

« Un écrivain et critique qui n'a guère d'équivalent en France… Pour avoir vécu sa jeunesse sous une dictature, il a contracté une aversion insurmontable pour l'imposture et la tricherie. Aversion d'autant plus profonde qu'est exigeant son amour de la littérature. Oser s'exclamer que le roi est nu : nombreux sont les critiques qui le pensent mais qui n'ont pas le courage moral de le dire. Au mépris de son intérêt, Stephen Vizinczey a le culot de proclamer le scandale de la vérité. »

BRUNO DE CESSOLE, *Valeurs actuelles*

« Le plus impressionnant dans ce livre (en dehors de l'étendue du registre et de l'érudition), c'est de voir comment la littérature et la vie s'y entrelacent subtilement et comment la passion pour l'une rejoint la passion pour l'autre… M. Vizinczey nous intéresse à ses écrivains préférés comme Kleist et Stendhal grâce à la saveur de son écriture qui révèle, sans égotisme ennuyeux, qu'il a lui-même connu l'ivresse amoureuse et médité sur sa signification immuable. Il connaît sans se tromper le poids de l'expérience et le décrit en anglais impassible, riche en aphorismes. »

MARK LE FANU, *The Times*

« La passion de cet auteur est vraiment contagieuse. On se laisse entraîner par son amour pour Stendhal, Balzac, Baudelaire, Kleist, Thomas Mann, Dostoïevski, Tolstoï… Comme par sa haine du despotisme et du mensonge informatique. On peut dire que ce livre traite de la même passion érotique — charnelle, mais non désordonnée — que celle qui imprégnait le roman de Vizinczey, *Éloge des femmes mûres.* »

GIORGIO PRESSBURGER, *Il Corriere della Sera*

« On peut ne pas être d'accord avec lui, il nous fait néanmoins respirer l'air des cimes et montrer ce que pourrait être une vraie critique littéraire. »

MAURICE NADEAU, *La Quinzaine littéraire*

« Un bol d'air frais qui fait frissonner les universitaires… La grande force de ce recueil réside dans son souci constant de sujets sérieux, de la vie et de la mort. »

FREDERIC RAPHAEL, *The Sunday Times*

« On peut ouvrir *Vérités et mensonges en littérature* non pas au hasard mais presque. Et ce sera vraiment malchance si vous n'y trouvez pas un passage qui vous donnera envie de lire le tout. Ainsi : "Des milliers de romans sont publiés chaque année… Par conséquent, la plupart des romans publiés sont écrits par des gens qui ne savent pas écrire, et la plupart des critiques sont écrites par des gens qui ne savent pas lire." »

BERNARD FRANK, *Le Nouvel Observateur*

« Il y a dans ce livre quelques phrases qu'on voudrait voir affichées au fronton des bureaux de toutes les gazettes littéraires de la planète. »

BERNARD QUIRINY, *Chronic'Art*

« Un livre formidable… Vizinczey n'use pas de la langue nuancée et allusive de tant de critiques, mais suit l'exemple de son maître Stendhal… En parlant de Stendhal, il parle sans aucun doute de lui-même : "Il confiait qu'il ne voyait qu'une seule règle en matière d'écriture : être clair." Puis : "Il n'y a qu'une grande âme qui ose avoir un style direct." Comme Stendhal, Vizinczey est un professionnel passionné au service des œuvres qui soulèvent les peuples et font du pathos à l'aide des sentiments généreux. »

LUIGI SAMPIETRO, *Il Sole 24 Ore*

« Un défi à toute forme de tiédeur, à toute sorte de résignation et timidité. La vision de la littérature que nous donne Vizinczey remet le centre de la littérature là où se trouvent le sens et la vie, loin de la mollesse et du formalisme facile des universités. »

CHRISTER ENANDER, *Kvällsposten*

« Trente ans de critique littéraire des œuvres de la littérature mondiale. "La véritable grandeur est semblable à l'infini, nous ne pouvons la mesurer." C'est avec cette citation que Vizinczey commence son essai sur Stendhal, un travail important, profondément engagé et passionnant qui, par sa force et son sérieux, peut être placé sans réserve au côté du fameux essai de Samuel Beckett sur Marcel Proust. Lire les essais de Vizinczey procure une grande joie et nous pousse à attraper sur les rayonnages les livres dont il fait l'éloge pour les relire. »

MARTIN GRZIMEK, *Deutschlandfunk*

« Une voix unique dans la littérature internationale… Vizinczey, dont la vie a été marquée à jamais par l'insurrection hongroise de 1956, possède un esprit élevé,

un cœur immense et un sens implacable de la liberté…
Il nous a rendu un grand service en nous indiquant
avec passion et lucidité que notre patrimoine culturel
n'est ni répressif ni restrictif, ce que d'aucuns aimeraient nous faire croire, mais au contraire libérateur,
et, c'est vrai, joyeux. »

NORMAN SNIDER, *The Globe & Mail*

« Pour la lucidité, la liberté et le goût de la vie — contre
la stupidité et la fraude littéraire. L'écriture hypercri-
tique et le franc-parler de Vizinczey aideront certainement nombre de lecteurs (et plus d'un écrivain) à être
moins pédants et moins prétentieux, à trouver davantage de sagesse et de lucidité et aussi, sans doute, de
courage… Un livre intellectuellement passionnant,
une source d'inspiration morale. »

JESUS MORENO SANZ, *Diario 16*

« L'ironie, la légèreté, la profondeur, le naturel et
l'exactitude du romancier se retrouvent intacts dans
les textes du critique. »

PIERRE LEPAPE, *Le Monde*

UN MILLIONNAIRE INNOCENT

« Avec intelligence et beaucoup d'humour… Stephen
Vizinczey signe une œuvre profondément romantique.
Cette histoire de revanche et de réussite cache une
attaque en règle contre l'arrivisme, les parvenus ou
autres maîtres du monde. Bon observateur des milieux
du cinéma, de la jet-set, de la politique et des affaires,
Vizinczey en fait une critique subtile, où l'ironie se
mêle à une certaine résignation. Il ne perd toutefois

jamais de vue l'autre grand projet de son livre : l'histoire d'amour… qui est, à nouveau, un bel éloge du féminin. »

JEAN-MAURICE DE MONTREMY, *Livres Hebdo*

« On le dévore comme un roman d'aventures et le savoure comme un livre de chevet… *Un millionnaire innocent* est aussi un superbe roman d'amour, sensuel et sensible. Une histoire de peau, de mots et de cœur. »

MICHÈLE GAZIER, *Télérama*

« Ce qui semble être une critique acerbe d'un monde qui a renversé la morale traditionnelle est, en fait, un traité philosophique objectif qui montre où se trouvent les vraies valeurs — non pas dans la richesse ou le droit, mais dans ce territoire encore inviolé où un homme et une femme font l'amour… Ce roman m'a amusé, mais aussi profondément ému : il se situe au beau milieu de notre monde décadent, pollué et corrompu qui, curieusement, respire une sorte d'espoir désespéré. »

ANTHONY BURGESS

« Le héros de cette parabole réalise son rêve. L'or des Incas est à lui. À lui ? Où le naïf jeune homme apprend à ses dépens "qu'être riche, c'est être en guerre avec le monde…". Pas un temps mort, pas un mot vain… On s'émerveille de la force d'un portrait troussé en trois adjectifs. Dans ce roman, on jubile, on réfléchit… Voici un livre qui réjouit l'esprit. »

LILI BRANISTE, *Lire*

« Tellement saisissant que c'en est presque insupportable… Vizinczey a créé un grand roman, mettant en scène une multitude de personnages extraordinairement vivants, bons ou méchants. Sa comédie humaine du monde moderne nous laisse stupéfaits. »

EVA HALDIMANN, *Neue Zürcher Zeitung*

« Maîtrise de la narration, sens du burlesque, écriture vive et aphorismes croquants, *Un millionnaire innocent* mérite déjà sa lecture. Mais c'est surtout la façon dont, tout au long du livre, Vizinczey nous fait sentir, juste sous la surface clapotante du récit, la complexité, l'absurdité et la cruauté du monde, qui est la plus admirable. »

AIMÉ ANCIAN, *Le Magazine littéraire*

« Un chef-d'œuvre… qui se lit facilement et qu'on a peine à oublier. »

WOLFGANG KREGE, *Buch Aktuell*

« Vizinczey raconte l'histoire de son jeune héros avec l'affection sardonique qu'éprouvent les gens d'un certain âge pour eux-mêmes lorsqu'ils étaient plus jeunes et meilleurs… "Pour rester riche, il faut être plus proche des morts que des vivants ; on ne peut pas se permettre de se laisser emporter par quoi que ce soit", dit le narrateur en un aparté stendhalien qui oppose passion et calcul, abandon et retenue, aventure amoureuse et finance, ces tendances diverses qui structurent le superbe nouveau roman de Vizinczey… Une version contemporaine de Stendhal sur l'amour, et de Balzac sur l'argent. »

MICHAEL STERN, *San José Mercury News*

« *Candide* aux Bahamas… Tout y est, pourtant c'est écrit de telle manière que le lecteur a l'impression d'atteindre la fin en un instant. »

MASOLINO D'AMICO, *La Stampa*

« *Un millionnaire innocent* donne au lecteur l'impression qu'il est facile d'écrire des romans — tant le livre reflète fidèlement ce que nous pensons, ce que nous imaginons et ce dont nous rêvons, ce que nous faisons et ce qui nous arrive. »

MENENE GRAS BALAGUER, *La Vanguardia*

« Une histoire d'amour passionnante et tragique. Le livre palpite littéralement de vie. Il ne fait aucun doute que Vizinczey est un des grands écrivains de notre temps. »

ANGEL VIVAS, *Album*

« Je suis très impatient de lire la fin... Bravo ! »

GRAHAM GREENE